照片『故』事

吴钢 著

生活·讀書·新知 三联书店

图书在版编目（CIP）数据

照片"故"事／吴钢著. —北京：生活·读书·新知三联书店，
2017.9
ISBN 978 - 7 - 108 - 05831 - 7

Ⅰ．①照…　Ⅱ．①吴…　Ⅲ．①故事－作品集－中国－当代
Ⅳ．① I247.81

中国版本图书馆 CIP 数据核字（2016）第 248390 号

特邀编辑　吴　彬
责任编辑　王　竞
装帧设计　蔡立国
责任校对　安进平
责任印制　张雅丽
出版发行　**生活·讀書·新知** 三联书店
　　　　　（北京市东城区美术馆东街 22 号 100010）
网　　址　www.sdxjpc.com
经　　销　新华书店
印　　刷　鸿博昊天科技有限公司
版　　次　2017 年 9 月北京第 1 版
　　　　　2017 年 9 月北京第 1 次印刷
开　　本　635 毫米 × 965 毫米　1/16　印张 22
字　　数　180 千字　图 325 幅
印　　数　0,001－8,000 册
定　　价　68.00 元
（印装查询：01064002715；邮购查询：01084010542）

目　录

笨儿吴钢学艺记（代序一）

吴祖光

　　吴钢三岁时候，我给他买了第一辆儿童玩具三轮脚踏车。他十分高兴地在客厅里骑车绕圈儿，越骑越快，猛一下撞在那座新买来还不足半个月的落地收音机上。于是正在乐声悠扬的机器立即喑哑无声了，主要机件已经被彻底地、完全地撞坏，不能修复了。新中国成立初期，这种收音机乃属珍贵稀罕之物，被这浑小子一下毁掉。

　　小时候，吴钢对光彩、颜色感觉有兴趣，我带他去看戏，他最欣

吴钢三岁时骑儿童三轮脚踏车。吴祖光摄影

赏的是大花脸。对人家说：看，他脸上画了那么些蜡笔！国庆节的夜晚，四面八方的探照灯在夜空中扫射，他说：探照灯在天上打架。听他这样说话的一位叔叔说：这孩子在作诗。

吴钢小时长得又黑又胖，小名大牛。看起来长大后将是一条爱闯祸的莽汉，但是逐渐显露出来的性格却是胆子极小。有一回家里人全出去了，只留下他和比他小六岁的妹妹在家。妹妹只有六岁，两人玩着玩着，他忽然说：我得出去，我害怕！妹妹说：我在这儿，你怕什么？就为了治治他的胆小，我安排他单独睡一间屋子；但他常常半夜一人跑出来，敲开祖母的房门，要求和婆婆一起睡。吴钢上中学了，业余爱好不少，喜欢打篮球、溜冰，表现为身手矫健，但都适可而止，达不到入迷的程度。又渐渐发现他对小机器有兴趣，譬如给他买了一个闹钟，不久就被他拆散了，批评了他一顿，他又给重新装起来了。这方面的本事，他的弟弟妹妹都没有，更不用说爸爸妈妈了。看来这是天生的，我很高兴，我家很有可能出这么一个能工巧匠。中学生那时兴玩矿石收音机，他也迷上这个玩意儿。但是这种收音机得装天线，他把同学约到家里，让同学上房装线，他只站在地上仰着脖子递线和工具材料。弟弟比他小四岁，争着要上房，而他始终不敢。

回首数十年来事，我很惭愧，由于经常处于自顾不暇的境地，我极少关心孩子们的前途。孩子的妈妈和孩子们在一起的时间多一些，但由于受到我的牵累也常常是左顾右盼力不从心。光阴流逝，不知怎么，像变魔术似的，孩子们忽然都长大了。

吴钢刚念到高中，爆发了那一场为祸十年的民族灾难。我在劫难逃，被迫隔离，约近七年时间不能与家人相聚，孩子们不幸投胎"黑帮"之家，也只得随命运安排飘蓬流转。吴钢曾在农村插队三年，然后回城，还是得到好心人的照顾才进入一家百货商店工作。

"文化大革命"中，吴祖光、吴钢父子在和平里家中合影。张祖道摄影

我们家三个孩子小时候都爱画画，这可能都是受了祖父的影响。商店经理发现吴钢有点儿这方面的才能，就派他在百货商店里布置橱窗和摄影。同时，他用了很短时间就学会了驾驶送货的三轮摩托车，接着就拜了个老司机为师，学会开卡车、小轿车、大轿车，没见他付出太大的努力就考取了全项的司机驾驶执照。显然这是他从小便爱鼓捣小机器零件的合理发展。

不知从什么时候起，家里一架质量一般的照相机已成为吴钢专用的了。对于照相我曾有一番难言史。一九四七年由于命运的拨弄，我曾经并非自愿地做过十年电影导演。开始的两年是在香港，因此未能免俗地背上了一架当时最新式的莱卡相机。然而用了不久竟然被人撬开办公桌锁着的抽屉将相机偷走，所以在一九四九年全国解放之时兴高采烈地又买了一架更新式的莱卡相机飞回祖国内地。这架机器由于当时在国内少见，被新创办的人民画报社再三情商而出让给了他们。

当时我有点舍不得，但是亦有如释重负之感，因为一机在手免不了为人留相，照得好皆大欢喜，照得不好对方就不开心，我就受过许多小姐太太们的抱怨。当然照好了事就更多，你得去添印、放大，照得越好越得放得大点送人。还有，日子长了，你早忘了，可是人家没忘，也因此常常挨骂，这真叫吃力不讨好。乃至现在儿子成了摄影家，我这做老子的还要常常代儿受过，不时有人打电话给我，说：你儿子吴钢给我照的相，这么多日子还不给我？

吴钢用那架相机学习摄影，到了着迷的程度。我叫他去拜了个高级师傅，就是戏剧舞台摄影大家张祖道，他是我四十年的老朋友，如今成了儿子的老师与密友。一起拍照，一起钻研，一起在暗房里放大照片到深夜而乐此不疲。再往后我又给儿子找到另一位大师——香港的陈复礼先生，吴钢得到了更大的幸运、更高级的培养。一九七八年，吴钢正式调到现名《中国戏剧》月刊做摄影记者，开始了对戏剧、戏剧演员的拍照。由于我们长期从事戏剧工作，孩子从小受到戏剧艺术的熏陶，经常晚上跟妈妈到剧场看戏，前台后台跑来跑去，第二天还和弟弟妹妹们学演戏。此外又和许多演员熟识起来，老一辈演员至今还叫他的小名大牛。到后来便以拍舞台，尤其是戏曲舞台摄影为专业，似乎也是顺理成章的事情。在目前戏剧演出不景气、观众减少的状况下，孩子能够继承父母的事业，为中国戏曲艺术的发展做一点工作，也使做家长的感到欣慰。

无论从事什么工作，都应当有一种对事业的忠诚。儿子的事业和他使用的相机分不开，保护自己使用的工具理应是自己的本分和职责。平时看见那些背了一身大大小小的相机、照明灯、相机架甚至电瓶等的摄影师们就联想到儿子身上的沉重负担。几年前，我写的反映评剧艺人生活的影片《闯江湖》在天津开拍，有一场戏由于导演的坚持，邀请我的妻子新凤霞串演一场戏中戏《凤还巢》的镜头，是在河北省河间县一个古旧的小舞台上真景拍摄。儿子作为记者，又是半身瘫痪妈妈的保护人，随同摄制组一同来到河间县。正在拍摄当中，忽然发生了一个大灯泡爆炸的事故，生病的妈妈倒没有被吓倒，而背着相机正在拍剧照的儿子却从台口一跤栽倒在乐池里。还有一次事故是：在音乐学院学习声乐的小妹妹头一次在容纳两万多人的首都体育馆里表演独唱，大哥哥背了一身照相器材忙着给妹妹和其他演员拍照，谁知正匆匆走过运动场中心地带时，怎么脚下一滑，摔了个仰面朝天。在两万观众两万双眼睛注视之下引起一个大震动，把大家的肚子都快笑疼了。然而奇迹在于：两次大摔跤里，儿子背的一身器材全部安然无损，尽管一次是把裤子撕破，一次是把屁股摔青了。两次惊险历程都证明吴钢是一个合格的摄影家，具有一种为事业献身、宁舍命不舍器材的精神。

由于十年浩劫，吴钢失去了读大学的机会，只是在劫后复苏的时候考取了鲁迅美术学院艺术摄影系。两年的专业学习，使他得以深入钻研自己的业务，在用新的摄影技术来反映古老的传统戏曲艺术方面，做了一些新颖的、富有奇趣的探索和尝试，在戏曲人物形象的摄影专业上取得了读者承认的成绩。中国戏曲是中华民族文化的高度成就，是人类文明的艺术结晶；中国的戏曲舞台是神奇的梦幻世界，典雅秀丽、雍容华贵、多姿多彩、举世无双。对于儿子能利用现代摄影的技术条件摘取古典戏曲艺术的精髓神韵，拍摄出这样奇幻美妙的照片，把众多中国年轻的、中年的、老年的戏曲艺术家最精彩的瞬间长留天地之间，我感到无限喜悦。

香港年轻一代的摄影大家水禾田先生将为吴钢出版一本他的摄影作品专集《出将入相》，要我为这本画册写一篇后记。后记写成已经跨过了两个年头，而画册尚迟迟未能出版，这种出书的速度到了可与内地比慢的程度了，真正大出我的意料之外。在刚过去的一九八八年，吴钢的戏曲摄影展在北京和台北两地同时作了展出，都取得不小的成功。我将这篇《后记》重新写了一遍，并叫吴钢找来几幅作品和海峡两岸展览会的现场照片交给一家杂志发表，作为对我的三个孩子当中最笨的吴钢（黄宗江语）的一种鼓励，也就不避夸儿之嫌了。

吴钢为我拍照（代序二）

早在二十世纪七十年代末，吴钢就为我和侯耀文共同出席中国第四届文代会留下了珍贵镜头。

一九八五年，我和他陪新凤霞与吴祖光先生出访新加坡，为新加坡首届华语相声大赛当评委。我是吴先生的义子，叫新凤霞为"老妈"，称吴先生为"老爸"，吴钢身为他们的长子，我称他"吴钢哥"。

吴钢哥的任务是照顾老妈的身体，但老妈一休息，他的任务就改成陪我四处游逛"猎奇"了。

他是摄影家，自然知道一些当地的"自然景观"。一天，他告诉我："牛车水边上有一条'同性恋街'，这是一景儿！"我当即表态："得看看！"我走在前边，他提着照相机在后面，我在前边搭话儿，他在后边抓"西洋镜"。

一个小伙子，梳分头，抹红脸蛋，穿短裤，一见我便摇着手中的折扇走过来："喂，小白脸，是不是来自台北？"我忙解释："胡梭（说），我来自高雄耶！"吴钢一边偷偷乐，一边按动手中的快门。

以后的四十来年中，吴钢的照相机一直不断记录我的行踪。

八十年代的照片有与谢添、赵子岳前辈的相聚，有在第五届文代会上向香港著名摄影师陈复礼求教；九十年代初有与董寿平、管桦、凌子风老人们于美术馆共赏丹青，在巴黎探望深居简出的朱德群大师

吴钢陪同姜昆探望绘画大师朱德群。二〇〇五年摄于巴黎朱德群寓所

姜昆与夫人李静民在新装修的巴黎中国文化中心六楼合影。吴钢摄于二〇〇九年

和范曾，有与卓别林的孙子、孙女聚会于著名影星宝特丽黛·拉芳的寓所；还有二十一世纪游走欧洲与法国最著名电视喜剧明星罗马诺夫相会，等等。现在回过头来一看，张张照片都是"失不再来"的，一个人不可能抓回逝去的时光，我也只能在吴钢抓拍的一张张影像中，找回那历史的一瞬间。

我大小也算个明星，但是吴钢可能烦明星身上那道所谓的"光环"，所以他从来不让我照明星照。我和妻子在巴黎中国文化中心的留影，是坐在一个屋子里的落地窗前，借着夕阳的余晖拍摄的。许多摄影家看后说："吴钢就是大家，选的地点和姿势都和一般人不一样！"当然，大家不知道，吴钢让我坐在地上照，是因为那间屋子正在装修，根本没有椅子，只有那么一块地方能拍照，不过他敢在这个地方照，那凭的是"艺高人胆大"了。

我想在巴黎留一张纪念照，他说，你骑巴黎市政府提供的自行车，基本上是免费的，别的地方没有。于是，他让我这四十年没摸过自行车的人足足骑了两个小时进行拍照。第二天，我的大腿足足疼了一整天。

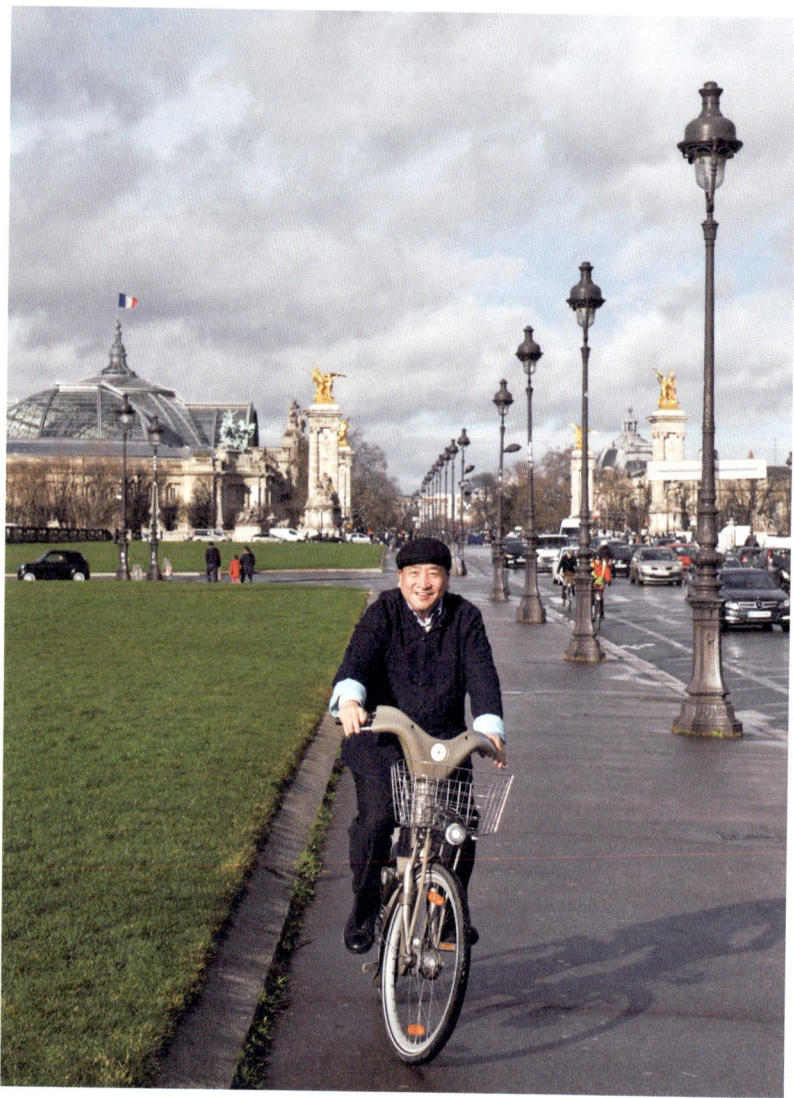

姜昆在巴黎骑自行车。吴钢摄于二〇一四年

爸爸给了我照相机

　　记得很小的时候，我就知道我的爸爸名叫吴祖光，妈妈名叫新凤霞。我和爸爸妈妈住在北京东单附近栖凤楼胡同的一个院子里。家里用了一个阿姨叫作秀贞。我晚上睡觉的时候有个毛病，要大人给讲故事，听着故事才能够睡着。秀贞阿姨和妈妈讲故事我不愿意听，最喜欢听爸爸讲故事，他讲得生动有趣，引人入胜。后来大了一些，知道父亲是作家，是写故事的人。

　　父亲一生交游广阔，朋友特别多，家里经常来一些艺术家，很多是画家和演员，有时候就在家里画画和写字，我看了以后就学着涂画，爸爸看到我喜欢画画，给我买了彩色蜡笔和彩色铅笔，鼓励我学画。儿时涂画的这些作品，爸爸都细心保存了下来，直到我长大结婚的时候，他才把这些存放多年的儿童画交给我。其中有一张画，是我照着六叔吴祖强送给我的一个克里姆林宫的积木画的。

　　在东单栖凤楼的家中，经常是高朋满座，其中有不少是父亲抗战时期在重庆的老朋友。那时有一位仰光华侨富商的弟弟唐瑜，用哥哥给他的钱在重庆盖了一栋大房子，父亲和一些文艺界的朋友就一起住在里面。这些文艺界人士作息时间没有规律、自由散漫，自嘲为"二流子"。因此这座房子被郭沫若开玩笑称为"二流堂"。解放后，重庆"二流堂"里的父亲、盛家伦、黄苗子、郁风等又一起住在栖凤楼

吴钢幼时画的克里姆林宫，署的是小名"吴大牛"

左起：六婶郑丽琴、六叔吴祖强、父亲抱着吴钢。张祖道一九五二年摄于东单栖凤楼的院子里

在东单栖凤楼的家中。左起：吴祖光、唐瑜夫人李德秀、吴钢、新凤霞、唐瑜。摄于一九五二年

的院子里。老朋友唐瑜、丁聪等也经常过来，所以东单栖凤楼又被称作北京的"二流堂"。后来在一九五七年反右运动中和"文化大革命"中这所谓的"二流堂"被打成了"反党集团"。

在爸爸妈妈的朋友当中，有一个人后来影响了我一生，他就是著名摄影家张祖道。在我儿时的记忆里，在满客厅的人当中，张祖道叔叔总是不言不语地坐在一旁，用心听别人讲话，就像一个戏台上的"龙套"演员。长大后我才知道，舞台上的"龙套"虽然不讲话，却是最有机会接近主演、最能近距离观察主演的人，这正是一位职业摄影家的角色。印象中的张叔叔身上总是带着一个新奇的东西——照相机，我对这个东西充满了好奇心。

父亲是电影导演出身，摄影并不外行，他在这个小院子里拍摄了不少照片。其中有一张是我很小的时候父亲给我拍摄的一张彩色照

儿时的吴钢。吴祖光摄于一九五二年

片，那应该是在夏天，我光着屁股玩水时拍摄的。照片中的我手里拿着个小喷壶，旁边的铁皮烟筒上写着粉笔字"戴大全"，那是我们院子里的电影导演戴浩叔叔的儿子写的。这是一张真正的135彩色反转片（正片），在当年是十分罕见的。更加难能可贵的是父亲一直保存着，经过反右和"文革"等历次运动居然还奇迹般地完好无损，记得父亲说照片是托唐瑜在国外冲洗出来的。

还有一张底片是父亲正在给母亲拍照的照片，也十分难得，因为父亲的背影也出现在了画面当中，手拿着照相机蹲着在给母亲拍照，母亲在家里小院的南瓜架下，手里托着一个大南瓜。这是在阳光和树荫的结合部，用光很巧妙。

后来，我们从东单栖凤楼搬到了王府井马家庙的四合院里，家里也有了弟弟和妹妹。我们兄妹经常在院子里模仿看戏的情景，自己演戏玩。父亲找到了一块五十厘米左右的方砖，用铁架子架起来。在方砖上画出方格，让我们用毛笔蘸上水，在方砖上练习写大字。后面的字写完，前面的水痕已经干了，又可以重新再写。正是这些点滴的艺术训练和熏陶，使得我们兄妹三人长大以后都从事了艺术工作，我做了一名摄影师，弟弟吴欢成为书画家，妹妹吴霜成为歌唱家。

然而好景不长，一九五七年反右运动开始，父亲被打成戏剧界的头号"右派"，发配到北大荒劳动改造。妈妈带着我们三个孩子艰难度日，但每天都要给爸爸写信，也间或拍几张照片给爸爸寄过去。

最近我在整理老照片的时候，发现了一些父亲在香港做电影导演时期的照片，当时的他风华正茂，忙着为周璇、李丽华、孙景璐等明

父亲在小院子里为母亲拍照。张祖道摄于一九五二年

父亲在香港做导演时的照片。左起第三依次为：周璇、张光宇、吴祖光、顾也鲁、丁聪

照片背面的父亲手迹：1947摄于香港九龙大中华影业公司

星拍戏。其中一张照片里父亲穿着花格毛衣、毛绒西裤，脚上是白色镂花皮鞋，坐在藤椅上晒太阳。照片背后有他亲笔题写的"1947摄于香港九龙大中华影业公司"。我还找到父亲一九五八年在北大荒劳动改造时的几张底片，极其宝贵。其中一张父亲拿着帆布手套，棉鞋裹着一层泥，裤子上厚厚的补丁已经磨白，后面是草坯泥砖砌起的工房，可以想见当年劳作与环境之艰苦。两张照片对比，十年间人生境遇的变换，真是令人感慨。

　　经过三年的劳动改造后，父亲回到了北京，家里又恢复了生气。用父亲的话说："孩子们像变魔术一样，突然都长大了。"

　　父亲回来后常用家里的一台苏联制造的佐尔基135照相机在院子里给我们拍照，他看到我对相机感兴趣，就鼓励我也试着照几张。那时候的照相机不但要装胶卷，还要根据光线，手动调整光圈大小和快门速度，具体调整到什么位置，要凭经验。父亲就给我慢慢讲解，他

父亲在香港时的照片。摄于一九四七年

父亲在北大荒。摄于一九五八年

生动形象地把光圈比喻成窗户的大小，把速度比喻成开关窗户的时间："窗户开得大，射进来的光线就多。同样，开窗户的时间长，射进来的光线也会增多。"这样，我很快就掌握了基本的光圈、速度调整方法。

好景依然不长，"文化大革命"又来了，父亲和母亲都被造反派"专政"，斗争、关牛棚、劳动改造，我们家也从四合院搬到了和平里的单元楼里。"文革"最初的高潮与狂热过去后，学校不上课了，空闲时间很多，我开始摆弄家里的照相机，父亲看我对摄影兴趣不减，就正式请张祖道叔叔做我的摄影老师，教我摄影。这个时期我有的是时间，拍摄了很多照片，家里人、周围的朋友、街坊邻居、老师同学都是我的摄影模特。逆光照能够勾勒出轮廓，但是需要反光板补光，找不到粘在反光板上的银纸，我就用带光亮的白纸代替。这时市场上照相器材很少，我和张祖道叔叔经常把家里的幻灯机当作放大机用，放出来的照片模模糊糊，像是潜在水里的影像，父亲看了后说是"抽象派"摄影。后来市场上出来了一种简易放大机，我记得是七十五元，这是当时一般工人两三个月的工资，父亲说服母亲给我买了一台，我高兴极了，父亲更是高兴，对家里人说："一二三四五六七，大家来看放大机。"我把佐尔基相机上的镜头拧下来，装到这台放大机上，第一次放出了高质量的照片。那时候前门外大栅栏里有一家国华照相器材商店，因为离和平门的新华社比较近，新华社里放大毛主席像裁下来的放大纸边，都放在这里卖。我和张祖道叔叔每天在卫生间改成的暗房里研究放大技术，就用这些纸边放大照片，以至于后来保存至今的照片以狭长的居多。每次我们一同拍照时，张叔叔都给我示范，教我如何取景用光，我拍摄过两张照片：第一张是张叔叔在和平里我家的楼下，正给父亲母亲拍照，我把这个场景拍摄下来；第二张是之后又按照张叔叔的取景构图，给父母亲拍摄了一张合影。

张祖道叔叔（左）在给父亲母亲拍照。吴钢摄于一九七四年

父亲和母亲。吴钢摄于一九七四年

左起：弟弟吴欢、父亲、张祖道叔叔。吴钢摄于一九七四年

　　“文革”当中我给家人也拍摄过不少照片，是我向张祖道老师学习摄影的习作，大部分底片都保存了下来。这个时期妈妈的照片很好辨认，都是剪的短发，“文革”开始时破“四旧”，所有留长发的人一律剪成了短发。而“文革”之前为了演出方便，妈妈一直是留长发的。那时候墙上只能够悬挂毛主席的诗词，其他一切字画和艺术品都是“封资修”的产物，所以这张照片的背景也留下了这个时代的特征。有趣的是，对于摄影界中人这套和平里的房子不陌生：“文革”结束后我家从和平里搬到了东大桥，这套房子后来分给了摄影家协会的陈淑芬老师，陈淑芬搬走后又分给了摄影家协会的吴常云。看来这套房子始终与摄影有缘，从将近半个世纪前开始，我就在这套房子里和张祖道老师学习摄影，拍摄了最初的摄影作品，在卫生间里学习放大照片，在窗户的玻璃上用滚筒给照片上光……

　　“文革”结束后，我到了《中国戏剧》杂志，与张祖道叔叔一起做摄影记者，在和张叔叔一起工作的过程中得到了许多专业摄影的实践经验。当时，正值中央为历届运动中的冤假错案平反昭雪，父亲在一九五七年反右运动中的问题得到彻底平反，一些当年受到父亲问题株连被发配外地劳动改造的朋友也陆续回到北京。二十世纪五十年代

"文革"时期的全家照。左起：弟弟吴欢、妹妹吴霜、母亲、父亲和吴钢，墙上挂着毛主席诗词手迹图片。张祖道摄于一九六九年

初时，一些文艺界的青年知识分子经常到我们家里来，父亲与他们探讨艺术创作，母亲给他们做饭吃，这些人与父亲、母亲感情很深，称他们"大哥大嫂"。一九五七年他们大都被打成"吴祖光小家族反党集团"，年轻的剧作家杜高也因此牵扯到父亲的所谓"右派集团"当中，被打成"右派"、开除公职、劳动改造，他后来写了很多回忆反右运动和回忆我父亲母亲的文章，他说：

　　吴祖光是一个自由的文人。他热诚平等地对待所有的人，没有丝毫世俗的等级观念。在大人物面前他从不认为自己是小人物，在小人物面前也从不以大人物自居。这在等级鲜明的中国社会环境里是最为难得的。五十年代初，我和他交往时，还是一个初出茅庐的青年人，而他已是大名鼎鼎的剧作家，他家的座上客大都是文化名人。夏衍那时在上海当部长，每次到北京办公事，下车后必先到祖光家"报到"，吃完饭再去招待所。我多次在祖光家里遇见夏公，喝茶聊天，饮酒吃饭，他招待夏部长和招待我们这些年轻朋友同样热诚和随意，丝毫没有等级上的差别，因而我们在他家做客从不感到拘束和不自在。

有一次我到他家，他大概刚送走一批客人，桌上的茶杯还没有收拾。我随意问了一句刚才来的客人是谁，他也随意地回答我："陈毅。"我吃惊地问："是陈毅副总理吗？"他点点头："大将军。是王昆仑陪他来的，看了看画，谈了谈戏，聊得很轻松。警卫在院子里等着。"他的语气很自然，没有半点受宠若惊的意思，就像接待了一位我这样的客人。

又有一次我到他家，他正忙着拍摄梅兰芳的舞台艺术片，讲起拍摄中一些领导乱干预，对戏曲一窍不通的小笑话，接着说："昨天周总理把我叫去吃饭，还叫了老舍和曹禺，问我们在写什么，他要我们讲讲文艺界的情况。"跟上次讲到陈毅来他家做客一样，他仍然是以那样平常的语气讲起周总理的邀请。

一九五三年祖光编了一本散文集《艺术的花朵》准备出版，那里收集了他写的十多篇描述梅兰芳、程砚秋、常香玉、新凤霞等戏曲表演家的极富情趣的散文，每一篇都附有一幅精美的插图，大都出自名画家手笔，如张光宇、丁聪、郁风等，但是祖光特意把写梅兰芳的那一篇留给蔡亮，要他画一幅梅先生《贵妃醉酒》的舞台速写。蔡亮那年才二十岁，还是美院的学生，祖光信任和扶植无名青年，没有半点论资排辈的俗见。《艺术的花朵》出版后，我们都为蔡亮高兴，这是他公开发表的第一幅作品。这件事给我留下了很深的印象，我从吴祖光身上感受到了中国文化人对后进者的爱心。三十多年后,蔡亮已成了一位名画家,他回忆起这件事时深情地对我说:祖光的用心到我当了教授后才真正领略,他是给我一个机会,要我向那几位名家学习,看看自己和他们的差距在哪里,鼓励我上进。我想起他对我的培育,就懂得了我应该怎样爱护自己的学生。

吴祖光是一个充满人道精神富于正义感的中国文人,他同情弱小者,勇于直言。

一九五五年反胡风运动中,因为我和路翎在一个创作室工作,我和几个朋友被打成胡风反革命集团外围的"小家族",被关起来审查批斗。反胡风运动本来同吴祖光一点关系也没有,肃反也没有触及他。他那时正受周恩来的委派,在拍梅兰芳和程砚秋的戏曲电影。但是他和我们几个年轻人有着真纯的友谊,他很喜欢我们,尤其和田庄亲密无间,无话不谈。他听说肃反把我们整得很惨,把我们搞成了一个小集团,把我们当成反革命关起来审查批斗,他认为这样做太不可思议,太过分,太不近人情了。出于一种善良的心意,他在一些公开场合为我们说过公道话。他不知道这可是犯了大忌,凡是懂一点政治世故的人,凡是有一点党内斗争经验的人,遇到这种情况躲避都来不及,吴祖光的率真就这样给他自己招来了一场大祸。

一九五七年,吴祖光被打成戏剧界头号右派。他的确是被强拉着鼻子上"钩"的"鱼"。他去出席文联座谈会,临出门新凤霞还拉着他,不让他去,凤霞是从社会底层走过来的穷苦艺人,她有一个朴素的人生经验:再了不起的人也爱听奉承话,哪有听了丑话不翻脸的人呢!吴祖光不信她的这个经验,他说:"毛泽东的《沁园春·雪》还是我在重庆编《新民报》副刊时头一个发表的，还有什么信不过我的呢！"

他果真上钩了。他的一番善意的发言，发表时被安上了这样一个标题：《党"趁早别领导文艺工作"》，吴祖光的反党罪行也就这样定下来了。

吴祖光和黄苗子、丁聪、唐瑜等文化人被打成"二流堂"右派集团，为了加重吴祖光的右派罪行，"小家族"被定为"二流堂"的第二代。肃反时积累下来的那些有关"小家族"的材料，一股脑儿都堆到他头上了。每当我回忆起那数千人参加的"小家族"批斗会，吴祖光被揪上台，听任人们用恶毒的语言谩骂他侮辱他时，我心里极其痛苦。比如有一次田庄、汪明和蔡亮等几个朋友在祖光家看到一本印制精美的《世界名画集》，欣赏着文艺复兴时期的裸体画，到反右运动时竟变成在吴祖光家看"春宫图"，作为吴祖光腐蚀青年和"小家族"集团生活糜烂的一条罪状而公之于报刊，真教人愤慨至极！

一九七九年春，小集团平反后，我和几个朋友在祖光家重逢，凤霞已经瘫痪，我们抱在一起，是那样淋漓痛快地号哭起来。

我在家里拍摄到了他们的这次聚会。将近三十年过去了，每一个人都有被劳改、被关押、被侮辱、被批判斗争的血泪史。其中在剧协被打成右派的汪明就惨死在劳动改造当中。这次聚会中的张郁，是一九五七年在中国戏剧家协会工作的年轻编辑，正是他天真地奉命到我家，邀请父亲到"文联"提意见。而父亲正是因为这次发言，被打成戏剧界最大的"右派"，张郁因为这次邀请"大右派"发言、向党攻击而获罪，也被打成"右派"，妻子与他离婚，他失去公职，流落到街头做了几十年苦力。另一位王正，一九五七年是中国青年艺

前排左起：张郁、新凤霞、吴祖光、段承滨（中国青年艺术剧院剧作家）；后排左起：王正、杜高、陈刚。吴钢摄于一九七九年

剧院的编剧，才华横溢，也是最年轻的艺术委员会委员，被打成"右派"后放逐到北大荒，与我的父亲在一起劳动改造。这些患难中的朋友，印证了一代知识分子曾经在极"左"路线下经历的苦难。

我给他们拍完合影照片后，杜高非常紧张地对我说："我们见面的事情千万不要告诉剧协的人。"他从一位风华正茂的青年作家，被打成右派分子，劳动改造中受尽了苦难，被整怕了，这次回到北京，老朋友见面还是心有余悸。后来杜高恢复了工作，和王正一起做了中国剧协的领导。最近几年，杜高写出了许多真实动人的回忆文章。

一九八〇年，父亲第一次出国，是到法国参加中国抗战文学国际研讨会。同行的有艾青、刘白羽、马烽、高行健等人。父亲回国时，按照规定可以带回一件免税商品，他没有带回当时国内紧俏的冰箱、彩电等，而是用这个免税指标，给我带回了一套当年刚刚在欧洲上市的尼康F3型单镜头反光相机和镜头，这台最专业的尼康相机第一次使用了电子快门，下面可以加装专用的马达，像机关枪一样连续按动快门拍摄（当年的照相机与现在的数码相机不同，按动一次快门过后，需要用拇指搬动相机上方的扳手，卷过胶卷，同时上紧快门的机械装置，才能再次按动快门进行下一张照片的拍摄）。我尝试着用这台最新型的相机，拨动多次曝光调节钮把胶卷固定住，再利用马达连拍装置，成功地把戏曲舞台上的舞蹈动作连续拍摄在一张底片上。这台父亲送给我的相机陪同我的摄影生涯，从中国来到法国，在数码摄影的时代里完成了它的历史使命，现在就摆在我在巴黎住所客厅的玻璃柜里，和爸爸妈妈的照片放在一起。我有时候会把它拿出来摆弄一下，听着它"咔、咔"作响的快门声音，回忆起三十多年前，爸爸出国回来把它送给我的时候，我是那样的惊喜、那样的高兴。爸爸比我更高兴，他鼓励我用这台相机创作出更加优秀的摄影作品。我正是用这台

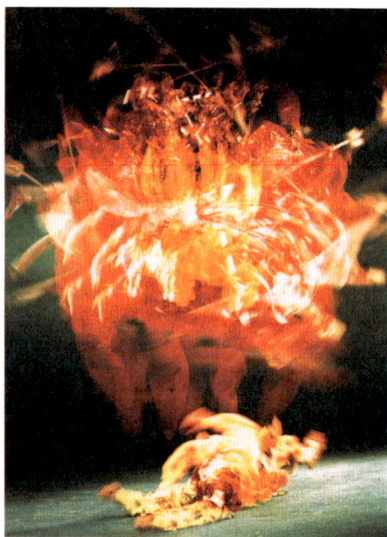

京剧"串翻身"。吴钢摄于一九八六年

相机和它的多次曝光装置，拍摄出舞台上演员在"四击头"锣鼓声中的一整套亮相动作，也拍摄出武旦演员快速翻身旋转的连续动作。

我用拍摄的这些戏曲舞台摄影作品，开始筹办我的第一次摄影展览，父亲亲自联系他的一些老朋友来"捧场"：吴作人题写展名，曹禺写前言，黄永玉为我画作者像，曹辛之设计请柬。还请了他的老朋友：黄苗子、丁聪、尹瘦石、宗其香、范曾、欧阳中石、溥杰、沈醉等为我的展览题诗作画。一九八八年十月，"吴钢戏曲艺术摄影展"在北京中国美术馆和台北爵士艺廊同时开幕，父亲和半身不遂的母亲出席北京的开幕式，还请来他们的干儿子姜昆和老朋友赵忠祥做主持。

在中国剧协工作的十几年时间里，我也拍摄了父亲的很多活动。特别是一九八二年我作为摄影记者随同中国戏剧家访问团访问东海舰队时，拍摄了大量的照片。父亲是访问团的成员，访问团里有父亲的老朋友张颖、凤子等，也有中青年剧作家魏明伦、王肯、于雁军等。魏明伦就是在这次行程中，拜父亲为老师，我们仨在小饭馆吃了一顿饭，算是行了拜师礼。从此魏明伦常到家里来向父亲请教，我们也把他当成自己的兄长。

我到巴黎之后的一九九二年，在《欧洲时报》上看到一篇《吴祖光打官司》的文章，把我吓了一跳，后来父亲带着北京京剧院到伦敦演出他创作的京剧《三打陶三春》，我去伦敦看望父亲，父亲把事情的经过告诉了我：那年有一位安徽来的朋友送了一些茶叶给父亲，当时还不讲究包装，这些茶叶是用报纸包着的。倘若不是用报纸包茶叶，也就没有这个案子了。父亲习惯晚睡，在母亲睡熟之后，父亲在书房里把茶叶装进茶叶罐，把报纸铺平准备折叠起来时，发现这是一张《中华工商时报》，父亲从未看过这份报纸，但是报纸上有一

父亲在东海舰队的军舰上参观。右起：魏明伦、吴祖光、王肯。吴钢摄于一九八二年

父亲在潜水艇的甲板上参观。吴钢摄于一九八二年

篇《红颜一怒为自尊》的文章引起了父亲的注意。文章里说了一件事情：一九九一年十二月二十三日，两位年轻女顾客倪培璐、王颖在北京国贸中心所属惠康超级市场购物，遭到两名男服务员无端怀疑，并被解衣、开包检查，在查实她们是无辜的并放行后还嘲讽两位姑娘。一九九二年五月，两位姑娘以惠康超级市场侵犯人格、损害名誉，向法院提起诉讼。由于国贸中心自诩是最大的国营企业，这也是第一起民告官的官司，所以引起了许多媒体的关注。

父亲看过文章后非常气愤，连夜写了一篇文章《高档次的事业需要高素质的员工》，父亲的说法是："基于对两位年轻姑娘人格受到侮辱的义愤，呼吁社会对侵犯和骚扰行为多一些监督，希望高档次商场维护和珍惜自己的'星级'商标。"父亲写好后封上信封，早上就叫小保姆直接放到信箱里去，寄给了《中华工商时报》。而早睡的母亲一点也不知道这件事，倘若是白天见到了这篇文章，母亲是绝对不会让父亲"多管闲事"写什么文章的，也就不会发生后来的打官司了。

《中华工商时报》收到父亲的来稿后立刻全文刊登。以后发生的事情更加离奇，一九九二年十一月十八日，经法院调解，被告国贸中心向两位原告道歉，并补偿精神抚慰金两千元，原告撤诉此案告一段落。而国贸中心却随即以吴祖光侵害其名誉权向北京朝阳区人民法院提起诉讼，将吴祖光告上法庭，法院立案受理。

我回到北京后，父亲把与这个官司有关的几个关键人物请到家里来，其中有那两位小姑娘，还有自愿来为父亲打官司的律师王耀庭。他们一起站在我们家的阳台上让我拍照。惠康搜身事件的原告之一倪培璐知道国贸中心起诉父亲后，写了一篇《我也写个始末》发表在《中华工商时报》。文章不仅证实国贸中心的工作人员确实将她们推进仓库搜查，而且使用了极不负责和侮辱性的语言。她说："没有想到为了替我们说几句公道话，竟把吴先生牵扯在内，心中十分过意

父亲和被国贸中心搜身的小姑娘倪培璐、王颖。吴钢摄于一九九二年

父亲和他的律师王耀庭。吴钢摄于一九九二年

不去。如果吴老需要我们出庭作证，我们责无旁贷，不惜再上法庭，对簿公堂。"父亲知道后非常欣慰，认为他"得到了最有价值的东西——社会的理解"。母亲平时是最胆小怕事的，这次却坚决支持父亲，还根据自己在旧社会的亲身体会写了一篇《官商告百姓》的文章声援父亲。

这个官司引起了记者们和普通老百姓的普遍关注，一九九二年十二月二十六日，父亲在昆仑饭店召开新闻发布会，事先通知的记者只有十几位，结果来了七十多人。父亲认为："向我起诉竟发生于国贸中心已在朝阳区法院当堂知错任罚之后，其'捞点便宜，挽回点面子'的用心更加显然。"并认为这件案子"造成了我的名誉及其他方面的重大损失，我保留向原告提出向我赔礼道歉消除恶劣影响并赔偿损失的权利"。法院几次开庭审理，大批记者和声援群众围在门口，有些记者想冲进去采访，被拉出来。2016年，我参加世界华人摄影家访问团到伦敦拍照，碰到了摄影家王文澜和解海龙等人。在《中国日报》任职摄影记者的王文澜说："我当年为这个官司的事专门去你家采访过你父亲。"当时在《中国青年报》做摄影记者的解海龙说："有个冲进法庭采访的记者被保安拉出来，头发都揪下来了，我还拍了张特写照片，手里抓着一把头发。"

父亲一九九三年二月在打官司的过程中发表的《为老百姓说话我永远态度鲜明》一文中写道："文化界朋友说，国贸中心出了题目，吴祖光做了文章，各方面人士参加进来做补充，这是一台好戏。我没想到在七十五岁当上了一台好戏的男主角。我想这个角色我一定会演来游刃有余。一生风雨，不平则鸣。天生执着，仗义执言。坐在被告席上，心里却十分坦荡。我知道我是为弱女子、为群众说话，我永远态度鲜明。"

父亲的老朋友也是非常了解父亲的肖乾先生在一九九三年五月七

日发表于《南方周末》的文章中评论这个尚在审理中的案子，说出了父亲的性格；"从案子看，祖光不但比我更富于正义感，他也比我更热爱这个社会，对它更具有信心。我们就像是两种路人。他见到不平，就拔刀（或棍）相助，我则胆小怕事，溜之乎也。我谴责我这种态度，倘若人人这么'明哲保身'，社会就没救了。"

这个官司海内外几乎所有中文媒体都广泛报道，也引起公众的关注，但却长期无法判决。一个普通的民事官司，居然打了三年多，直到一九九五年五月十二日才宣告结束。朝阳区人民法院民事判决书（1992）朝民字第3178号判决如下："驳回原告中国国际贸易中心要求被告吴祖光赔礼道歉，消除影响、恢复名誉的诉讼要求。"法院判定吴祖光的文章属于正常的批评范畴，不构成侵犯名誉罪。宣判的时候，原告并没有出席。

父亲一生耿直，仗义疏财，从不屈服于权贵，他写的《国贸案结束感言补记》中批评国贸的律师："尽管韩'大律师'曾对记者说，'国贸有的是钱，三万两万不在乎……'我非常相信，据说韩律师的工资每年就是几十万，但是我对国家的钱有着和韩律师截然不同的看法，我是非常珍惜国家的钱，宁可把钱贡献国家，也不愿意收取国家的钱的。下面我列举几件实事，来证明我不是说空话：在新中国成立后的一九五三年，我征得父亲吴景洲先生的同意，把他一生搜求的珍藏字画、铜器、玉器等古代文物二百四十一件全部无偿捐给故宫博物院，事见一九八五年十月八日《人民政协报·二十万文物回归记》，列举捐献经过及捐献者三十人的名单，其中第一人即吴景洲先生，并说明'都是一级品文物'。"

关于父亲捐赠家藏文物一事，我在巴黎听范曾说起过，"文革"后他曾陪同父亲到故宫观看这批捐赠的文物，他说每件都是珍品。对其中一张吴道子的《西域贡獒图》尤其印象深刻，回去凭着记忆画

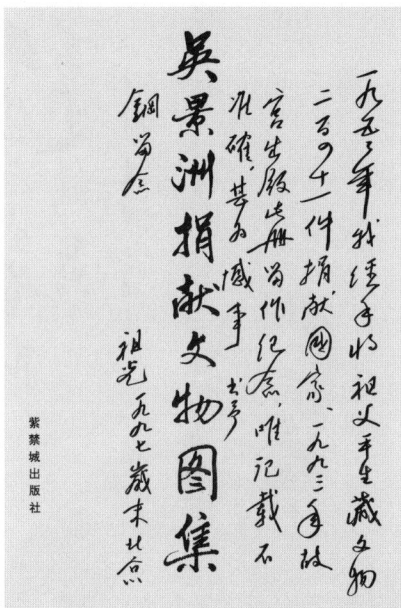

父亲在《吴景洲捐献文物图集》扉页上的
题词。吴钢摄于一九九七年

了一张，题记后赠给父亲。后来故宫出版了一本《吴景洲捐献文物图
集》的画册，我回国时父亲在画册的扉页上亲笔题词后赐给我：

> 一九五三年，我经手将祖父平生收藏文物二百四十一件捐献
> 国家，一九九三年故宫出版此画册留作纪念，唯记载不准确，甚
> 为憾事。书予钢留念。祖光，一九九七年岁末北京。

杜高与父亲有五十多年交往，他评价说："只要回想一下过去了的
那些噩梦般的岁月，几乎所有的中国知识分子，无不在极'左'政治
的沉重压力下经受着精神煎熬，无一人不被改造，被扭曲，被异化，
不由自主地消失着自我。而唯独吴祖光，始终保持着自己鲜明的个性
和纯良的天性，保持着一个知识分子独立的精神人格。他从不趋炎附

父亲在家中的客厅里，壁上是他题写的：不屈为至贵，最富是清贫。吴钢摄于一九八七年

势，不谨小慎微，不世故虚伪，不看风行事，他始终是他自己。难道这不是一个奇迹吗？难道这不是祖光留给我的最宝贵的昭示吗？”

父亲写过一副对联：“不屈为至贵，最富是清贫。”一直挂在家里客厅的墙上。这就是他一生性格的写照。

妈妈从银幕上走下来

　　我很小的时候，就跟着母亲到剧场看母亲演戏。从观众热情的叫好和掌声中，我知道自己有一个了不起的妈妈。她创作的《刘巧儿》等歌颂妇女翻身解放的评剧剧目，不但拍摄成电影，也在"话匣子"（收音机）里和大街小巷中传唱，使得母亲独创的"新派"唱腔，红遍了大江南北。她的演唱风格影响了几代人。一直到现在，评剧界还有"无旦不新"的说法。

评剧《刘巧儿》电影剧照。一九五五年

母亲在朝鲜慰问志愿军时与志愿军战斗英雄合影

　　母亲的唱腔清新典雅、风格独具。但是我知道,由于出身贫寒,母亲从来没有进过学校,因此这位戏曲声腔大师一直不认识任何乐谱。她从小学戏时,全靠师傅口传心授。凭着天资聪颖和勤奋自强,才在困苦的环境中脱颖而出,成为评剧界最耀眼的明星。这也练就了母亲惊人的记忆力,直到晚年她的记忆力都丝毫没有减退。家里人要打电话,忘了号码,只要把对方的名字说出来,母亲立刻就可以说出电话号码。甚至一些极少联系的人,只要曾经通过电话,母亲也能够牢牢地记住号码,她被我们称作家里的"查号台"。

　　我小的时候,母亲和父亲都是高薪待遇,家里的生活很好,但是母亲一直都勤俭持家。虽然她的演出和排练工作繁忙,家里还有保姆阿姨,母亲还是经常自己动手煮饭洗衣做家务。我至今记得,小时候最不高兴做又经常要做的事,就是被妈妈抓住绕毛线。洗好的毛线是要一圈圈绕起来的,我必须张开双手,把毛线圈撑开,妈妈拉过线头绕成线团，每次要绕很多团。这项枯燥烦琐的工作极大地占用了我在院子里玩耍的时间，母亲却总是乐此不疲，所以总有绕不完的线团。我们全家人的毛衣毛裤，一直都是母亲亲手编织，从未假手于人。至今记得妈妈带着我坐三轮车去剧场演戏，妈妈在车上总是嘴里哼唱着唱词，手里拿着长长的竹针织毛衣。每晚散戏后，剧场后门照例围满了热情的观众，妈妈向他们点头称谢后，拉着我走上三轮车，立刻开始了她的编织工作。而三轮车的两边总会有戏迷观众骑着自行车尾随送行，我坐在妈妈的怀里，两边的车铃声欢快地响成一片，在深夜灯光昏暗的北京街道上呼啸而过，车灯形成的长龙会延伸很远，这个奇特的场景，不仅牢记在我幼时的心中，至今也仍历历在目。

　　像许多有名的演员一样，母亲接到过无数热情观众的来信，她也很喜欢写回信，特别是给她的几十位戏曲界学生写信。她有一个保持了一生的习惯，就是把用过的信封小心拆开，翻转过来，再反折过来，重新粘好再用。一直到她生病后半身不遂，还是坚持用一只手，继续她的这个传统。她的学生遍及全国各地，而且都是当地戏曲界的佼佼者，这些学生后来回忆："从老师来信的信封上，就足够我们一生学习和体会的。"

　　母亲一生坎坷，幼年生活困苦，一九五七年反右时父亲被错划成"右派"，发配到北大荒劳动改造。母亲虽然没有任何言论，但受到父亲的牵连，也被划为"右派"。她边被批判还要边演戏，因为只有她的戏，观众才会来买票看。为了避免外界的各种谣言中伤，妈妈带着我住进了剧团宿舍。她每天都会给爸爸写信，虽然从来没有上过学，只是解放后在扫盲班里学习写字认字，但三年下来，给爸爸写信也使妈妈的写作水平有了极大进步。记得妈妈常常让我们兄妹三人把手放在信纸上画出轮廓，让爸爸从手型的大小上，知道我们逐渐长大了。

　　妈妈也经常把家人的照片寄给爸爸。按照习惯，妈妈有时候会在照片后面写上几句话。我最近在整理老照片的时候，看到两张妈妈去昆明演出时的照片。记得她一九六〇年去昆明是第一次坐飞机，飞机起飞后就感觉不适，头晕呕吐，妈妈大叫："快停下来！"飞机当然不可能停下来，妈妈一路呕吐到了昆明。这之后，她在昆明交际处（招待所）拍了照片寄给爸爸，后面写着"昆明交际处照的　下了飞机人很瘦"。还有一张照片，照片中妈妈的侧面有一只石狮子，后面写着"在望东北　凤　昆明　1960.4.5"，一看就是妈妈的笔迹，这应该是她在昆明演出时拍了照片并在后面写字，夹在信里寄给爸爸的。

　　不过少有人知的是这次母亲在昆明演出时受到的待遇。多年之后母亲去世，我们收到一封李坚女士的唁电，唁电中谈到母亲在昆明演出的情况："从文化报获悉评剧大师新凤霞不幸逝世，悲痛万分。五十年代，她在昆明成功的演出，轰动西南，但谢幕时不能站在第一

母亲在昆明交际处的照片

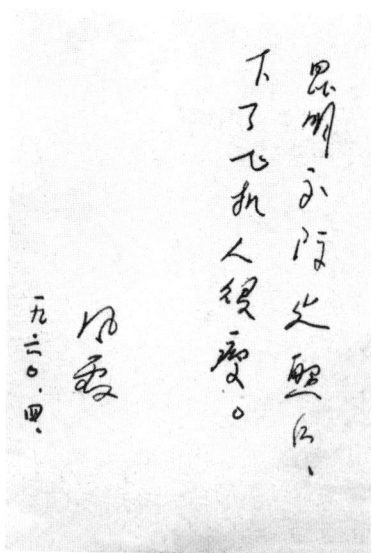

照片背面文字：昆明交际处照的　下了飞机人很瘦。凤霞一九六〇.四.

母亲在昆明的照片

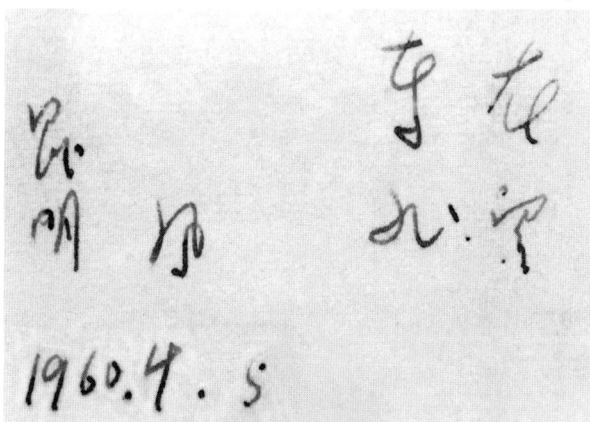

照片背面文字：在望东北　凤　昆明　1960.4.5

排。当时昆明市委赵增益书记亲自上台把她请到前台合影。"李坚女
士就是赵增益书记的夫人。身为主演的母亲为什么不能站在前排谢
幕？就因为她是"右派分子"。而且她在繁重的演出之后，不但不能
站在前排谢幕，回到后台还要承担打开水、收垃圾、倒痰桶等清洁工
作。看到妈妈在昆明的照片，想到妈妈身受的屈辱，真是很难再写下
去了。老照片中还有一张是爸爸的半身小照，面容消瘦，照片后面写

父亲在北大荒照片

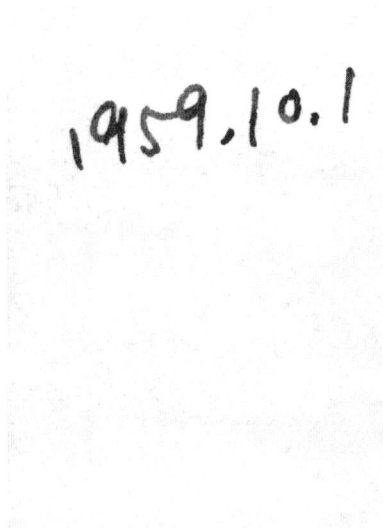

照片背面日期：1959.10.1

着时间是：1959.10.1。这正是爸爸在北大荒劳动改造时期，应该是
爸爸趁着十月一日国庆节休息，到小照相馆拍了一张小照寄给妈妈
的。老戏里常说“万金家书”，可惜这些宝贵的书信在“文革”中都
被抄家抄走了。所幸有这几张照片和照片背后的文字漏网，得以保
存下来。

　　在我的印象当中，妈妈是从来不会拿着照相机照相的，因为她的
职业，给她照相的人太多了。但是我整理出一卷老底片，其中有一
张我蹲在地上的照片可以肯定是妈妈拍摄的。这卷胶片里有几张是
一九五九年妈妈带着我和弟弟妹妹的合影。而这张我蹲在地上的照
片，斜阳夕照中映在我身旁的影子是穿着连衣裙的，另几张照片中，
妈妈穿着同样的连衣裙，我穿的衣服则和蹲在地上的那张是一样的。
显然是妈妈拿着家里的照相机，带着我们出来照相，请游人帮忙拍摄
了几张我们四个人的合影，看场景是在北海公园的桥上。那天的傍晚

妈妈带着兄妹三人在北海公园请游人
帮助拍照。一九五九年

母亲在给吴钢拍照时，穿着连衣裙的身影也在画面里。一九五九年

母亲读报纸。吴钢摄于一九七一年

太阳落山时，妈妈又亲自给我拍了一张，这都是准备寄给爸爸的。

接下来就是横扫一切的"文化大革命"，母亲被彻底赶下了舞台，当时的她才四十岁出头。经过批斗、关押、劳改等风风雨雨，在"文革"中后期的一段时间内，"造反派"们忙于派性斗争，全家总算是有了一段喘息的机会。这时我正在学习摄影，因为不敢到街上去拍，家里人成了我摄影的对象，妈妈是最乐于配合我的"模特"。我存有一张给妈妈拍摄的人像作品，以窗外射进来的自然光为主光，再用台灯补光，妈妈拿着一张《文汇报》，这是"文革"当中很"红"的一份报纸。上面的大标题是："阿尔巴尼亚、阿尔及利亚等二十三个……友好国家对我国的宝贵支持。"由此我们可以回想起"文革"当中与中国最友好的"同志加兄弟"的阿尔巴尼亚，一定是放在头版头条位置上的。

"文革"后期，妈妈在北京郊区的干校劳动，又要到单位里"备战备荒"挖防空洞，一向低血压的母亲被折磨成高血压，在"文革"

即将结束的一九七六年，母亲突患脑血栓，并且被误诊，导致左侧偏瘫。

"文革"终于结束后，生活安定下来。闲不住的母亲，开始用健康的右手画画。她在解放初期曾师从齐白石老人学习国画，齐白石是穷苦木匠出身，非常喜欢这位聪明好学也是贫苦出身的学生，认母亲为义女。有一张母亲与一群朋友和齐白石的合影非常有意思，妈妈那时身穿解放军的军服，佩戴着胸章。这是因为当时她们的评剧团归中国人民解放军总政治部管理，实行供给制，妈妈是团级待遇。这张照片在同一个场景拍摄了两张。一张是父亲拍摄的，照片中有一直与父亲合作的岑范，在父亲任导演的多部电影中，岑范都是副导演。可是在另一张照片中，父亲蹲在齐白石的身旁，而站在后排张光宇与郁风之间的岑范不见了。这应是父亲拍摄了第一张照片后，招呼他的副手岑范过来，用父亲的相机又拍摄第二张照片，而父亲跑到前排蹲下来。通过这两张照片的对比，就可以确定一张的拍摄者是父亲，另一张的拍摄者是岑范。

母亲和齐白石的照片发表过不少，她也写过许多与白石老人交往的文章。白石老人教母亲画画时说："画画也是画骨气，画出神态，画出性格。画牡丹要画出雍容华贵、富丽堂皇。画梅花要画出主干铮铮铁骨的气节来。画桃子要画出丰满的热情来。一张纸铺好，要设计好整个的构图，轻重疏密都要心中有数。"

母亲每天都坚持作画，绘画的风格是"齐派"的大写意水墨画，作品非常多，但她只是绘画，画上的题款则由父亲来完成，没有上过学堂的母亲在自传中写道："我至今还不能自己完成一幅画。中国画要有字和印章，画、书法打上印章才算是一个艺术品，我不会写墨笔字，每一张画都要我丈夫吴祖光为我写字，有几位画家朋友安慰我说：'夫妻合作是中国历来有的，也是可贵的。'我只说：'谢谢，这

新凤霞等人与齐白石合影。当中坐者为齐白石，左侧并立的是新凤霞和老舍夫人胡絜青，她们二人后面是裱画师刘金涛，前排蹲着的是黄苗子（左）、吴祖强（右）。后排右起：张正宇、张光宇、岑范、郁风。吴祖光摄影

吴祖光、新凤霞等人与齐白石合影。前排左起：吴祖光、齐白石、黄苗子、吴祖强。后排左五：新凤霞。后排右起：张正宇、张光宇、郁风，岑范不见了。岑范摄影

是鼓励我和成全我。'"不过,我却保存着一张母亲画的画,上有她亲自题的几个墨笔字,这是母亲画给我的女儿吴蜜的。吴蜜小时候就跟着奶奶画画,奶奶画时她爬到桌子上跟着涂画。后来到了法国上学,

母亲画作。一九七七年十二月

父亲题字:难得奶奶亲笔题款 十分少见　付蜜蜜孙女 祖光 丁丑十二月

奶奶怕她忘记中国字，就教她写毛笔字，在画上用毛笔写了"春光好"三个字，还签了名字。爷爷在后面题款"难得奶奶亲笔题款 十分少见 付蜜蜜孙女 祖光 丁丑十二月"。

"文革"结束后，看到戏曲重新登上舞台，粉墨半生的母亲也没有消沉下去，她在不知不觉当中，又重新被人们认识起来：开始她是写一些小的回忆文章，最早的一篇在《人民日报》上发表后，受到读者的欢迎，于是稿约接踵而来。母亲幼年的生活经历极其丰富，她把这些经历用讲故事和说家常的文字撰写出来，不加任何装饰，以她独特的写作风格，又一次赢得了读者和观众。很快，没有念过书的母亲出版了第一本回忆录，紧接着就是第二本，至今居然出了二十多本书，而且往往都是畅销书。她的著作还被译成英文和乌尔多文，并且被改编成电影和话剧。在她的笔下，幼年时的合作伙伴、贪婪的后台老板、新社会的文艺工作者、习画时的义父齐白石、一起劳改时的皇帝溥仪，等等，每个人都栩栩如生地跃然纸上。母亲勤奋的笔耕不但征服了读者，也得到了许多专家的肯定。画家丁聪为母亲的每一篇文章配插图，他对父亲说："我给凤霞画插图，就是为了让她高兴。"诗人艾青也对父亲说："给别人写序我实在没有时间，可是给凤霞写序我不能拒绝。"德高望重的叶圣陶先生目疾已久，听家人朗读母亲写齐白石的文章后评价说："齐老先生的轶闻逸事也常听人说起，可是都没有新凤霞写的那么真。她不加虚饰，不落俗套，写的就是她心目中的齐老先生。我闭着眼睛听孩子们念下去，仿佛看见了一位性情、习惯都符合他的出身、年龄、地位的老画家，同时也认识了一位敏慧的善于揣摩、体贴别人的心思而笔下绝不做作的新凤霞。"他写了一首诗鼓励母亲继续写作下去："家常言语真心意，读来深印心儿里。本色见才华，我钦新凤霞。人生欣与戚，自幼多经历。尝诵闯江湖，文源斯在夫。"母亲在病后身残之际又一次创造了奇迹：她加入

与叶圣陶老人的合影。左起：吴祖光、叶圣陶、新凤霞。吴钢摄于一九八二年

了中国作家协会，以民间艺人的身份，成为这个中国最高专业作家团体的会员。此事不但空前，而且绝后，因为现在的演员都是专业院校培养出来的，"民间艺人"这个身份很快会成为历史陈迹。母亲在会员登记表上的学历一栏中，工工整整地填写道："自幼失学，解放后扫盲。"入会介绍人的签名，却是两位德高望重的长者：叶圣陶和严文井。

叶圣陶先生诗中提到的"尝诵闯江湖"，是指父亲写的剧本《闯江湖》，这是一部根据母亲亲身经历写出的话剧。一九八四年改编成同名电影开拍，母亲在电影里面扮演大师姐，有在化妆室里化妆和在舞台上演出的镜头。那时我在《中国戏剧》做摄影记者，拍摄过许多的演员和剧照，可一直遗憾的是没有能够给妈妈拍摄一张剧照。这次机会来了，我陪着母亲到河北沧州的老戏园子里拍电影，终于拍摄到母亲生病后又走上舞台、化妆演出的照片。与她一起演出的有她年轻

新凤霞在电影《闯江湖》中演出《凤还巢》。左起：郑伯凡饰演穆居易，新凤霞饰演程雪娥，刘秀荣饰演丫鬟。吴钢摄影

时合作过的伙伴、老演员郑伯凡，还有她的学生刘秀荣、高闯等。

　　母亲的另一项重要的工作就是教学。“文革”结束时，母亲才四十多岁，但是已被迫害成半身不遂，当她看到很多戏曲界的老伙伴复出，心里非常着急，也想着重新登上舞台。但由于患病之后，没有得到很好的治疗，母亲的左手和左腿一直没有康复。所以她就把一生的演戏经验总结出来，写成文章出版，同时亲自教学生。她在全国各地有几十个学生，妈妈不辞辛苦，拖着半身不遂的身体，跑了很多地方，教戏、排戏、看戏。我经常陪着母亲到外地教戏，也跟到了香港、新加坡等地，拍摄了很多母亲教戏的镜头。

　　一九八六年，生活中的“刘巧儿”原型从甘肃来到北京，看望病中的母亲，她的名字叫作封芝琴。母亲在名为《真刘巧儿来了》的回忆文章中写道：“我知道她来的日子就准备了一些吃食，奶油蛋糕、

母亲病后在家里教学生演戏。左起：新凤霞、谷文月、戴月琴。吴钢摄于一九七八年

母亲到大庆市评剧团教学时
到油田参观访问。吴钢摄于
一九八四年

母亲与"刘巧儿"的原型封芝琴。吴钢摄于一九八六年

评剧《花为媒》电影剧照。一九六三年

酒心糖，冲好茶、冷冰块加桔汁……我特意叫来我的儿子吴钢为我们照相。不知为什么，心里还有点紧张了，我在屋里开门迎候他们，先是封芝琴进来，后面跟着个子不高很精干的老人。封芝琴穿着农民打扮的一身新衣服，头上还是扎着地方特点的毛巾。红红的脸，大眼睛，眉毛不那么浓了，可是轮廓还是能显示出她是当年的美人。"我在旁边按下快门，拍下了她们在一起的照片。

　　母亲在一九九八年突发脑溢血去世了，我一直有一个遗憾，就是没能接她到巴黎来看看。前不久，巴黎香榭丽舍大街上的巴尔扎克影院举办"世界戏剧电影节"，母亲主演的舞台戏曲艺术片评剧《花为媒》作为唯一的中国电影参加电影节的放映，我排队买票和观众一起走进影院。这部配上法文字幕的彩色影片，深深地感动了我和周围的法国观众。我想起了儿时在北京看妈妈演出的情景，仿佛看到妈妈正载歌载舞地缓缓走下银幕，又回到我们的生活中来……

我的家之一：栖凤楼的小楼

我很小的时候，住在北京东单栖凤楼胡同一座老式洋房的院落里，院子里住着很多人家。这座院落横跨东单东面的两条胡同，一个大门开在西观音寺胡同，后面还有一个大门开在栖凤楼胡同。因此我们的地址可以是西观音寺，也可以是栖凤楼。大概是母亲的名字中有一个"凤"字，我们一直把这里称作"栖凤楼"。

在这座两进院落里，我和父母三人住在一进大门东面的六间房子

幼时的吴钢在"栖凤楼"的院子里。吴祖光摄影

里，北面是一座两层楼房，楼下一大间住的是音乐家邬析零全家，楼上住着音乐家盛家伦、电影导演戴浩，还有我的二叔吴祖康和二婶。楼后面的跨院里住着黄苗子和郁风阿姨一家，他们的两个儿子大威和大雷是我玩耍的伙伴，我们经常在院子里耍枪弄棒。楼上的盛家伦偶尔会吹几声口哨，用口哨吹出歌曲，这是儿时的我最为羡慕的，我怎么模仿都吹不出声音来，更别提歌曲了。后来知道他是电影《夜半歌声》的歌曲作曲者，而且是程砚秋先生最崇拜的音乐家，所以程砚秋也经常到盛家伦的住处来请教和探讨音乐唱腔。

　　妈妈的回忆录中是这样写的："祖光真是个有心的人，他在东单西观音寺栖凤楼早已租下一排五间房子。房前一棵大槐树遮住西晒的阳光，夏天也十分阴凉。他把邓季惺大姐替他买的家具取回，摆放得十分精致。"妈妈说的家具是一套欧式家具，硬木雕花、乳黄色的油漆，沙发面是棕色的西式花纹锦缎。这套家具有几十件，从大床、大

母亲早期的《刘巧儿》演出照片　　　　　年轻时的母亲在照相馆拍照

衣柜、长沙发等大件，到梳妆台、酒柜、座椅、单人沙发等中件，还有茶几、花架、床头柜等小件，非常精致。这套家具我记事的时候就有，比我的年龄还要大，听爸爸说是托《新民报》总经理陈铭德的夫人邓季惺从委托行里买来的。当时东单一带离东交民巷很近，是外国使团和领馆聚集的地方，因此有很多买卖进口商品的委托行，也就是我们后来所说的寄卖行或者是旧货店。这些家具经过历次运动和数次搬家，现在还剩下的只有五六件。家里各个时期留下来的老照片里都有这套欧式家具的身影。

后院还有一间小屋是我家的保姆秀贞阿姨的住房，我印象最深的

父亲母亲在栖凤楼院子里的大槐树下留影

吴钢（儿童中前排右三）与幼儿园的老师和小朋友们合影

是她房子的后窗上吊着一个铁丝笼子，里面养着一只白耗子，这只白耗子能在笼子里的一个滚筒上飞快地跑动，我觉得十分新奇。后院门外是栖凤楼胡同。出了这个门往左转，不远处就是我小时候上的养正幼儿园。我在这个幼儿园里学了一首儿歌："礼拜六，电铃响，妈妈接我回家去，回到家里不吵闹，下个礼拜再接我。"这首歌从头到尾全是一个音调，父亲后来讲起我们小时候的故事，常常学唱我的这首幼儿园歌曲，单调的曲调每次都引起我们的大笑，因此这首儿歌是我们家每个人都熟悉的。在一张幼儿园的合影当中，可以看到老师和孩子们的服装和发型还是五十年代初的样式，大部分老师都穿着标准的"列宁装"，梳着辫子或者是齐肩的短发。

　　父亲留下了一本一九五四年的日记，很多内容是描写我们在栖凤楼居住的情形，他在一月二日的第二篇日记中就描写了我儿时的趣事：

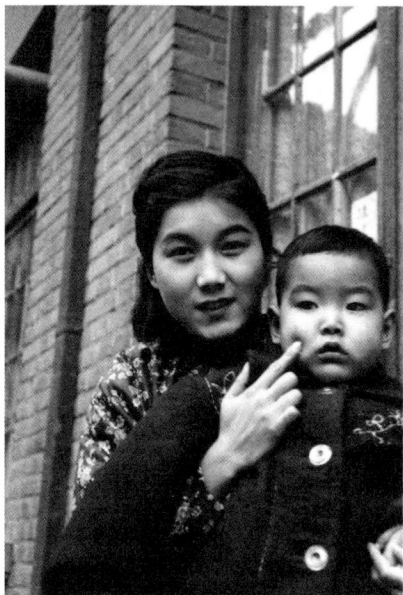

母亲与吴钢在栖凤楼的房门前。
吴祖光摄影

　　二日早晨秀贞来为大牛（作者的小名）穿衣服都不觉得，九点钟被人敲门惊醒，是《北京日报》的徐琼同志，谈些朝鲜事情，约写文章。写《可爱的观众》，大牛一直在打搅。修好无线电。晚偕大牛至桐园沐浴。

　　大牛说："为什么老是女人生小孩，怎么男人不生小孩呢？"我说："因为女人是妈妈，所以女人生小孩。"大牛说："男人肚子大不起来啊？"他又说："我不生小孩。"我说："你生一个吧。"他说："我生一个爸爸，生一个妈妈，生一个吴祖光，生一个新凤霞。"

　　我说："吴大牛是小名，大名是吴钢。"他说："大牛是大名。"我说："是小名。"他说："小名为什么叫大牛？"

　　他说："我们家人都姓吴，吴祖光，吴大牛，吴欢欢，无线电亦姓吴。"

　　大牛语汇：洗澡很喜欢

　　　　①暖和

　　　　②舒服

　　父亲的日记中还描写了"五一节"晚上我们看烟火的情景："晚上街看焰火，人如鲫。大牛说：'探照灯在天上打架，飞蛇在天上打架，因为大蛇不会动。焰火放出了柳树。'均极形象。"

　　关于这个西观音寺也叫栖凤楼的老式洋房院落，黄永玉在《比我还老的老头》中有详细的描写：一九五三年春天，梅溪（黄永玉夫人）带着七个月的黑蛮到了北京。那时北京的老街道还没有大动，连天安门广场都还未扩建。东单牌楼面对长安街有一条名叫西观音寺的胡同。胡同口北边正是许麟庐开的和平画店。他的画店是个文人喜欢的地方。往东再走百十来米，一个老旧的大门，门外以一根半斜着的电线大木桩为记，这就是鼎鼎大名含冤二十余载的"二流堂"的堂址、"总部""老巢"。苗子和郁风就住在这里。同住的还有盛家伦、吴祖光、新凤霞、戴浩诸位。这是一座红砖砌成的、不成格局但适于居住的大宅院。冲着大门、坐北朝南的屋子属盛家伦，东侧面一排房子属吴祖光、新凤霞夫妇，吴家房子靠北尽头上台阶左拐，楼上住着戴浩，楼梯右侧往北里走住的就是苗子、郁风。房子原来是很讲究的。那些楼梯扶手用粗大的菲律宾木料做成，上过很好的漆，地板也讲究过。只是，都完蛋了，满是灰尘。

　　我长大以后才知道，黄永玉叔叔文中所说的"二流堂"，是在抗日战争期间，一位爱国华侨唐瑜，在重庆用竹子建了一座大房子，起名"碧庐"。父亲从内地到了重庆，与丁聪、张正宇、张光宇、盛家伦、戴浩、凤子、高汾、高集等文艺界人士就住在这个大房子里。当年重庆演出了一场来自解放区的秧歌剧《兄妹开荒》，其中把懒惰的哥哥称为"二流子",由于借住在唐瑜竹制简易房的文化人大多没有固定职业,过着近于"流浪"的生活,对"二流子"一词又颇感新鲜而有趣,遂相互对称"二流子"。有一次,郭沫若又去看望他们,也说了句玩笑话,"我看你们这里就叫作'二流堂'吧"。这样,"二流堂"就叫开了,一时传为笑谈。

一九五七年反右运动时,有人硬把这开玩笑开出来的"二流堂"说成是"反革命集团"。父亲和唐瑜、丁聪、黄苗子、戴浩、高汾等人被打成了"右派"。"文化大革命"中,"四人帮"们更把"二流堂"打成"反革命的裴多菲俱乐部",想把矛头指向周恩来,许多人因此遭迫害摧残。其实父亲自己并没有把"二流堂"当回事,他甚至很不喜欢这个名字,我们小时候也从来没有听大人说过"二流堂",这是运动或者说是借运动整人的人强加上的一个名号。

当年到栖凤楼来的文艺界人士很多,父亲有一段描写:"虽然凤霞的演出是繁忙的,终于有一天她全天休息,我在家请了一次客。客人大都是前辈艺术家,有齐白石、欧阳予倩、梅兰芳、程砚秋、洪深,像陈白尘、于伶、盛家伦、袁水拍、黄苗子、郁风就是比较年轻的了……齐白石先生是由他的护士武德萱大姐陪同乘车来的。我和凤霞接他进客厅坐下,介绍比他先到的满屋子客人与他见面。"

父亲留下的一些老照片中,有几张十分珍贵,其中有母亲搀扶齐白石过街,旁边还有护士,白石老人穿着深色长袍,衣襟上还别着个小葫芦。母亲穿着黑色的短袖上衣。后面是一个土堆,街上居然还有一个扛着长枪的保安。可见当时是解放初期,治安不是太好,有背着枪的公安人员在街上巡逻。

还有几张照片是母亲和齐白石、徐悲鸿等人的,母亲穿着同样的黑色短袖上衣,看来是同一天拍摄的,那天母亲是在街上迎候高龄的齐白石先生。这次聚会齐白石非常高兴,还"吹笛子"助兴,

母亲（右）扶着齐白石先生过街

齐白石（前排左二）、徐悲鸿（前排左一）与母亲（后排左二）

聚会中白石老人表演吹笛子的动作

非常罕见。

经常来西观音寺的亲戚也很多,有母亲的弟弟妹妹,还有父亲的弟弟妹妹。最常来的是我的六叔吴祖强,他当时是中央音乐学院的学生,与六婶郑丽琴来看大哥和大嫂,还有我们院子里楼上六叔的老师、音乐家盛家伦。六婶最喜欢带着我出去玩,身材瘦小的六婶在我长大后常常对我说,我带着你上街,街上人都看我们奇怪:"这么瘦小的妈妈怎么生出这么个胖大的儿子?"六婶的姐姐郑慧琴是我小时候最害怕的人,她是医生,我生病的时候都是她来家里给我打针。

六叔被选派到苏联学习作曲,母亲操办了他们的婚礼。六叔后来在纪念父亲的文章里说:"他对我的影响非常大。我能学音乐,有现在的成就,可以说都是他支持的结果。我那时候上学的生活零用钱都是他资助的。"

家人的合影。左起：二叔吴祖康、六叔吴祖强、二婶袁玲、三姨杨秀敏、吴钢、父亲、母亲、五姨杨玉敏、四姑吴冬在栖凤楼的院子里

父亲母亲与六叔吴祖强（上）、吴钢（下）合影

父亲母亲（前排左一、左二）在栖凤楼的居室门前与电影演员孙景璐（前排右一）和老友唐瑜（后排左）、郁风（后排右）合影

关于栖凤楼的故事，父亲后来是这样描写的：

　　老朋友又在这里聚头了，而且基本上还是当年碧庐旧人，增加的黄苗子、郁风夫妇更是多才多艺讨人欢喜，房主人亦即经租人戴浩、虞静子夫妇都是演员，平素交游广阔人缘特好。唐瑜已经结婚成家，成为这里的常客，于是马上就传播人口，都说是“二流堂”在北京重建起来了。

　　我家本来客人就多，眼看着客人更多起来，我住的一排平房又是在院子最外边，来人一进大门就敲我家的房门。就在这时，我们大院的斜对门开了一家叫作益康的川菜馆，很地道的川味。女老板姓金，据说是清皇族的一位格格，又说是川岛芳子的妹妹，为人很豁达灵活，开张不久便生意兴隆，去吃饭的客人常常要排队等候。这么一来，我家更热闹了，熟朋友来益康吃饭，

母亲和电影演员秦怡（右）
在栖凤楼的居室门外合影。
吴祖光摄影

碰上要等候，索性到我家一边聊天一边等。吃完饭也来我家坐一
会儿再走。无论是本市的，来自外地的，经常能听到"去'二流
堂'走走"这样的话。日以继日，真叫人受不了，我们俩即便是
再好交友，也经不住这样的疲劳轰炸了。而且我确实是不喜欢
"二流堂"这个名字，我的嘴里也从来不叫这个名字，如今身受
其累，我和凤霞就计算着搬离这个地方。一九五四年我决定把住
在上海的父亲和母亲接来北京同住，那时父亲已中风卧病多年，
母亲除去照顾父亲，还要为我照顾不足两岁的儿子欢欢，为此我
求得北京市东城房管局的帮助，买了一所坐落在帅府园马家庙九
号（后改称北帅府胡同二十一号）有十八个房间的一所四合院，
并在这年秋天把他们接来北京。

就这样，我们搬离了我的第一个家。

我的家之二：马家庙的四合院

"这是我平生第一次用自己从海外挣来的钱买一所属于自己的私宅。主要的原因是把我一生正直的父亲和为众多子女费尽心力温柔善良的母亲从上海迁居到感情十分深厚的北京来。也为了使我的作为演员的妻子和三个子女能得到很好的休息和工作、学习的环境，我尽力把这个有十八个房间和大小两个院子的四合院装修得舒适整洁。院子里原有一棵大海棠树，树叶张开能遮没院子的一半；我把院子的另一半栽了一棵葡萄和一棵合欢树。院子当中树荫下放着梅兰芳先生为祝

幼年时的吴钢在马家庙的四合院里。新凤霞摄影

吴钢和弟弟吴欢在院子里

母亲在四合院的卧室里织毛衣

贺新居送给我的一个大金鱼缸。"这段话是父亲对我家马家庙住宅最初面貌的描写。

位于王府井大街和东单大街当中的马家庙胡同是一个死胡同，出了我家大门往右转没多远就是几户人家的大门，对外没有通路了。出大门往左转，胡同口外有三条通路。向左是弯弯曲曲的小路，经过的一栋小楼是瑞典大使馆，还有一处小院，作家赵树理一家住在这里，我与他的二儿子赵二胡是同学，有时到他家里玩。这条小路可以通到东单北面的米市大街。出了马家庙胡同一直走，是协和医院的后门，有一个青砖砌成的大烟筒，现在还在。再往前走，左转就到了东单大街，正对着大华电影院。走出马家庙胡同往右转，斜对着一个杂货铺，街坊们都叫"小铺"，是两个宫里出来的太监开的，两位老太监在里面卖东西，和蔼可亲，我们日常用的油盐酱醋都是在那里买。按照现时的说法，我的"打酱油"人生经历，就是从"小铺"开始的。继续往前走通到校尉营胡同，校尉营胡同就宽阔起来，左转是当时协和医院的正门，现在是住院部。右转斜对面就是中央美术学院的大门。这条街现在还在，离王府井大街近在咫尺。

因为马家庙胡同是一个死胡同，所以没有车辆进来，非常安静，距离东单和王府井又很近，是一个闹中取静的好地方。这里也很适合做演员的母亲，距离她常演出的剧场吉祥戏院很近，安静的环境又有利于她下午的午睡。

由于有了这个四合院，父亲把上海的公公（祖父）、婆婆（祖母）接到北京来，记得从上海搬来的时候还带来了一位上海保姆，名叫乃慧，做家务、洗衣服时嘴里不停地唱着越剧。最精彩的是我一岁多的弟弟吴欢也从上海来了，穿着花布棉袍，像是喝醉了酒一样摇晃着走路。

这个四合院是孩子们的乐园，除去每天下午母亲的午睡时间——

因为母亲每天晚上的演出非常劳累，充足的午睡是必须保证的——我们可以在院子里尽情地戏耍打闹。父亲和母亲都是大家庭，父亲有七位姐妹和三个弟弟。母亲有四位弟妹，所以我们家的七大姑八大姨特别多。家里有我和弟弟小欢，后来又有了妹妹小霜，兄妹三人，还有六姑的女儿能能（吴彬）也常住在我们家，再加上经常来家里的表弟表妹，真是热闹。由于父母经常带我们去看戏，所以我们回来后就在院子里模仿着演戏。院子里有小孩子用的小桌椅，我们就把小桌子摆在当中，上面放个小椅子，我在椅子上模仿花果山美猴王孙悟空的动作，弟弟妹妹们扛着小棍子在下面模仿小猴子，演得有模有样。

那时候玩具商店里机械玩具很少，但是仿照京剧舞台上的刀枪棍棒不少。每年的春节厂甸里也有很多京剧玩具，有可以套在脸上的草纸浆做成的京剧脸型，上面画着各种京剧人物脸谱，可以扣在脸上，模仿京剧里的大花脸。我至今还清楚地记得这种脸型上强烈的草纸味道。我们在院子里尽情地舞枪弄棒，忘乎所以，难免磕着碰着，我有一次在模仿京剧开打时失手用棍子碰到了能能的眼角上，血流出来，至今还落下一个伤疤。大人们经常会制止我们的这些打闹中的危险动作，婆婆总是用南方口音说："不阔（可）以，不阔（可）以。"后来我们发现这些买来的枪刀棍棒数量会逐渐减少，再去买来，过些时候又少了几件。虽然奇怪，也没有在意。有一次过年的时候，我们在婆婆的房间里放一种小型烟花，北京俗称"耗子屎"，因为是用泥土做成螺丝状，类似耗子的粪便而得名，里面装有火药，把尾部的泥土抠掉一点，用火点燃，就可以盘旋着飞起来，后面喷放出盘旋的烟火，非常好看。我们在婆婆的房间里燃放这种"耗子屎"烟花，也真是够淘气的。"耗子屎"燃放起来，飞到了柜子顶上，婆婆唯恐引起火来，急着让我们爬上去查看。我搬来梯子，爬上去一看，"耗子屎"已经

吴钢（左）、表妹吴彬（右）和公公（祖父）在四合院西屋

左起：吴彬、吴钢、吴欢在屋门前

在马家庙的院子里玩耍的孩子们。前排左起：吴欢、童车里的妹妹吴霜、四姑的女儿郎燕。后排左起：吴钢、吴彬、二叔的儿子吴欣。摄于一九五六年

二十世纪五十年代中期在北京居住、出差、学习的一大家人和孩子们在院中合影。前排左起：五姑的女儿戴艺、吴钢、吴祖光、吴霜、公公、婆婆、吴彬。后排左起：七姑父孔凡庸、六姑吴乐、吴欢、五姑吴徕、八姑吴楚

院子里的一群孩子。右起：吴钢、吴彬、吴欣、吴欢和六叔的儿子吴迎。摄于一九五九年

孩子们在院子里戴着京剧的花脸面具演戏。左起：吴欣、吴彬、吴钢、吴欢、吴霜

吴欢和吴钢戴着京剧面具，手里拿着纸制的"走马灯"

熄灭，却看到柜子顶上摆了很多刀枪玩具，才知道我们的刀枪都被大人藏起来，怕我们闯祸伤人。

我们几个淘气的孩子还策划过一次"捅马蜂窝"行动。院子里的海棠树上有一个硕大的马蜂窝，一群群的马蜂整日在院子里盘旋，影响了我们的玩耍。于是我们就计划把这个马蜂窝给"捅"下来，具体行动由我来负责指挥和接应，小欢是捅马蜂窝的实施者，能能和小霜看热闹"跟着哄"。捅马蜂窝的时候，小欢双手拿着长竹竿，头上披着件外衣，露出两只眼睛。我守在东屋的房门里面接应，开出一小条门缝，从门缝里张望外面的情况。能能和小霜趴在屋内的玻璃窗户后面，观看"捅马蜂窝"的现场，空气非常紧张。只见小欢把竹竿高高举起，往上一捅，马蜂窝应声落地，一群马蜂腾空而起。小欢把竹竿一扔，撒腿往屋里跑，我早已把门缝打开，待小欢侧身进屋后，用最快速度把门关上，两个人惊魂未定地看着院子里漫天飞舞的马蜂，庆

吴钢（上）、吴欢（右）、吴彬（右二）和戴艺（右三）、郎燕（左）在院子里舞枪弄棒

幸跑得快，没有被蜇伤。事后这个硕大的马蜂窝被家里的保姆收走，送到药店里卖了。从此院子里没有了马蜂的骚扰。

我家的这座四合院交通方便，离王府井、东单都很近，最好玩的地方就是东安市场。那时候的东安市场有一点像现在的集市或者是自由市场，不过商铺商店是固定的，大都是个体经营的小店。走进市场去沿着狭小的通道转来转去，像迷宫一样，左右都是商店和饭馆。有一次妈妈一个人进去买东西迷了路，走不出来了，找人打听，这个人看到是演刘巧儿的新凤霞迷路了，笑着把妈妈带到了出口。

我们最常去的是东安市场里的吉祥戏院，每天晚上这里都有传统戏曲的演出。到吉祥戏院去要进东安市场的北门，也就是走金鱼胡同进去，一进去是南货店"稻香村"，婆婆是南方人，经常带着我到"稻香村"买一些南方的吃食。记得"稻香村"的大个儿汤圆是用水磨糯米和（北京人发音"活"）面，包上猪油黑芝麻的细馅，咬一

住在马家庙时期的吴钢和吴欢

口又软又黏，猪油溢出，口齿留香，比起北京用江米面"摇"出来的"硬馅"元宵好吃了许多。

过了"稻香村"就是著名的涮羊肉饭馆"东来顺"，父亲曾经写过一篇《东安市场怀旧记》，记录了"东来顺"早年间的盛况："当年的'东来顺'好不威风，门前两边一顺儿摆着十来个直径约三尺的大树干锯成的砧板。每块砧板后面站着又胖又壮的彪形大汉，每人手里拿着一把又薄又亮的大片刀切削羊肉，把整块的羊肉切得像纸一样薄。这是专业的切肉师傅，据说当年每人每月的工资约为三百银元，够一个大学教授的薪水，真够气派。"我们当年去"东来顺"吃饭，还能看到门口有一排大师傅现场切羊肉片来招揽顾客。这些师傅光头锃亮，斜披着白色工作服，像戏台上的刽子手一样露出右臂，拿着一尺多长的大片刀"片"羊肉。

后来王府井百货大楼开张了。这是一个正统的百货商店，也是北京最大型的商业设施。但是总觉得没有东安市场那亲切自由、繁荣热闹的氛围。百货大楼正对面有一家茶叶店，是妈妈常去的地方。店面很大，一进去就闻到浓郁的茶香。爸爸妈妈不抽烟喝酒，最喜欢喝茶。卖茶叶的售货员都认识妈妈，热情地介绍各种茶叶。妈妈买东西有个特点，对方越是热情介绍，她就越受感动，买得越多。因此每次去妈妈都要买上好多的茶叶。售货员在玻璃柜台上把裁成方形的包装纸铺开，下面是深色纸，上面是白色纸，再把茶叶倒在白色纸上，用两层纸包裹茶叶。这可是门技术，讲究包得四棱见角，上窄下宽呈金字塔形，再用纸绳子捆扎好。这种纸绳子是当年所有商店里必备的，绳子用纸条捻成，再绕成大盘，吊在柜台的上方。线头从上面垂下来，拉下来就可以捆扎商品。捆好后不用剪刀，左右两手的手指捏住纸绳，反方向对折用力一捻，纸绳在两手间形成一个小圈，再用力一拉，纸绳子就断开了。我小时候常跟着妈妈到这家店里买茶叶，对妈妈说："我长大了就做售货员卖茶叶。"妈妈问我："为什么？"我说："好闻。"可惜这家茶叶店早就没有了。我最近回国到王府井南口的"张一元"茶叶店买茉莉花茶，一位年轻的女售货员还用这种传统的纸包茶叶，可惜纸绳子已经绝迹了，用的是塑料绳，捆好后用剪刀剪。

父亲母亲的朋友多，经常有朋友们来王府井买东西，顺便过来喝茶聊天。母亲的回忆文章说过一段故事：

　　大概是一九六三年八九月间吧，下着小雨，天气闷热。忽然听见院子里有动静，隔着窗户往外一看，只见进来三个大汉。走在最前面的一个，迈着四方步，嘴里在说："下雨天，祖光不会出去。"第二位文绉绉低着头细心地择着道走。最后边的一位却有意用脚踩水，还使劲踩。这三位大个，穿着也不同，第一个崔

妈妈在院子里喝茶

嵬，穿着白衬衫，卷着袖子。第二个郑君里，穿着一身灰制服，干净整齐。第三个赵丹，衬衫不穿，搭在肩上，一双凉鞋因为踩水都湿了。后面还有几位女客，赵丹的夫人黄宗英，以及秦怡、张瑞芳、孙景璐等。祖光和我听见崔嵬在院子里大叫道："祖光！"祖光拿着一把伞，出屋去迎他们。两个儿子正在院里踩水玩。郑君里跟祖光两人打着一把伞，崔嵬三步两步跑进了北屋。唯独赵丹不进屋，跟孩子们在院里踩水玩，一会儿就连泥带水溅了满身。直到阿姨把地沟盖扒开，水流光了，赵丹才跟孩子们玩够，一手拉着一个进了屋。黄宗英用手指着赵丹说："你这么个大人，还当孩子头。"赵丹得意地摆摆头说："哎呀，真舒服。"雨过天晴，在北京的四合院石头桌子旁边喝茶边聊天是最大的乐趣。一会儿大伙儿都出了屋,孩子们忙着为伯伯阿姨搬椅子,大家都坐下,刚刚下过雨,院子里的花、树被雨水冲洗得干干净净,一阵阵清香扑鼻而来,大家谈得真开心。

后来北京有了电视台,我们家里买了一台黑白的电视机,当时最早的电视服务部在东四,他们派来装电视的人叫张君实,是第一代中国电视台的技术人员。他爬上房,在房顶上装了一个电视天线,我们就可以在家里看电视了。这可是一个新鲜玩意儿,巨大的方形木壳子里镶着一块小小的荧光屏,虽然是黑白影像,还经常出现白道子,但这是中国第一批电视机,当时只有几百户人家装了。这台最初级的第一代电视机经常出毛病,张君实叔叔也经常过来调整修理,因此成了家里的好朋友。自从家里有了电视机,就常有亲戚朋友来家里看电视。住在附近中央美术学院宿舍的黄永玉一家就时常过来。记得第二十六届世界乒乓球锦标赛的时候,黄叔叔全家来看决赛,黄婶婶紧张得心脏都快要承受不住了。

当年在世界乒乓球比赛中中国队取得了好成绩,乒乓球运动从此风起,爱好运动的父亲决定把院子里的一棵杨树砍掉,锯开后做一张乒乓球台子。于是请来木匠,砍树去枝,再锯木拼板,很快就做成了一个真正的乒乓球台子。我和弟弟高兴极了,有空就在院子里打乒乓球,黄永玉叔叔和他的儿子黑蛮也经常过来打球。正是凭借这座乒乓球台的启蒙,弟弟吴欢后来小有成就,到东城体校接受了正规的乒乓球训练。

住在四合院里能享有四合院特有的安逸,关上大门,一家人可以从容过日子,孩子们可以在院子里纵情玩耍,不会打扰他人。车夫老何的三轮车就停在大门里面的小过道中,小过道再往内院走是两扇朱红大

居住马家庙时期在大北照相馆拍摄的全家福，一直挂在父母家的客厅墙上，也在很多书报上刊登过。摄于一九六二年

漆的二道门，打开二道门又是一个上面带屋顶的过道，进去是一个方形小院，爸爸后来在这里栽了一棵白果树，然后左转，穿过一个圆形的月亮门，又是一个小院，再往右转，是一个四扇的绿色屏风门，每扇门上各有一个字，合起来是"合家欢乐"四个字，通过这道门，才进入四合的大院子。黄永玉叔叔曾经建议在这个月亮门上挂一块牌匾，上面写"院子"两个字，倒过来念就是"子院"，是孩子们的院子。

　　妈妈在她的回忆文章里写到这个院子说："祖光这所四合院很讲究，外面是两扇大门，敞开能进汽车。通过一条小道，高台阶红漆大门，门道转过去一个小拐弯月亮门，有个四方小院，出了小方院子，过四扇门才进到里院。东南西北四面房，四面都有耳房。北屋七间，东西屋各三间，南屋一排三间相连，靠外院一单间。正房北屋厢房东

其实在大北照相馆拍摄全家福时，还同时拍了一张三代人的照片。左面的老人是姥姥（我们
称为"奶奶"），右面的老人是婆婆（祖母）。拍照时妈妈给小霜的脖子上加了一条花围巾。
摄于一九六二年

西都各有小单间。院子很宽敞，外院墙有爬山虎。北京四合院讲究：
天篷、鱼缸、石榴树。进大门有影壁墙。小院子有两盆大石榴树，石
榴花可鲜红了。"

　　妈妈文章中所说进大门后的门道，实际上就是二道门后的一个带
屋顶的过道。我们后来买了一台进口的旧冰箱，是黄永玉叔叔介绍我
们买的，就放在这个过道里。这冰箱铸铁制作，外面深褐色的搪瓷锃
光瓦亮。不过，和现在的冰箱大不相同的是，那时的冰箱是不用电
的，夏天的每天早晨，有专门送冰块的人，把冰块从三轮平板车上卸
下来，用铁钩子钩住，两人抬着冰块运进来，装进冰箱下部，我们就
能够吃到冰箱里的冰镇西瓜和冷饮了。冰箱里的冰块逐渐化了，第二

天又会有新的冰块运来。

夏天哪里来的这么多冰块呢？当年北京城中心的什刹海，每到冬季都要准备一个巨大的冰库。然后把什刹海里的坚冰凿开，用冰凿子凿成长方形的冰块，再用铁钩子钩住，顺着木板搭成的冰道，拉到冰库里，冰库周围用保温的东西围住。这些冰块可以一直存放到夏天，然后由送冰块的工人送到用户家里，就像现在送矿泉水的工人一样。这块方形的巨大、沉重而又通体光滑的冰块是如何搬运进来呢？工人是用一个生铁锻造的大铁夹子，像剪刀一样呈"X"形状，当中有一个铁轴。铁夹子下部的两个分叉呈弧形，弧形的最下端分别有两个向内的钩子。运冰的时候用大铁夹子下端的两个弧形铁钩钩住冰块的两边，再把铁夹子的两个上端用绳子拴起来，套在一个木杠子上面，两个工人抬起木杠，由于冰块自身的重量，铁夹子当中的铁轴起了作用，下面的两个弧形的铁钩子牢牢地夹紧了冰块，由于杠杆作用，冰块越沉重，铁钩子钩得越紧，就可以稳稳当当地抬起来了，冰块抬进大门、穿过小院，一直送到冰箱的面前。

三年困难时期，曾有一位广东口音约六十多岁的人常来家里兜售吃食，把做好的烧鸡、酱鸭、卤肉、烧腊等送到家里。逢年过节来得很勤，冬天里年节多，天冷熟食又放得住，更常看到他。他头戴一顶貂皮高帽子，两边的毛耳罩可以放下来挡风，身穿一件棉布长袍，前摆斜拉上来别在腰带里，骑着一辆自行车，后面驮着木制的食盒，进门就不走，一定要买他几样才走。但是他手艺很好，不知从什么地方搞到食材，制成味道鲜美的熟食，到各个宅门里去推销，价格奇贵，所以我们每次也只能买一点，节省着吃，吃不完的就放在过道的冰箱里。

四合院的北屋是正房，一进门有一个玻璃隔断做成的小过厅，右边装了一部电话，这部电话是装在墙上的，黑色的电话盒子上方有两个铃铛，当中有一个小锤子，有人来电话了，这个小锤子就急速摆

母亲和吴钢坐在客厅的三用沙发上看报纸。张祖道摄影

动，连续敲响两边的铃铛。接电话时要把耳机摘下来，这个耳机只是一个听筒，像一个手电筒，横着对准耳朵就可以听到对方的声音。回话的时候要把嘴对着电话盒子上的话筒说话，话筒是固定的，不能拿下来，但是可以上下转动一点调整角度，就像现在装在支架上的麦克风。打电话时要顺时针拨动电话盒子上的号码圆盘，拨完一个号码后圆盘会逆时针转回到原来的位置，再拨下一个号码。当时北京的电话号码是五位数，只有极少数人的家里装有电话。

北屋中间的客厅正对着房门摆放了一套可以折叠的沙发，是用胡桃木制作的，坚硬无比，现在有两个还摆在我北京的家里。沙发的西边是一个三用沙发，弹簧的坐垫，拉出来可以当作双人床用。沙发的东边是一个镶大理石的紫檀"红木炕"（像个木炕的罗汉床），我们有时就在上面睡午觉。客厅西侧一排玻璃窗子，窗前是父亲的红木书桌，父亲平时主要是在这里写东西。东侧一排玻璃窗，窗前是母亲的

父亲在客厅沙发上看稿子，身后是"红木炕"。吴钢摄影

父亲在客厅西侧窗前的书桌上写作。吴钢摄影

红木书桌，母亲没有演出时在这里写字画画。

住在四合院里的确安逸，但是生活设施还是不够方便。四合院里没有暖气设备，也没有煤气，因此烧水做饭和冬季取暖全要靠燃煤。这座四合院的厨房在院子的东北角，设施本来很完备，有一个砖砌的炉灶，还有一个立式的烧水锅炉。但那个时代煤是按照人头定量供应的，我们家房子多人少。只好把费煤的炉灶和锅炉废弃不用，只是在厨房里生一个普通的小炉子烧水做饭。平时炉子上放一个大铁壶，水开了灌到暖水瓶里。暖水瓶是用细竹子编成暖瓶套，里面的瓶胆是用双层玻璃镀上水银制成的。家里临时来了客人，需要沏茶续水的时候，开水经常不够用，就需要用水汆子了。水汆子是用铁皮制成，细长的圆桶形状，上边有一个铁制的长柄。急着用开水的时候，用铁通条把炉膛当中的煤块或者煤球捅出来一个洞，把装满水的水汆子放进去，烧红的煤火包围住水汆子，几十秒钟水就烧得滚开了，此时抓住长柄把水汆子从炉膛中取出来，就有开水可以沏茶了。这种水汆子当时非常普遍，家家必备。

院子里的东屋与厨房只隔着一堵墙，是家里的饭厅，为了上菜方便，在东屋与厨房之间的墙上开了一个小窗，菜烧好了从窗子里就可以递到饭厅。全家一般都是在东屋吃饭，客人来了也是在东屋招待吃饭。只记得有一次请梅兰芳吃饭，特意把饭桌从东屋搬到北屋客厅，隆重招待梅先生。

多年之后，我从法国回北京，到王府井的四合院里去看。这里正在拆迁，一片狼藉。我抓紧拍摄了一些院内的景物，算是对我们儿时生活玩耍的四合院的最后纪念。如今这里已经是一片崭新的协和医院建筑群了，只有胡同口老协和医院背后的大烟筒还在。

我小时候每年到了冬天需要生炉子取暖的时候，煤就不够用了。院子的西南角有一条小夹道，里面有两间没有窗户的小房，一间堆杂

东屋饭厅濒临拆迁时的照片，照片左侧墙上的小窗户就是当年上菜的通道，窗子后面是厨房。右侧的门一直封堵着，因为门后面装着一台锅炉。吴钢摄影

濒临拆迁的当年父母卧室，位于院子的西北角，屋顶上有一个天窗。吴钢摄影

物，我们叫它"小黑屋"，另一间原是给用人用的厕所。"小黑屋"不仅仅是因为昏暗而得名，还因为它里面堆满了煤。经常有送煤的工人上门送煤，他们斜背着一个煤筐，煤筐里面装满了煤块，因为煤块太重，送煤的人总是斜着身子走路，把一筐筐的煤倒在"小黑屋"里。我们家厨房的炉灶用煤和冬季取暖时用煤，都要用小铁桶和小铁铲到"小黑屋"里把煤装上，再提到厨房和各个房间。

　　由于房间多、炉子多，用煤量大，"小黑屋"里的煤块逐渐减少，剩下很多煤末子，这就需要把煤末子做成煤球，再放到炉子里烧。当时街上有很多"摇煤球儿"的人，多是从河北定县来的，自称："要（摇）煤球儿滴（的）。"定县人把"儿"字念得很重很长，独具地方特色，他们也垄断了北京"摇煤球儿"这个行当。因为燃煤紧张，定量供应，所以摇煤球儿的生意很好，他们走街串户，帮助客户把废弃的煤末子制成可以再使用的煤球，按照煤末子的数量收费，而且手脚麻利，干完活就走，非常受欢迎。但是摇煤球绝对是一个力气活，这些定县人个个膀大腰圆，肩上扛着铁锨和煤铲，上面挂着一个直径一米多的盘子形状的柳条筐，柳条筐下面吊着一个灰色陶制花盆。他们的煤铲很有特色，丁字形，有一人多高的木柄，前面横着的钢制煤铲有两尺多长，两寸多宽，扁长而锋利。干活时先把煤末子与黄土掺和起来，加上水，用铁锨反复搅拌均匀，制成黑色糊状的煤浆。为什么要往煤里掺黄土呢？听大人讲是为了"禁烧"，就是禁得住烧，能够多烧一些时候，比较节省。搅拌工作结束后，"摇煤球儿的"就在地上撒一层黄土，再把煤浆铺在上面，用铁锨仔细地摊开、抹平。这项工作就像我们北方做面食，用擀面杖把和好的面擀平，而铺撒在煤末子下面的黄土，就像是擀面时撒在下面的薄面，为的是不沾，干完活也不会把下面的砖地弄脏弄黑。

　　把煤末子抹平后，"摇煤球儿的"双手拿着煤铲，从上面的边缘处开始，切成小横条。这道工序最见功夫，沉重的煤铲在他们手里就像是厨师的菜刀，切得又快又准，从前往后倒退着切，间隔一致，宽窄均匀，只听见刷刷刷的切煤浆声音。切完了以后，抹平了的煤泥上就像小学生的横格本子一样。然后，再转过身，九十度角再切一遍，这样，横格本就变成小方格本了。最后一道工序可是力气活儿，"摇煤球儿的"把陶制花盆放在地上，花盆上放上盘子状的柳条大筐，用铁锨把切成小方块的煤泥铲到筐里。寒冬腊月，他们要把上衣脱下来，光着膀子，把缅裆裤（一种家做的手工裤子，裤腰肥大，把裤腰左右一搭，系上腰带就行了，这种裤子不分前后可以倒换着穿。）上的帆布板带刹紧，取个骑马蹲裆式，两手抓紧大筐的边缘开始摇动。筐里连煤带土得有百八十斤的分量，"摇煤球儿的"两臂好似有千斤的力气，摇动起来，后背上的肌肉也像波浪一般地抖动起伏。直到把方形的煤泥摇成一个个圆形的煤球，再倒出来，整齐地摆放在向阳的墙根下，晒干后就可以烧了。

　　住四合院也有一些其他的烦恼，房子的日常修缮和维护需要自己解决。我记得小的时候家里经常要来维修的工人，粉刷油漆还是小事，房顶漏水就是大活儿了。工人带着工具和灰土砂浆来到院子里，用青灰和白灰掺上水制成灰泥。再把粗麻绳解开，让麻线散开来，放到木板上用大砍刀剁成一寸长的小段，大概因为麻绳是用刀剁开的，所以称为"麻刀"。把"麻刀"撒在青灰泥上，用二齿（长柄工具，前面装有两个并排的铁钩子）来回地钩拽，把青灰泥和麻刀和匀，这样混合成的青灰泥由于"麻刀"的牵拉作用，干透后不容易开裂。往房顶上运送灰泥是用一块方形的粗布，四角用绳子扎上，把和好的青灰泥铲起来，放到方布上，房顶上的工人把长绳从房顶上垂下来，用长绳上的钩子钩住方布上的绳子，就把青灰泥吊起来，拉到房顶上，再用抹子把青灰泥抹平，盖住漏水的地方，最后铺上瓦，青灰泥把瓦粘牢,就能防止下雨时漏水了。

院子的小夹道里还有一间厕所,里面并排着三个蹲坑。没有冲洗设备,需要人工来清除这些蹲坑里的排泄物,这就需要"掏茅房"的人了。"掏茅房"的工人肩上斜背着一个大粪桶。粪桶用木条拼成,上下有两个大铁箍。从上到下有一根柳条弯成的肩带。工人斜披着一件帆布坎肩,为的是防止粪桶对肩膀和后背的摩擦,斜背着粪桶,肩膀上的柳木肩带上方横叉着两根木棍,木棍上分别装着铁制的粪勺和小粪桶。掏茅房时两腿岔开,横跨在蹲坑的两侧,把粪桶从肩上放下,靠近坑边,用木棍上的小铁桶和小粪勺把坑内的排泄物掏出来装在粪桶里,然后背走倒在外面等候的粪车上,当时的粪车是由骡马等牲畜拉的。"掏茅房"工人在城里走街串巷,冬天在冰天雪地里行走,夏天臭气熏人,分外辛苦。

我在上中学的时候,体验了一次"掏茅房"的工作。那时候号召我们学习劳动模范、掏粪工人时传祥,在一个寒冷的"腊八"冬日,集体到清洁队体验生活。我们这些年轻的学生,背起粪桶才知粪桶的沉重和坚硬,正值天寒地冻,用粪勺破开粪坑中的坚冰,把粪水舀出来倒进粪桶,再把加倍沉重的粪桶斜背上肩,这才体验到这"掏茅房"的工作真是艰苦。记得一位女同学背粪桶时不小心长辫子掉进粪桶里,拉出来时已经冻成了一串"粪葫芦"。

我们的四合院北房客厅旁边还有一个卫生间,有洗澡盆和一个现代化的抽水马桶,可以用水冲洗。这些卫生设备的上水接上了水龙头,但是冲下去的水流和污物却不是流入下水道,而是流到院子下面埋着的一个大化粪池里。这个巨大的化粪池埋在院子的东南角,深藏在院子里最大的一棵西府海棠树的下面,海棠树根深叶茂、花开繁盛,大概和下面这个巨大的化粪池常年提供的养分有关系。其实院子下有下水道,从大门穿过小院子进入大院子后,左手就是一个排水沟，也叫阴沟，上面有长柄的木盖子，下雨天院子里的积水都从这里排到下水道里去。为什么厕所的抽水马桶不接通这个下水道呢？那是因为那个年代粪便就是最好的肥料，称为"软黄金"，绝对不能浪费掉。旧社会常有粪霸把持粪场和争夺地盘的事情发生。直到解放后，掏粪积肥的工作才由市政府的清洁队来负责了。

每年开春，就有清洁队的人来打开粪池的盖子，由众多的掏粪工人把粪池中一年的沉积物清走。这是我们家的一个大工程，由清洁队派人指挥，掏粪工人川流不息地轮番作业，把化粪池的污水掏出来再倒到大门外的粪车里。带队的负责人叫袁明，我们都叫他袁明叔叔。袁明叔叔身材高大魁梧，为人忠厚淳朴，他也是掏粪工人出身，后来做了干部，胸前总是别着一支钢笔。时间长了，他成了我们家的好朋友，每次来父亲和母亲都会抽时间陪他在海棠树的树荫下喝茶聊天，后来我们搬到楼房里，他也常来常往。

我家虽有一个烧热水的锅炉，但终年闲置，所以卫生间那只漂亮的浴缸基本没办法用，洗澡、理发就要到外面去解决。出了马家庙胡同，走到米市大街就有宝泉堂浴池，这里的服务员和我们家很熟，理发师龙有明比我们年长，我们叫他"二龙哥"。他也像家人一样，时常到家里来，有时候带着刀剪、推子到家里给我们理发。后来宝泉堂响应为人民服务的号召，多种经营，夏天兼卖西瓜。二龙哥总是挑出一堆好西瓜，按照生熟的程度在西瓜上用毛笔蘸着白灰编好号，用三轮平板车送到我们家，我们可以按照编号每天吃上熟透的西瓜。

一九五七年，父亲就是在这座院子里，被文联和剧协的人动员去发言，之后被打成"右派"，到北大荒去劳动改造。妈妈带着我们三个孩子艰难度日。家里还有公公婆婆和爷爷奶奶，母亲在最艰苦的时候，卖了家里的一些字画，大部分是齐白石的作品，这些字画是用平板车拉走的。父亲在《怀念老舍先生》一文里写道："在那段困难的日子里，妻子曾经向一家画店出售了我的一批藏画。三年之后回家知道了这件事情，善良的妻子向我道歉，认为自己做了错事，没有保住这些我喜欢的字画。反而是我去安慰她，表示这是身外之物，不要再提它。但就在这时候，老舍先生意外地出现，把他从画店里买来的一幅白石老人的彩墨玉兰花送还给我。当我问及他用了多少钱买到的这幅名画时，先生说：'不要问这些，对不起你的是我没有能够把凤霞卖掉的画全都给你买回来。'"

"文革"开始以后，马家庙胡同里我家的大门上被贴满了大字报。造反派来抄家，家里的保姆也走了。后来就有街道上的"积极分子"乘机挤占进来，强占了我们的住房。四合院里不得安宁了。

母亲"文革"前在客厅东侧窗前她的书桌上作画

　　这时我已经开始学习摄影，在那个时候拍摄了几张照片，现在比较少见，因为在当时的政治形势下，人们哪有心情拍摄照片，何况那个时代家里有照相机的人也很少。这几张照片摄于"文革"最初的狂热稍稍退去，后面的运动还没有到来的一段短暂的相对平缓时期。地点是四合院北屋客厅东面的窗前，也就是在妈妈的书桌前拍摄的，后面的酒柜上方，已经换上了具有革命色彩的白求恩的照片，柜子上摆着刘胡兰的塑像，妈妈留了半辈子的长辫子，也在"文革"中剪成了短发。我们可以对比"文革"前妈妈在同一场景拍摄的照片。书桌和后面的酒柜、窗帘那时也还都在，但政治形势和人的精神面貌大不相同了。

"文革"早期，母亲和吴欢（左）、吴钢（右）在客厅东侧窗前母亲的书桌后留影。吴祖光摄影

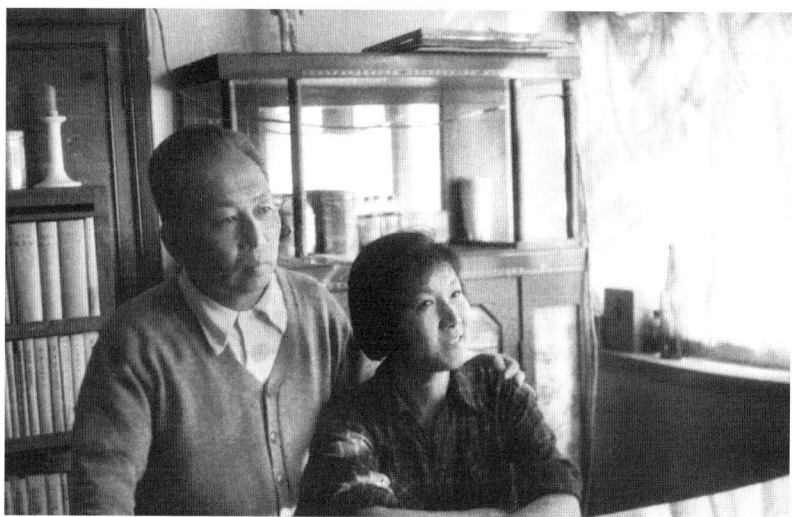

"文革"早期，父母在四合院北屋客厅东侧窗前留影。吴钢摄影

我的家之三：和平里和东大桥的单元楼

和平里的单元楼房

我们是怎样从四合院搬到了楼房里的呢，说起来与著名京剧小生演员叶盛兰有关系。父亲在回忆录中有这样一段描写：

> 我和盛兰最后一次见面是"文革"初起的那一年，我上街乘坐公共汽车，恰巧和盛兰坐在一起。他问我近况，我提起自家的住宅在王府井大街内北帅府胡同的十八间房屋的四合院被街道上的造反派强占掉一半。除占用我的家具，用高度的电灯照明，不付房租，还欺负我家大人孩子。盛兰劝我去找北京房管局，把现在住的几间房换两套单元楼房，关上房门便可不受干扰。现在碰上这群"革命同志"，"占了你的便宜还要欺负你，谁受得了？"并且告诉我，他和一些朋友也都遇到了这样的情况，都换住楼房，求个安静……

于是父亲就托他的老朋友，在房管局工作的老侯（汉源）叔叔帮忙，用王府井四合院中我们没有被抢占去的房子，换取了位于北京东北郊和平里十四区十四楼的两套单元房子，共计四间。四合院是父母亲花钱购买的私房，"文革"后与北京所有的私房房主一样，把房契

刚刚搬到和平里的楼房时，兄妹三人在楼下合影，胸前还戴着当时流行的毛主席像章。左起：吴欢、吴霜、吴钢。吴祖光摄影

（房产证）交给了国家房管局，然后向房管局交房租。这次搬到了和平里国家盖的楼房里，照例缴纳房租。

住单元房子最大的好处就是避免了周围的干扰，这在"文革"当中至关重要，毕竟我们是一个"右派"家庭，是"专政"和革命的对象。

还有一个好处就是生活方便了一些，或者说更加现代化了。前面我描写的四合院中修房子、摇煤球、掏茅房等烦琐的工作全不用了，单元房里有煤气、暖气，还有了真正的抽水马桶。缺点是远离了市区。当时和平里属于"郊区"，我们住的十四区最靠东面，十四楼又是最偏远的一座楼，再往外就是农田。当然住房也小得多了。

从楼梯上来，走到第三层，有三个门，每个门里有两间住房。正面和右面的是我们家。左面门里住着邵大夫一家。邵大夫是协和医院的内科大夫，夫人国大夫是同仁医院小儿科的主任。他们的儿子小平与我弟弟吴欢年龄相仿，时常到我家来玩；女儿和我妹妹吴霜差不多大。小平的奶奶七十多岁了，也时常到我们家来找婆婆（祖母）聊天。

我们家里平时就是父母亲和我们三个孩子，还有婆婆一直与我们同住。奶奶（外祖母）在前门的住房"文革"中被造反派收走，变成"无房户"，游走于五个子女家中，也时常来小住。三位老太太经常聚在一起聊天，家长里短地说起来没完。婆婆是杭州口音，奶奶是地道的天津话，小平奶奶是一口宁波官话。又兼听力都不甚好，三位老人各具强烈乡音的高声谈话，是我们家里最热闹的场面。

由于老人住在我们家里，叔叔、姑姑等亲戚来得比较多，他们的孩子们也常来常往。那个时候学校不上课，工厂停工，家人有大把的时间聚在一起，充满浓浓的亲情。屋子虽小，经常挤得满满的。外地来的亲戚也在这里住，人多的时候，搭行军床，床上加板子，甚至箱子上也睡着人。

在这个房子里，我们家经历了"文革"高潮后的一段相对平静的生活。一些老朋友逐渐开始恢复走动。黄苗子伯伯和黄永玉叔叔来得比较多，经常是全家过来，说笑谈论、写诗作画。

我就是在和平里开始系统学习摄影，当时用的照相机不是名牌，但是拍摄120底片和135底片的都有，现在还保存着不少当时拍摄的底片，有黄叔叔和父亲的照片，质量很好。有一天，非常难得的有好几位老朋友来访，父亲母亲都很高兴，我为他们拍了合影，也拍了父母两人的合影。"文革"之中的照片，非常之少，好在我正迷恋于摄影之中，所以有机会就拍，用的是120大底片，冲洗放大都是自己完成的。如果送出去冲洗，被人发现，又难免有"黑帮聚会"之嫌了。

兄弟姐妹们在和平里照相馆合影。前排左起：吴欢、吴钢、吴欣。中排左起：储青（六姑之子）、储玫（六姑之女）、吴央（六叔之女）、吴霜。后排左起：梅茜（二叔之女）、吴彬、吴迎

父亲与黄永玉（左）在和平里家中合影。吴钢摄影

父母在和平里家中与朋友和祖母合影。左起：陶冶（一九五七年因被说成是"二流堂"小家族成员而被打成"右派"）、黄永厚（黄永玉的弟弟）、新凤霞、婆婆、吴祖光、张梅溪（黄永玉夫人）、吴霜、黄永玉。吴钢摄影

父亲母亲在和平里家中合影。吴钢摄影

从父亲和黄永玉合影的照片上我们可以看到,后面床上还铺着塑料布。这种塑料布在当时可是贵重物品,在商店里卖四元五角钱。当年一个工人的月工资不过三十元左右。不过,塑料布的用途可多了,那时学校和单位里动不动就"拉练"或到农村劳动锻炼,被子褥子叠好后用塑料布一包,再用绳子按照"井"字形捆扎起来,就成了类似于军用的背包,背在双肩上,背包一面靠着后背,另一面的"井"字形绳子上正好可以扣着放一个脸盆。当时到农村锻炼就像是出发打仗一样,打着红旗,排着队列,背着背包,唱着亢奋激昂的革命歌曲,以示要"脱胎换骨"地虚心接受贫下中农"再教育"。革命歌曲的歌词里就有:"祖国要我守边卡,扛起枪杆我就走,打起背包就出发。"我们家里除了婆婆之外,其他五口人经常要到干校劳动和下乡锻炼,因此塑料布是必不可少的。

在农村住宿是个大问题,经常是住在老乡家闲置的房子里,这种房子一般比较潮湿阴暗,堆满了工具和农作物的秸秆。在这些秸秆上铺上塑料布,可以隔潮,再在塑料布上铺好褥子,就是简单的地铺了。睡觉时为了避免虱子臭虫的叮咬,可以在塑料布下面撒上一层"六六粉"(当年流行的一种抗虫子的气味强烈白色药粉)。但这种"六六粉"的作用只局限于抵制臭虫从下面的袭扰,绝顶聪明而又无比饥饿的臭虫眼见着无法突破"六六粉"和塑料布构筑的双重防线,于是改变进攻路线,成群结队地战略转移,从地面爬到房顶,再"空降"下来——也就是从房梁上准确地掉下来,有效地攻击我们这些疲惫不堪的熟睡者。

接下来就是知识青年上山下乡运动,我和弟弟吴欢都先后下乡,我到北京郊区农村插队,弟弟到黑龙江兵团。父亲和母亲都在农场或"干校",家里只剩下祖母和小妹吴霜。两套单元四间房子,引起了某些"街道积极分子"的贪念。他们依仗权势,屡次上门讨要房子,理

全家人在和平里家中合影，左面的桌子上也铺有塑料布。左起：吴钢、吴欢、婆婆、吴霜、父亲、母亲。吴钢操纵三脚架支撑相机自拍

吴钢在和平里单元楼房的阳台上。吴祖光摄影

由是我们家人口少，房子多，需要腾出多余的房子，让给"需要"的人住。结果一位街道妇女干部冯某一家蛮横进驻，占据了我们当中一套单元的一间屋子，我们只剩下了三间房子可住。

母亲在"文革"中一直在"干校"劳动，后来挖防空洞时血压升高也不能休息，导致脑血管梗塞，得不到正常的治疗，从此半身瘫痪。"文革"后期发生了唐山大地震，我们一家和病残的母亲，就是在和平里楼下的地震棚里度过的这段灾难时期。

东大桥的单元楼房

一九七六年"文化大革命"终于结束。之后陆续开始了落实"知识分子政策"，而且"优先"落实高级知识分子政策，我们家沾上了"高级"两个字，侥幸可以"优先"一下。首先需要落实的就是解决住房的问题。由于和平里的房子无端被强占了一间，我们一家三代，其中有三个成年大孩子只剩下了三间住房，所以父亲和母亲希望能够把"文革"当中被强占的王府井四合院要回来，这对于在"文革"中被迫害致残而行动不便的母亲来说至关重要。

父亲带着我去了东城区房管所好几次，得到的答复是："房子按照政策可以归还给你们，但是院子里面住了很多户人家，都拖儿带女。需要我们做工作，挨家挨户把他们动员出去，腾空之后才能把房子归还给你们。这个腾迁安置的时间就不好估计了。"

确实，这些人搬到了我们家的院子里，他们之前的住房又被别人住了，现在已回不去。这些"文革"造成的问题，不是短时间可以解决的。经过多次交涉，东城区房管局又提出了一个折中的解决方法，就是房子正式交给国家，由国家作价并且付钱把房产权买断。然后由国家分配给我们另外的单元楼房，我们是租户，向国家交付房租。最

搬到东大桥楼房后的全家合影

后父母亲接受了房管局的建议，签字办手续的时候也是父亲和我去的，记得四合院的房子作价四千多元。房管局给了我们三处房子让我们挑选，一处在东大桥，一处在芳草地，还有一处在三里屯。这三处房子所在地当时都是北京的郊区，那时的朝阳门外，就是边远地区的代名词。东大桥往东是关东店、呼家楼，再远就是红庙一带，是更偏远的郊区了。

最后，我们选中了东大桥的房子，这里是北京市体委的宿舍，距离工人体育场很近。东大桥的两套单元楼房，一套是四间的，还有一套是两间的。我们把两套单元当中的墙凿开，两套房就成了一套六间的房子，住得比和平里单元房宽敞，但从此与四合院绝缘。

我们住到东大桥时，"文革"已经结束了，朋友之间开始走动，那时正好召开第四届全国文艺界代表大会，是"文革"后召开的第一次文艺界的全国性会议，很多天南海北的文艺界老朋友们来我家欢聚

"文革"结束后，朋友们又聚在一起。左起：侯耀文、吴钢、姜昆

老朋友们到东大桥家中做客。前排左起：范丁蕾（吴钢夫人）、夏伊乔（刘海粟夫人）、刘海粟、郁风。后排左起：吴祖光、黄苗子、新凤霞、丁聪。吴钢摄影

一堂。母亲的病体出门困难，因此到家里来探望她的人也总是络绎不绝，常常有很多人到这里来探望、访问、叙旧、学习、交流。母亲身残志不残，又开始拿起笔来作画，把齐白石先生传授给她的绘画艺术重新恢复起来，还把她的艺术经验和人生经历总结出来，写出了二十多本自传体的著作。

父亲和母亲一直住在这里，直到他们的晚年。

六十年前的底片：影片《梅兰芳的舞台艺术》拍摄中的照片故事

京剧最大的特点之一是有"行当"之分。行当就是把世间的人物按照各自的特点，分成生、旦、净、丑四大类。因此在京剧的舞台上，每一个出场人物都有一个固定的行当，也叫"按行归类"。搞了一辈子戏曲的父亲在晚年的时候，交给我几个铁皮制作的老式饼干盒子，里面装满了家里的老照片和底片。为什么这些老照片和底片要交给我呢？我想主要是因为我在家里兄妹三人当中是做摄影工作的，父亲按照行当分类的规矩，认为这些老照片交给我比较合适。

这些老照片和底片数量太多，也因为工作繁忙，我一直无暇顾及。父亲去世后，我才把这些照片慢慢整理出来。父亲是一介书生，不会洗衣做饭，平时就喜欢收拾东西，他的书桌和书柜里的物件永远是整整齐齐，码放得有条有理。甚至买东西找回的零钱，他也都把折皱的弄平，一张张整齐地叠放起来。这些照片也经过父亲的仔细整理，做了初步的分类，按照时间、地点和项目等分别装在不同的纸袋里。这些纸袋有解放初期照相馆装底片照片的纸口袋，也有亲朋们来信的信封，重要的底片则放在半透明的纸袋中，因为时间久远，纸袋都开始泛黄了。父亲一生交游广阔，最喜欢交朋友。他的朋友中既有各行各业的有名人物，也有普通百姓和戏迷观众，照片中也是各色人等众多，不过，我觉得其中一些与梅兰芳先生有关的照片，更是十分宝贵。

父亲是梅兰芳先生最重要的一部电影《梅兰芳的舞台艺术》的导

父亲与梅兰芳先生、苏联专家在拍摄现场

演。这部影片是一九五四年筹备，一九五五年在苏联专家的技术帮助下，由北京电影制片厂拍摄的彩色电影，记录了梅兰芳先生主要的精彩演出。上集包括介绍梅兰芳的生平及《抗金兵》《霸王别姬·巡营》和《宇宙锋》，下集包括《贵妃醉酒》《洛神》和《断桥》。

　　父亲小的时候酷爱戏曲，上中学时就经常逃学去到前门外的广和楼看当时的戏曲科班（早期的民办戏曲学校）"富连成"学生们演的戏。"富连成"分为喜、连、富、盛、世、元、韵七科，父亲与"盛"字辈和"世"字辈的孩子们年龄相仿，经常到后台找他们玩耍。其中与男旦演员刘盛莲和花脸演员袁世海交往比较多。后来根据刘盛莲的故事，父亲写出了他的名作《风雪夜归人》。袁世海在晚年多次告诉我："小时候在'富连成'的时候我和你爸爸一起玩儿，拍了一张照片《战马超》，你爸爸的马超，我的张飞，可惜'文革'的时候没

父亲保存的《霸王别姬》早年剧照。当年饰演虞姬的梅兰芳正值青春，风华绝代。杨小楼饰演的项羽身段工整伟岸，有霸王的气概

了。”“富连成”原名“喜连成”，梅兰芳先生也曾在“喜连成”创办初期带艺学戏，父亲年轻时候从“富连成”的朋友中就听说过不少梅兰芳的故事。

我在“文革”后到刚刚复刊的《人民戏剧》（后来改名为《中国戏剧》杂志）做摄影记者，出国后在法国巴黎中国文化中心工作，也是以拍摄和组织戏曲演出等文化活动为业。父亲平时经常给我讲述一些戏曲界的事情，关于梅兰芳的电影，他就说过选择配角时候的很多故事。在片中的《霸王别姬》里，除了梅兰芳饰演的虞姬外，霸王就是最重要的角色。这个角色多年来在京剧的舞台上属于“两门抱”，就是按照行当分类，可以由“生”行的长靠武生来扮演，也可以由“净”行的架子花脸扮演。这出戏最早是杨小楼和梅兰芳创作演出的。杨小楼是京剧武生泰斗，他的身材高大，功架威武，最具霸王气魄。后来梅兰芳也和花脸演员金少山合演过，金少山饰演的霸王势大声宏，唱起来“声震屋瓦”，有“金霸王”之称。因此，担任导演的父亲在选择与梅兰芳先生配演霸王的角色上，就有了用武生演员还是花脸演员的两种选择。对于传统戏曲，父亲虽然不是演员出身，还是十分内行的。他主张按照最早《霸王别姬》的行当配置，由武生演员来饰演霸王，请杨（小楼）派武生孙毓堃来饰演霸王最合适，这也是遵循当年的首演惯例。但是梅兰芳先生考虑再三，希望能够由梅剧团的花脸演员刘连荣来出演霸王，一来是本团的演员，好用，二来合作多年，比较默契。最后父亲尊重了梅兰芳先生的意见，选用了花脸演员刘连荣。

其实父亲主张用孙毓堃出演霸王，是做了一番考察的，在他一九五四年的日记中，多次提到梅兰芳舞台艺术片的筹备工作，其中有三次看孙毓堃演出的记载，对孙的表演有极高的评价：

> 八月二十五日：晨去北影，慧珠来看美术设计，偕岑范、尚义、方为策同回家，偕凤同至康乐午餐。又去故宫看道具，四时归倦极，午睡。晚至中和看孙毓堃、王素琴《别姬》，孙为杨派武生，有气魄，有规模，甚佳。王则野狐参禅而已。

> 十一月二十二日：晚偕凤及吕君樵在廊房二条四川馆晚餐，遇古赓实、吴晋航。后偕凤至中和看孙毓堃之《铁龙山》，大将风度，杨小楼之后一人而已，而此人戏曲研究院不收，真无理也。

> 十一月二十三日：六时返家，小丁来，小杜来，饭后偕凤、小丁、家伦、正字同到吉祥看孙毓堃《状元印》，宋德珠《扈家庄》。孙不如昨日，宋则明快、敏捷，人不可及。老舍、程砚秋、赵树理均在。

而父亲在日记中对刘连荣的演出评价并不高：

十二月三十日：晨去北影，晚应西藏军区联络部长徐庐之约晚餐，大师傅为从四川接来为达赖喇嘛做饭者，川菜绝佳，在座有阳翰老、少燕、家伦、小丁，艾青适来亦约同去。我与凤饭后偕徐同往看梅《宇宙锋》、程《三击掌》，梅之表演及唱可称绝，而刘连荣大不佳。

父亲留下的照片中，有一张彩色正片，是电影《霸王别姬》中虞姬与霸王饮酒的剧照。我仔细看过，这不是从电影胶片中剪下来的，因为电影胶片实际上是半格拍摄，就是在一张135胶卷的规格上拍摄两张，这样胶卷竖起来通过电影摄影机和放映机转动，才能在横幅的银幕上投放出横置画面。而父亲拍摄的这张照片是全画幅的135底片，所以是用照相机拍摄的。我也仔细与电影镜头核对过，电影中这个画面角度与桌面是平行的，正对着桌子拍摄。父亲拍摄的角度稍高，可以看到桌面，也可以看到桌子的侧面。说明他是在拍摄现场，在摄影机的右侧稍微高一点的位置，用135相机拍摄的。

老照片里还有一些拍摄的是纸板剪成再折叠起来的人物，这是为供导演和摄制人员选取场景和人物调度、设置机位时作为参考而

《霸王别姬》影片中梅兰芳饰演虞姬，刘连荣饰演项羽。吴祖光摄影

拍摄的。根据这些人物的大致形象，可以认出应该是拍摄《宇宙锋》时的场景。

在有关《宇宙锋》的照片中，有一张照片当中的主演赵女不是梅兰芳先生本人。父亲曾经对我讲过，当年梅先生年事已高，拍电影的工作又十分烦琐，所以一些走台、调光、换景、试音响等工作，就由梅先生的学生来做替身。这张照片正中的赵女正是作为替身的演员，服装也不相同，她临时代替梅先生走位置，等所有调整和准备工作就绪后，在后台休息的梅兰芳先生才出来正式拍摄。

《宇宙锋》拍摄时，替身演员在走位置。吴祖光摄影

梅兰芳先生拍摄《宇宙锋》的场景。吴祖光摄影

纸板人物摆放的《宇宙锋》赵女与哑奴位置

《宇宙锋》剧照。梅兰芳饰演赵女，张蝶芬饰演哑奴。吴祖光摄影

纸板人物摆放的《宇宙锋》赵高参拜皇帝场景

《宇宙锋》赵高（刘连荣饰）参拜秦二世（姜妙香饰）。吴祖光摄影

纸板人物摆放的场景，用高机位俯拍时的效果

父亲留下的彩色底片中，还有一些是在纪念梅兰芳、周信芳舞台生活五十周年活动中拍摄的。这次活动是一九五五年四月十一日在北京天桥剧场举行，其中的一些镜头，也在电影《梅兰芳的舞台艺术》中出现过。这些父亲拍摄的照片也同样是全幅的135彩色正片，其中有梅兰芳在台上发言的照片，还有观众席上的照片。观众席的照片上有我的母亲，她的右面是我们家的老朋友也是当时邻居、美术家、黄苗子夫人郁风阿姨，母亲的左面是著名京剧文武老生李少春，再左面是评剧名演员夏青、京剧著名老生李宗义，后排有苏联专家。与这几张正片一起的还有一张是我父母的合影，可能是在进场前或散场后别人替他们拍摄的；父亲胸前挂着一台135照相机，母亲的衣服与观众席上的那张一样，只是在那张中没有戴围巾，围巾在她旁边的郁风手里。

父亲在他的日记中有比较详细的描写：

> 四月十一日晨去天桥剧场，今日梅团五十周年纪念会，拍摄至午后五时结束。阳光不好，外景不佳。晚在北京饭店看梅、周、洪深之《审头》，周极佳，梅未见功力，洪发喓。洪得肺癌，

梅兰芳先生在《梅兰芳周信芳舞台生活五十周年纪念会》上发言。吴祖光摄影

据云已无救，得乐且乐而已。戏散后跳舞，与钱、夏、周部长及王局长、梅氏商决先拍《断桥》问题。洪老热心人，闷闷不乐。

四月十二日：晨沐浴理发，正午去北京饭店看夏公，与夏及小李、亦代、安娜共餐。至市场为娘购染发水，返家小睡。五时去天桥，拍观众镜头。戏散后拍《二堂舍子》两镜头，为新闻片帮忙。今晚梅、周合演《舍子》，精彩。归已十二时半。

这次纪念活动后，父亲还拍摄了几张梅兰芳与周信芳合作的京剧《二堂舍子》彩色照片。这出戏并没有出现在电影里面，但是这出《二堂舍子》是两位大师的鼎力合作，堪称戏曲表演艺术的高峰，也是京剧史上辉煌的一页。父亲用手中的相机和当时极为珍稀的彩色胶卷，并借助北影洗印厂的冲洗技术，把演出的精彩瞬间记录下来，也是对两位大师最好的纪念。照片是在演出进行中拍摄的，舞台上的两位公子正在走台步，四位演员神态自然、皆有动态，这在六十多年前

观众席中的母亲，右面是美术家郁风，左面是京剧文武老生李少春、评剧演员夏青、京剧老生李宗义，后排是苏联专家。吴祖光摄影

父母参加《梅兰芳周信芳舞台生活五十周年纪念会》时的留影

《二堂舍子》，梅兰芳饰演王桂英，周信芳饰演刘彦昌。吴祖光摄影

剧照的拍摄中还是比较少见的。当时拍摄剧照主要是专场拍摄，没有观众，演员在台上摆出固定的姿势，由摄影师拍摄剧照。我仔细查过网上的照片，梅兰芳和周信芳的《二堂舍子》黑白照片有几张，彩色的还没有发现。而父亲拍摄的是彩色正片底片，就弥足珍贵了。

　　梅兰芳的名剧《贵妃醉酒》也在这部影片中，这出戏里的杨贵妃是最难表演的。我们知道，人喝醉了是丑态百出的，可是在京剧舞台上要表现出美感来，就要把喝醉酒的姿态美化。正是因为杨贵妃有很多繁重的身段动作，所以这出戏最早是用武旦行当来应功的。梅兰芳先生用"旦"行当中的青衣和花衫的表演方法，设计了许多醉步、弯腰、翻身、叼酒杯等动作，用传统京剧里手眼身法步的表演手段，来美化这个人物烂醉如泥的形态。另外，喝醉了酒旁人要来搀扶，于是陪伴在贵妃身边的宫女就有了作用。这些宫女在传统京剧中就是龙套，而龙套一般是不参与主角的情绪变化和戏剧冲突的，是"活道具"。可是在这出戏里，贵妃喝醉了站立不稳，宫女们来搀扶就很

《贵妃醉酒》，梅兰芳饰演杨玉环。吴祖光摄影

自然了。于是八个宫女站成一排，贵妃在当中，互相搀扶着，边唱边舞，有许多和谐一致的舞步。龙套参与表演，在传统京剧中是慎用的，也是比较少见的。但是在这个特定情节下就非常恰当，她们既有扶持主人的合理性，又有配合舞蹈的美观效果。

　　父亲留下的另几张彩色正片中，有一些年轻的女学生照片，有女学生与父亲的合影，也有与外国人的合影，这些学生胸前的长条形校徽上有"中国戏曲学校"的字样。照片中有两个人是我认识的，一个是合影中的岑范先生，他是父亲的老朋友，经常到家里来，也是《梅兰芳的舞台艺术》电影的副导演，因此我知道这些照片可能是拍摄这部电影时，选宫女演员的照片；另外一张合影中最左侧的一位，就是现在中国京剧院的程派著名演员张曼玲。父亲在二十世纪六十年代初，从北大荒劳改农场回来后，分配在中国戏曲学校实验京剧团工作，张曼玲是这个剧团的主演之一，常常到我们在王府井的四合院家中来，因此我认出了她也在这张合影照片中。这些照片的拍摄时间应

戏曲学校的学生与岑范副导演（前排左一）及苏联专家的合影。吴祖光摄影

张曼玲等演员合影。吴祖光摄影

父亲在为梅兰芳选宫女演员后，与戏校低年级班的同学合影

该是在电影筹拍的一九五四年，那年张曼玲还是十几岁的戏校学生，如今已经是近八十岁的老艺术家了。写这篇文章的时候，正好天津京剧院的程派青衣吕洋到我工作的巴黎中国文化中心来演出，我通过她知道了张曼玲老师的电话，又通过吕洋把这张照片转给了张曼玲老师。经张曼玲老师确认，从左至右为：张曼玲、戴馨兰、义维茹、徐再荣、刘淑文、林萍，当年都是戏校的尖子学生，正是为了给梅兰芳先生的电影《贵妃醉酒》选宫女而拍摄的。还有一张父亲与两排演员的合影，这些演员都是当时戏校低年级班的学生。从画面上看，这些学生都非常兴奋，能够给梅兰芳大师配演宫女，已经是莫大的荣耀，还能够上电影，而且是彩色电影，更是大喜过望了。

所有这些父亲留下来的彩色底片，都有一张负片和一张同样的正片。都是用照相机拍摄的全画幅135底片，当时是用彩色负片拍摄，交给北影洗印厂冲洗出来后，用彩色负片再拷贝成彩色正片。从正像照片上下两端的齿孔上看，有间隔相同的黑点，应该是拷贝时夹住负片和正片的机械装置，因此在曝光和冲洗时留下痕迹。而负片已经是制成片，所以没有这个痕迹，由此也证实这张正片不是当场拍摄的正片（反转片），而是先拍摄了负片，再用负片拷贝成正片的。

拍摄的负片原底

此为用负片拷贝出来的正像底片

《梅兰芳的舞台艺术·断桥》，
梅兰芳饰演白蛇（右），
梅葆玖饰演青蛇。吴祖光
摄影

　　我到法国后，在巴黎中国文化中心工作，负责组织"巴黎中国传
统戏曲节"，每两年一届，至今已经六届了。在第二届的时候，邀请
了梅葆玖先生作为特约嘉宾来巴黎参加戏曲节。当年在父亲导演的
《梅兰芳的舞台艺术》中，《断桥》一戏由梅兰芳饰演白蛇，青蛇就是
梅葆玖先生饰演的。梅葆玖和哥哥梅葆琛、姐姐梅葆玥，小时候在上
海，都在法国人开办的震旦大学念书，上课全部用法语教学，从小法
语说得非常好，但是他们都没有来过法国。所以这次应我们的邀请，
是梅葆玖先生第一次踏上法国的土地。

　　在法国他的震旦同学很多，大家听说老同学梅葆玖来了，齐聚在
香榭丽舍大街上的福禄居饭店吃饭，一百多位震旦老人，人人一口上
海话，堪称奇观。其中有一些是法国人的面孔，他们是当年震旦大学
法国教师的孩子，从小在上海长大，在震旦念书，也说一口地道的上
海话。梅葆玖先生在巴黎见到几十年前的老同学非常高兴，欢声笑

语，仿佛回到了童年。

在巴黎，他对我说了一句戏班的老话："我们是父一辈，子一辈。"这就是说父亲在一起合作，儿子也要在一起合作，如此京剧才能够传承下去。

梅葆玖先生在巴黎塞纳河畔留影。吴钢摄于二〇〇五年

"程迷"·程派传人·程氏后人

程砚秋的电影《荒山泪》

在老一辈的京剧表演艺术家当中，就演唱技巧和唱腔旋律上的成就来说，程砚秋无疑是最优秀的一位，他的唱腔被称为"程腔"，受到大批观众的拥戴。人们通常把这批热衷于程派的观众，称为"程迷"。周总理曾经与父亲交谈时说："在延安的时候，我们对京剧的爱好也有两派，梅派和程派。"父亲问总理是哪一派？总理很认真地回答说："我是程派。"

父亲在拍摄了关于梅兰芳的舞台艺术影片之后，受命拍摄关于程砚秋舞台艺术的电影。当时程砚秋因为年事已高，身体开始发福，所以久不演出了，与他合作的演员和乐队，也都分散到其他的剧团。父亲按照周总理的指示，去拜访程砚秋先生。让他感到意外的是，总理在父亲去之前，就对程砚秋做了说服工作。

父亲在拍摄这出戏的时候，我曾经跟随父亲到北影的摄影棚去过，看到过程先生演戏。当时只记得是一位穿黑色戏衣的高大女人与官差们演戏，而现场那么多的灯光令我目眩。当时我还是个小孩子，只是对戏里官差们的刀枪感兴趣。

拍摄《荒山泪》影片时程砚秋（中）与导演吴祖光（右一）、副导演岑范（左二）合影

第二代程派——赵荣琛与李世济

　　长大之后，我到《中国戏剧》任职摄影记者，与剧团和演员接触比较多，与京剧演员接触得更多一些。当时比较活跃的程派演员主要有赵荣琛和李世济两位，这两个人都师出程砚秋，得到过程派的真传，时有演出，学生弟子也比较多，对程派艺术起到承前启后的重要作用。

　　赵荣琛成名较早，抗战期间，就在重庆演出程派剧目，并用通信方式得拜程砚秋为师，通过函授学习程派艺术。一九四六年在上海补行了拜师典礼，从此得以近距离学艺，还经常与程砚秋先生同台演出，得到程派艺术的真传。我在《中国戏剧》工作时，家住东大桥，离赵荣琛先生住的呼家楼很近，经常到他家里串门。他当年演出不多，每日坚持练功，在家里练唱。他的儿子女儿都喜欢唱戏，但只是业余爱好，经常全家人一起拉琴唱戏，非常热闹。

赵荣琛与儿子在家里操琴，女儿唱戏。吴钢摄于一九七九年

　　赵荣琛的教学工作很多，常到戏曲学校教戏，张曼玲、李文敏、张逸娟等，都是他的学生。他当年有一位年轻的学生，是中国戏曲学院大专班的学生，叫刁晓云。刁晓云是人民艺术剧院著名演员刁光覃和朱琳的女儿，学历高、家学渊源，被认为是很有前途的程派演员，一直跟着赵荣琛学习程派，扮相清秀端庄，可惜以后出国，没有再唱下去。

　　一九七九年，《人民戏剧》（后改名为《中国戏剧》）编辑部开始筹办来年纪念创刊三十周年的纪念演出，计划邀请赵荣琛等参加，赵荣琛的戏码是与杨派老生李鸣盛合演的《汾河湾》。当时编辑部戏曲组人员不多，主要由编辑郭永江和我负责具体的筹办工作，出面邀请演员和乐队。郭永江兄人长得很敦实，走路却像旦角一样小碎步紧倒腾，腿脚特别的快。他原来是中央人民广播电台的戏曲记者，人头

赵荣琛在化妆，学生（后排右起）张曼玲、李文敏、张逸娟在学习。吴钢摄于一九八一年

赵荣琛在辅导刁晓云。吴钢摄于
一九八〇年

熟。我由于父母的关系，与这些演员、乐队也都是世交，很多人是看着我长大的，更兼我会开车，开着单位的汽车拉着郭永江满城跑，走东家串西家。那时候没有堵车的烦恼，更没有停车的困难。当年北京城里人家有电话的极少，手机更是科学幻想里都想不到的东西，无论大事小事只有往家里跑，敲门就进，当面说事。

这次纪念演出准备演三场戏，两台大戏一台折子戏，集中了当时北京最优秀的京剧演员合作演出。原来的计划是：头一天大戏《连环套》，第二天折子戏，第三天大戏《龙凤呈祥》。谁知《连环套》因为有"叛徒"的问题没有被上面批准，原定的是高盛麟饰演黄天霸，袁世海饰演窦尔敦，好好的一出大英雄戏、大演员戏，就这么夭折了。《连环套》不能演了，只好为两位大演员另行安排，在折子戏《古城会》中，高盛麟饰演关羽，袁世海则在《龙凤呈祥》的《芦花荡》里饰演张飞。因为《连环套》不能够演出了，所以《龙凤呈祥》演了两场。

这篇文章主要是说程派，所以我们还是回过头来说说第二场折子戏里的《汾河湾》，这出戏由赵荣琛饰演柳迎春，宁夏京剧团的杨（宝森）派老生李鸣盛当时长住在北京，由他饰演薛仁贵。赵荣琛已经很久没有演出了，他提出的参演条件，是沿用当年他的老师程砚秋的乐队，开出的名单上有鼓师白登云、琴师钟世璋、月琴师吴玉文等人。我和郭永江挨家挨户登门拜访，白登云和钟世璋虽然已经退休，但是都很积极，只有请月琴师吴玉文时遇到困难，吴玉文早已退休，琴艺搁置多年，又疏于练习，不愿意出山。后来经过赵荣琛亲自做工作，吴玉文终于同意。由于多年没有弹琴了，吴玉文在家里抓紧练习。按照当年程砚秋乐队的习惯，月琴师要兼打铙钹。吴玉文是位极其敬业的老乐师，也可能是练习得太累，加上年事已高，吴玉文把手腕子练抽筋了。勉强参加了几次合乐和排戏，真正演出的时候没能上场，是由郭永江请了孙家碧临时赶过来弹月琴救场。我们还请来了当年给赵荣琛梳头的李师傅，帮助赵荣琛包头。排戏的时候因为白登云是程派祖师爷程砚秋的鼓师，辈分最大，由他亲自坐镇指挥，击掌代鼓，掌握节奏尺寸。

排练顺利，一切就绪，演出也非常成功。这是赵荣琛"文革"后第一次重要的演出。演出时我负责拍摄了剧照，有一张发表在当年的《人民戏剧》杂志上。后来，看到赵荣琛与李鸣盛的这出《汾河湾》出了光盘，我的这张发表过的剧照居然被登在了光盘的彩色封面上，却没有注明我的名字，而且出版者的无知致使照片左右颠倒，薛仁贵的宝剑居然挂在了右边，京剧史上闻所未闻，直令李鸣盛先生蒙羞。

一九八二年，赵荣琛与学生吕东明在北京民族文化宫剧场演出《锁麟囊》，师徒二人分别扮演不同场次中的薛湘灵，受到了首都观众的热烈欢迎。演出结束后，赵荣琛谢幕时，应观众的要求在说明书上签字。学生张逸娟用后背做"书案"，供老师签字，师徒情深，由此可见一斑。戏班里讲究"师徒如父子"，张逸娟当时已是名演员，后来做了中国戏曲学院附中的校长，对老师如此的恭敬，也是传承了戏曲界的美德。

赵荣琛先生继承了程派的水袖功夫，二十世纪八十年代，我曾经拍摄过一组赵荣琛先生的水袖照片。那时我联系了我家附近的一家照相馆，有专门摄影的灯光设备和场地，赵先生在便装外面套了一件褶子，穿着皮鞋，做了一系列的水袖动作，我拍摄下来，后来发表在我的《美丽的京剧》摄影画册里面。同时，借助照相馆的灯光，我也给赵先生拍摄了一组头像和便装照片在这里发表。相信现在任何一位演员也拍摄不出来这种神态和意境了。

我也经常到李世济老师家里采访拍照，当时她还住在北京宣武区

排练中场景：站立练唱者为赵荣琛，右一为白登云，左一：吴玉文，左二：钟世璋，后排观看者左三：赵荣琛的学生张逸娟，左四：刁晓云，左五：专门请来为老生李鸣盛操琴的琴师王鹤文。吴钢摄于一九七九年

《汾河湾》剧照，赵荣琛饰演柳迎春、李鸣盛饰演薛仁贵。吴钢摄于一九八〇年

北京中唱时代音像有限公司出版发行的光盘封面照片左右颠倒了

赵荣琛在《锁麟囊》最后"团圆"一场中饰演的薛湘灵的优美动作。吴钢摄于一九八二年

赵荣琛（中）谢幕后在学生张逸娟（右）的背上签字，左为吕东明。吴钢摄于一九八二年

的虎坊桥附近，离中国戏曲学院和工人俱乐部不远，家里常有戏校的学生和剧团的演员来访和学戏。李老师有一个和谐的艺术家庭，她的先生唐再炘是她的琴师，每日与李世济讨论程腔，并且组织和领导着一个高质量的程派乐队，在排练和演出中与演员配合默契、珠联璧合，伴奏得严丝合缝，是公认的配合最为默契的程派乐队。李世济也因为拥有这堂乐队而引以为豪。京剧界还有一位大家以优美的唱腔独步天下的，就是杨派老生创始人杨宝森先生，他也得益于胞兄杨宝忠操琴伴奏，方能够在演出中密切配合，取得与众不同的演唱效果。而李世济与唐再炘夫妇可以整日在一起研究程派艺术，比杨氏的兄弟合作更胜一筹。程砚秋先生当年立下不收女弟子的规矩，所以在向李世济授艺的同时，把一些程派的精髓直接教授给了唐再炘，从此夫妻二人同心协力，为程派艺术的传承和发展奋斗了一生。

　　李世济和唐再炘的编制在中国京剧院，排演和恢复了不少程派

赵荣琛的半身照片。吴钢摄于一九八二年

赵荣琛的水袖动作。吴钢摄于一九八二年

戏，他们的儿子唐小皓在戏中扮演一些孩童的角色，一家三口前赴后继，为程派艺术的发扬光大而努力。

李世济在中国京剧院有一些重要的演出，我都去拍摄过剧照，特别是她排演的《文姬归汉》。李世济老师的学生很多，家里经常有学生来学戏，现在活跃在舞台上的有刘桂娟等。李世济老师当年也有一位在中国戏曲学院大专班的学生，叫王学勤。一直跟着李老师学习程派，相貌俊丽、身材高挑，又与李世济夫妇同是上海人，很受李老师夫妇的喜爱。可惜后来改行了。

二〇一四年底我回国的时候，赶上纪念叶盛兰先生一百周年诞辰纪念演出，在后台见到了李世济老师，并且拍摄到了她与谭元寿先生在后台交谈的照片。我最近整理照片的时候，看到一张一九八二年拍摄的李世济与杜近芳的照片，一晃三十多年过去了，变化真的很大，李世济老师与谭元寿先生都已经挂上了拐杖。但在这次演出中，李世济老师还登台与学生演唱，精神十足。

程砚秋先生去世之后，特别是从"文革"结束后至今，活跃在舞台上的程派演员多出自赵荣琛和李世济这两大程派传人。社会上的"程迷"们对这两位程派传人抱着极大的期盼，同时也有种种议论，更有两位不和的传闻。我们知道，旧社会戏曲演出市场是十分复杂的，有时候为了争取观众，提高票房收入，竞争也是十分残酷的。唱对台戏、互相拆台、挖墙脚的事情也时有发生。这也造成了戏曲界既注重团结，但是又相互提防、同行冤家的矛盾状况，也是在长期的合作与竞争中产生的种种江湖和行帮习气使然。

父亲在与程砚秋拍摄电影的合作中就感受到了他的这种小心"防人"的心态。当时摄制组里一位担任录音的人出身梨园世家，但是与程先生不属于一个派系，程先生怀疑他不会认真工作而影响录音质量。父亲作为导演则尽力说服程先生，应该相信录音师的工作态度。

李世济在家里练唱，唐再炘伴奏。吴钢摄于一九八四年

李世济在《文姬归汉》中饰演蔡文姬。吴钢摄于一九八二年

一九七九年，李世济顶住压力，率先在北京工人俱乐部演出了《锁麟囊》。左面的梅香，是由老演员郭元祥扮演。而此后李世济演出的《锁麟囊》，包括后来的五演《锁麟囊》中梅香的扮演者，都是由赵丽秋。吴钢摄影

李世济在家中辅导王学勤。吴钢摄于一九八二年

李世济与谭元寿在后台交谈。吴钢摄于二〇一四年

李世济与杜近芳。吴钢摄于一九八二年

李世济与学生在台上演唱。吴钢摄于二〇一四年

后来在工作中这位录音师认真努力，曾有一个唱段连续录音十六次之多，工作直到深夜，终于感动了程先生。他后来告诉父亲："我唱戏必须自己培养琴师为我伴奏，培养一个理想的能够合作无间的琴师非常困难，需要付出很大的精力和时间。但是社会上，特别是同行里，多次有人'阴'我。就在我正要演出的时候，琴师被人挖走了。他们用金钱收买，给金条，甚至用美人计。用这样的手段让我演不了戏，临时拆我的台。除此之外，拆台的手段还很多。这样就养成了我总是要提防人的习惯。今天的事情教育了我，使我看到了新社会。"

　　师傅原有的心态如此，难免影响到学生，可能会有一些磕磕碰碰的事情。但是我在与赵荣琛和李世济这两位程派传人的接触中，从他们的话语言谈之中从来没有感觉到他们相互之间有什么不和。相反，我倒是拍摄到了他们在一起交流与合作的照片。因为听说过一些他们之间不和的故事，因此我曾经在一次戏曲界的活动中，特意邀请赵荣琛与李世济拍一张合影，两人面对着我的镜头微笑，双手紧紧地握在一起，很令人感动。与会的程派专家胡金兆看到了这一场景异常兴奋，跑过来站在两人中间，也凑份子"蹭"了一张三人照。我还曾经拍摄过李世济的"私房"琴师唐再炘先生为赵荣琛吊嗓子伴奏的照片，更是十分少见，看到过这两张照片的人都说拍得好，难得拍摄得到。我做过多年戏曲演出和活动的摄影记者，程派演员的多人合影时有过赵荣琛与李世济的身影，但两人单独合影确实不多，我也只拍摄到过这一次。

我到法国之后，没有机会再看到赵荣琛先生，后来在巴黎碰到过他的女儿，是从德国过来的。之后是在巴黎听到了赵荣琛先生逝世的消息，想起为赵先生拍照时的情景，不胜感慨。

五演《锁麟囊》

由于家庭的关系和工作的关系，我从小到大一直看戏，程派戏也看过不少，不过要说我看过的最重要的一次程派戏演出，应是在一九八三年纪念程砚秋逝世二十五周年的纪念演出上，也就是我们后来常说的"五演《锁麟囊》"。所谓"五演"，就是在这场纪念演出的《锁麟囊》中，由五位著名的也是地位最高的第二代程派演员分别在剧中扮演薛湘灵。这是程派的一次盛会，盛况空前，每一位扮演者都是大师，都是程派的第一代传人，都承担着承前启后的重任。

很多程派爱好者都问过我一个问题，为什么父亲导演的唯一一部程砚秋的电影不是《锁麟囊》而是《荒山泪》？在父亲导演《梅兰芳的舞台艺术》时，选择的是一些梅派代表剧目的片段，所以这部上下集的电影是由梅兰芳的几出折子戏组成的。在拍摄关于程砚秋的电影之前，周总理要求通过一个完整剧目来概括程砚秋多方面的成就。筹

赵荣琛与李世济两位程派传人携手共勉。吴钢摄影

李世济的先生唐再炘为赵荣琛吊嗓子。吴钢摄影

拍电影时，父亲与程砚秋讨论剧目，程先生首先提出的是他自己认为最理想的剧目《锁麟囊》。

《锁麟囊》的故事是一位阔小姐一时发了善心，帮助了一个贫穷的姑娘，穷姑娘因而致富。后来发大水，阔小姐漂泊无依变成了穷人，却被受她之恩、由穷变富的姑娘搭救而全家团圆的故事。这出戏情节合理，故事感人，但是在当时的政治气候下显然有"阶级调和"之嫌，不符合当时的标准，所以最终只能割爱。好在程先生能演的剧目很多，最后选中了反抗压迫、反对战争的剧目《荒山泪》。

如果在程砚秋擅演的所有剧目中选出一出代表戏，那么无疑就是这出《锁麟囊》。程砚秋早年间演出的剧目几乎都是悲剧，于是他请多年合作者翁偶虹先生为他再创作一出戏剧。翁偶虹不但精于戏曲表演，又有深厚的文化素养，因此他的作品具有文学性、表演性兼得的特点。翁先生就《剧说》中的一个小故事《只尘谈》，改编成了《锁麟囊》，于一九四〇年五月首演于上海黄金戏院。此剧不但情节感人，而且于悲情中掺入了许多喜剧效果。不同于以往传统老戏的是，老京戏中很多唱词和道白文字上不够讲究，文理不通的"水词"比比皆是，而《锁麟囊》是翁先生重新创作的，文字工整典雅，再加程砚秋唱腔之新、音律之美，令观众耳目一惊、叹为观止。

关于程砚秋先生的创腔能力，与他合作过的父亲有深刻的体会。由于《荒山泪》原来的剧本比较简单和粗糙，需要有较大的修改才能拍摄成电影。修改方案经过程先生同意，由父亲执笔改写。程先生再三嘱咐父亲写唱词的时候不要受到任何格律的限制，希望能多些长短参差的句子，程先生还对父亲说："你怎么写，我怎么唱。你写什么，我唱什么。你的唱词越别致，我的唱腔也就越别致。"后来由于时间紧迫，父亲的剧本改编只用了不到半个月的时间，改动的地方相当多，改好一场，送给程先生一场，他立刻进行唱腔的谱写。剧本改完的第二天，他创腔的工作也全部完成，而且已经和乐队一起合乐并且演唱出来了。由此可见程砚秋先生非凡的音乐感和创腔能力，因此才造就出了空前绝后、独具魅力的"程腔"。可以想象，翁偶虹先生当年创作《锁麟囊》剧本的时候，程先生正值壮年，也是创作的高峰

翁偶虹先生在西城区东太平街的旧居里。吴钢摄于一九八〇年

时期，他与翁先生强强联手，打造出了脍炙人口、流传至今的《锁麟囊》中优美动听的唱腔。

这么一出程派好戏，为什么长时间不能演出更不能够拍摄成电影呢？一九四九年十一月三日，中央文化部设立了戏曲改进局，在这个局召开的第一次戏曲工作会议上，局长田汉明确了戏改的主要内容，"要使旧形式迅速为人民服务"，让"旧戏曲"成为"新文艺"的一部分。而开始实施的戏曲审查，就是要以"人民大众的立场评价旧戏曲"，按照人民的选择来决定戏曲内容的取舍。于是，包括《锁麟囊》在内的一大批传统剧目就被"枪毙"了。我后来工作过十几年的《中国戏剧》，当年叫《戏剧报》，在一九五四年十一期上更是"板上钉钉"，把《锁麟囊》定性为："这是宣扬缓和阶级矛盾以及向地主报恩的反动思想的剧本。"

不过，性情耿直的程砚秋不肯退让，他在全国戏曲工作会议公开发言表示不满："这个不让演，那个不让演，你又拿不出新剧本让我们演，演员没有戏演，让他吃什么？戏改局，戏改局，改来改去，差不多成了戏宰局了。"程先生说的"戏改局",指的就是戏曲改进局,令坐在台下的戏改局局长田汉非常尴尬。

一九五八年三月七日,在程砚秋去世的前两天,中国戏曲研究院派人到医院探视他。被病痛折磨得极其衰弱的程砚秋又动情地提到了《锁麟囊》,面对垂危病人临终前的恳求,探视者的阶级立场丝毫没有动摇,斩钉截铁地回答:"《锁麟囊》这出戏是不能再唱了。"于是,程砚秋一直惦记着的《锁麟囊》,至死也没有获准恢复演出。

前面铺垫了这么多,只是为了在《纪念程砚秋逝世二十五周年》时演出的《锁麟囊》造势。这是我看到过的最精彩的一场《锁麟囊》演出,也是程砚秋先生最得意的学生们的一次大合作。我工作的中国戏剧家协会是主办单位之一,因此,我得以在演出时坐在剧场第一排正中的座位上,面前的三脚架上装着哈苏120相机,两个片盒里分别装着柯达彩色反转片和伊尔夫黑白胶卷。胸前还挂着两台尼康相机,分别装着柯达彩色和伊尔夫黑白胶卷。与相机配套的长短镜头就放在三脚架下面铝制的箱子里,随手可以取用。

此次五位程派传人同演《锁麟囊》,在角色分配和排序上都费了一番心思,第一位出场的是程砚秋的私淑弟子李蔷华。开场戏是"选奁",她出场前的道白非常有特色。《锁麟囊》在舞台调度方面,与以往的老京戏大不相同,娇惯任性的薛湘灵小姐没有出场,只是在边幕后与台前的仆人们对话,对他们置办的嫁妆百般挑剔和不满。人还没有出来,就把人物性格显露出来,为之后的剧情埋下伏笔。更兼程派特有的低沉凝重的道白,就先声夺人地表露出富家小姐的"骄"与"威"。这种大段而且长时间的幕后与台前的对白在传统戏曲中并不多见,观众的胃口被吊起来,更想见一见这位"只闻其声"的大小姐了。由此可见这几段幕后的道白重要性,直至薛小姐在千呼万唤中缓步出台,"碰头好"早已酝酿多时了。李蔷华的道白非常规矩,吐字、

李蔷华饰演"选奁"一场中的薛湘灵。吴钢摄于一九八三年

发声讲究，四声准确，特别是她毕竟是女旦，比起男旦有先天的优势。试想一下：整出戏刚刚开始，薛湘灵还在后台，观众未见其面，都在静听这段道白，而这段道白既要表现程派发音的低回婉转，又要在低音中有柔，要符合薛湘灵这位待嫁少女的声音。如果是男旦，低音中夹带出粗哑之音，观众会如何想象幕后的这位小姑娘？出场后的李蔷华演唱更加抓人，唱出了程派的圆柔醇厚，听来悦耳传情，表现出了富家女薛湘灵被娇惯出的性情。

"春秋亭"是这出戏的一个亮点，富家女子出嫁服饰头面一定是最漂亮的，前有绣花罗帐的陪衬，后有两位轿夫扶持，左有薛良，右有梅香，簇拥出李世济饰演的薛湘灵。程砚秋先生的唱腔在这一场戏里得到了充分的发挥，其中一句："口把梅香低声叫……"，一个"叫"字，演唱得如行云流水，又如花腔女高音般的华丽跳跃、一气呵成，成为程派唱腔的经典唱段。也是"程迷"们最倾心的唱腔，以

李世济在"春秋亭"一场中饰演薛湘灵。
吴钢摄于一九八三年

至于一次《锁麟囊》的演出，唱至此句，台下的观众也不自觉地吟唱起来，竟成了台上台下的一次大合唱。李世济的演唱，音色于低回中透出亮丽，唱得声情并茂，几段流水起伏顿挫、节奏鲜明，句句珠玑落玉盘一般的洒脱。听李世济的演唱，看到她唇齿的颤动，能够感受出她的自信和演唱时的享受，特别是唱到兴奋处头颈的轻微晃动，不仅没有唐突的感觉，反而非常符合当时人物的性格特色，试想，富家女一掷千金，周济一位贫家女子，心情是十分愉悦的，所谓"助人为乐"，就是形容这种快乐的心态。此时越是自信、越是兴奋、越是张扬、越是奢华，越能够反衬出她后面的落魄。以李世济的演唱风格，她无疑是这场"春秋亭"中薛湘灵饰演者的最佳选择。

接下来由赵荣琛主演的"归宁""遇水"，虽然是一个过场戏，但是赵荣琛演得极其有深度，他随着小锣声上场就有一个碰头好，特别是客串周大器的唐小皓，是李世济和唐再炘的公子，年纪虽小，演得非常持重。赵荣琛与他坐在车中，边走边唱，这时灾情突发："……又听得呼号声动地惊天，却为何众百姓纷纷逃窜？"这里"纷纷"两字如异峰突起，突然拔高，以低音区见长的程派唱腔为何出现少有的高音？因为这句高音实际上是全剧的转折点，之后富家女薛小姐的境遇从天上跌到地下，也为后面的剧情发展做好铺垫。赵荣琛的演唱在这场戏中显现功力，节奏稍微放缓，音虽高而不燥。紧接着"遇水"中的几个身段，水袖上下急速翻飞后转身下场，一气呵成，几秒之间动作就完成了。观众从这几个动作中仿佛看到滔天的水势，感受到水火无情的强大摧毁力。其实舞台上一滴水也没有，这就是传统戏曲虚拟写意表现手法的魅力，赵荣琛充分利用了戏曲表演中手、眼、身、发、步来表现出人物在大水面前的恐惧和无助。也有戏迷说这里身段安少了、时间太短了，在这出唱功戏中正好在这里多加些避水的身段和水袖动作，观众看着也过瘾。其实这也是程砚秋的高明之处，大灾大难都是在顷刻之间发生的，发大水也不是预谋的和人为的，必须在刹那间用短暂的几个动作来完成才合乎剧情。身段多了、时间长了就成了"水漫金山"的水斗了，也就脱离了此剧的主线，后面的戏也就散了。

王吟秋接演的"打粥""进府""朱楼""盘问"（"三让椅"）几折，是此剧中身段最多的。陪着小少爷天麟玩耍时，天麟在前面拍球，王吟秋扮演的薛湘灵在后面随护，走"S"形的台步，配合水袖舞动，向前走后又向后退着走，身段非常好看。这还只是牛刀小试，接下来的上楼、找球，身段更加繁重，水袖上下翻飞，非常符合人物急切的心情。

戏中最为动情的一段舞台调度"盘问"（"三让椅"）是程砚秋先生的大手笔。按照翁偶虹的原作，赵守贞要薛湘灵回忆六年前婚嫁的

赵荣琛在"归宁""遇水"两场中饰演
薛湘灵，唐小皓饰演周大器。吴钢摄于
一九八三年

情景及在春秋亭避雨赠囊的经过时唱一大段的西皮原板，程砚秋先生
觉得干唱这么一大段舞台形式上比较单调，对翁先生建议："您看这
一场的西皮原板是不是把它掐段儿分做三节，在每一节中穿插着赵
守贞三让座的动作，表示薛湘灵的回忆证实了赵守贞的想象，先由旁
座移到上座，再由上座移到客位，最后由客位移到正位。这样，场上
的人物就会动起来了。"正是程砚秋先生的导演天赋使得这段戏成了
经典，也是最耐看的一段演唱和表演。王吟秋在"二让"和"三让"
中有几个伴随着行弦中迈步移动的"慢动作"，小心地迈一步右手臂
前伸观察主人让座的动议，再迈一步左手臂前伸面向观众暗自揣摩，
再重复几次，来到移动的座位前面。这几步走距离不长，动作幅度
大，如孔雀舞般的优雅，又有太极拳法的刚柔，极其优美，表现出
了薛湘灵的忐忑心情，观众报以热烈的掌声。叙述当初赠囊的大段
西皮原板演唱更是隽永深沉，王吟秋不愧是程砚秋先生的入室弟子，
名不虚传。

王吟秋在"打粥""进府""朱楼""盘问"
（"三让椅"）四场中饰演薛湘灵。吴钢摄于
一九八三年

　　最后的"团圆"，由新艳秋出演，她虽已七十三岁高龄，但精神
气度仍不减当年，以她的年龄和资历，出演最后的压场戏最为合适。
新艳秋宝刀未老，一出场的几句唱，稳健含蓄，每句都有叫好声。
我们都知道，这出戏的结局是大团圆，聪明如程砚秋先生者，竟然
在舞台调度上也来了一个"大团圆"，随着薛湘灵唱"这才是人生难
预料……"的流水板唱腔，在她的引领下，舞台上的全场演员随着
也转了一个大圈，成就了好一个"大团圆"结尾。最近看到有人著
文批评："这个大转圈人物众多、脚步凌乱。"岂不知台上的众多人
物分属于各个行当，有老旦、彩旦、老生、小生、娃娃生、小花脸
等，行当不同、年龄不同、身份不同、性别不同，在台上有各自的
程式化台步，是不应该也是不可能雷同的。如果统一步伐，就成了
"大阅兵"了。

　　最后一句唱"……愧我当初赠木桃"，有一个赵守贞进身拜谢，
薛湘灵退后搀扶的动作，两人身段紧凑、配合默契，在如雷的掌声

新艳秋在"团圆"一场中饰演薛湘灵。吴钢摄于一九八三年

中，全剧结束。新艳秋的这个搀扶动作，不温不火，恰到好处，符合薛湘灵贵族小姐的身份特征。这个著名的搀扶动作每一位演员都很重视，因为这是谢幕前的最后一个动作，一定会有叫好声，而且接下来就是在叫好声中谢幕。之后我也看过不少《锁麟囊》的演出，结尾时许多演员把这个动作演绎得过于火爆，像中了彩票一般满面兴奋。其实在人生当中，有过钱的和没有过钱的在落魄之后再见到钱，情绪反应上应该是不一样的。如何拿捏好、把握好这个搀扶动作，是对演员功力、火候的一个考验，即使是演出的最后阶段，也不能出戏、不能脱离人物和人物的身份地位。

这次纪念演出选择《锁麟囊》作为主打剧目，并且是各位传人齐心协力的合作演出，可见这出戏的重要性。剧场里气氛热烈，特别是程派唱腔的优美，不是文字所能描述，只感觉时而是细如游丝的吟唱，时而又是倒海翻江一般的倾诉，此种惊心动魄的感受，只有在程派戏中才能够感受得到，难怪世上有这么多的"程迷"。

这次纪念演出持续了很多天，我也拍摄到了不少精彩的剧目和演员。特别是赵荣琛和俞振飞的《春闺梦》。两位老艺术家的合作太精彩，也太难得了。赵荣琛先生当年已经六十八岁高龄了，但是舞蹈身段依然矫健，在梦中战场的一段戏中，张氏有大量的水袖动作，我们从演员那惊恐的眼神当中，仿佛看到了古代战场上："那不是草间人饥乌坐等，还留着一条儿青布衣巾。见残骸都裹着模糊血影，最可叹箭穿胸，刀断臂，临到死还不知为着何因？……那不是破头颅目还未瞑，更有那死人须还结坚冰！……这骷髅几万千全不知名。隔河流有无数鬼声凄警……"

演出结束后，观众们边鼓掌边涌到台前，向他们热爱的艺术家表示感谢。习仲勋副总理与夫人是"程迷"，也是程砚秋先生多年的好朋友。演出结束后还专门上台向演员们问候"道乏"。我拍摄了不少彩色和黑白照片，记录下演出盛况。

最近见到报道，中央电视台记者、国家一级编导夏蒙说，在和陕西富平县党史研究室主任王小强合作编写《习仲勋画传》时，曾向习仲勋夫人齐心请教。他说，有一张习仲勋会见演员、文艺工作者的照片，编者对中间那位是不是京韵大鼓艺术家骆玉笙有些拿不准。这张图片拿给齐心看，齐心马上辨认出中间一位是程砚秋的夫人果素瑛，右边的演员是程派著名演员王吟秋。夏蒙表示，"把我困惑了很久的问题，很轻松就解决了"。他说，对于历史亲历者和历史当事人的回忆，如果不及时抢救，历史资料就会流失。

夏蒙所说的这张照片可能就是我当初拍摄的照片，我同时也拍摄了许多张习仲勋与演员的照片。资料没有流失，我还有保存完好的底片。

《春闺梦》，赵荣琛饰演张氏，俞振飞饰演王恢。吴钢摄于一九八三年

《春闺梦》中，赵荣琛的眼神和水袖动作。吴钢摄于一九八三年

演出后习仲勋与王吟秋交谈。吴钢摄于一九八三年

习仲勋与程派艺术家合影。中为习仲勋，左侧依次为：程夫人果素瑛、张学津、林玉梅。右侧依次为：习夫人齐心、王吟秋、新艳秋、张君秋、钟世璋、李蔷华、李世济、程派票友郑大同。照片的左边第二人为王学勤。吴钢摄于一九八三年

第三代程派——迟小秋与张火丁

当今活跃在舞台上的程派第三代演员当中，我比较熟悉的是迟小秋和张火丁。这两人也是当今剧坛程派青衣的领军人物。

迟小秋成名比较早，我在《中国戏剧》杂志工作的时候，就听说过辽宁省阜新市京剧团有一位年轻的程派演员很好。一九八四年，十九岁的迟小秋随着阜新市京剧团进京演出，我到剧场第一次看迟小秋演的戏，就是程派名剧《锁麟囊》。这么年轻的一位程派演员，把握人生经历如此复杂的剧中人物薛湘灵，确实很不容易，而且唱、念、做都十分精彩。我为她拍摄了很多张剧照，后来刊登在《中国戏剧》的封面上。演出后，我上台还与她拍摄了一张合影。一九八五年，迟小秋获得第二届梅花奖，我又在颁奖大会上拍摄到她的获奖照片和演出照片。

之后迟小秋调到了北京京剧院。二〇一四年，我从法国回北京出差，恰逢迟小秋举办程派专场演出，我有幸在长安大剧院看了迟小秋主演的两出大戏，一出是《窦娥冤》，一出是《红鬃烈马》。小秋的演

迟小秋演出的《锁麟囊》。
吴钢摄于一九八四年

迟小秋在普瓦梯埃演出
《锁麟囊》。吴钢摄于二〇
一五年

唱已臻完美，堪称炉火纯青。她特有的中低嗓音演绎低回婉转的程派唱腔，有着先天的优势。这次她连续十场，演出不同的十出程派大戏，可见她的功力不凡，没有扎实的基本功是拿不下来这十场演出的。演出结束后，热情的观众都涌到台前，长时间地鼓掌、拍照。我上台见到迟小秋时，她顾不得化着装，高兴地与我热情拥抱。时间过得真快，说起来我们已经三十年没有见过面了。

　　二〇一五年初，我在法国工作的单位"巴黎中国文化中心"与巴黎市属的城市剧院商讨在巴黎合作共同主办一场传统京剧演出。城市剧院曾经在一九五五年时接待过中国京剧艺术家杜近芳等人的演出，希望在六十年后再组织一场高水平的京剧演出。

　　于是由我陪同巴黎城市剧院的总经理莫塔、业务主管切尔斯和法国文化部的戏剧总监于尔斯到北京选戏，选中了北京京剧院的《杨门女将》，经与李恩杰院长商讨，谈妥该剧十月份到巴黎城市剧院进行四场商业演出。回到巴黎后，我看到剧团发来的名单，由团长迟小秋带队。我想到迟小秋来法国，应该演一场程派戏才好。于是又多方联系，最后联系到普瓦梯埃的孔子学院戴天华院长，戴院长是一位戏迷，听到"锁麟囊"三个字就有兴趣，马上同意接待并且支付相关的费用，于是商量好在巴黎的演出结束后，再在普瓦梯埃的孔子学院由迟小秋演出一场《锁麟囊》。

　　巴黎的四场演出盛况空前，巴黎城市剧院位于巴黎市中心，这次是六十年后第一次举办京剧演出，《杨门女将》又是文武兼长的大戏，所以上座特别好，都是法国人来买票看戏，每天晚上剧场大厅里人声鼎沸，门口还有等候退票的观众，演出时剧场里走道两旁的加座都坐满了人。

　　剧团第二站普瓦梯埃的演出是迟小秋主演的《锁麟囊》，这个城市只有十几万人口，但是剧场里一千多个座位都坐满了法国观众，很多人是开了很长时间汽车赶过来的。《锁麟囊》是一出典型的京剧文戏，但是包含了丰富的中国人的传统理念，人情冷暖、知恩图报的故事牵动人心。观众通过法文字幕看懂了剧情，绝大多数的观众是第一次看京剧，他们欣赏到与众不同的异国情调的表演，也为剧中人物的命运变化所打动，特别是迟小秋的精彩表演和演唱，征服了所有的观众，演唱和表演的精彩之处，剧场中掌声如雷，很像是在国内的演出，该有掌声的地方都有掌声，法国的观众不愧是有高水平欣赏能力的观众。演出结束后，热情的观众欢呼鼓掌，多次谢幕后掌声不减。甚至在退场后，还有很多观众聚集在剧场的前厅，热烈地讨论剧情，畅谈欣赏京剧之后各自的感受。这场演出，应该是整出的《锁麟囊》在法国首次演出。对于迟小秋的《锁麟囊》，我有两次拍摄剧照之雅，当中竟隔了三十年。而且三十年前是在北京，三十年后是在法国。从照片上看，我已经从"小生"变成"老生"，而小秋还是那么青春靓丽，艺术上炉火纯青。我明显感觉到了迟小秋在程派艺术上的继承、发展和进步。

演出片后迟小秋与吴钢合影。
摄于一九八四年

迟小秋演出后与吴钢合影。
王泳智摄于二〇一五年

与张火丁见面是我到了法国之后，一九九七年从巴黎回到北京，有一天有人敲门，我开门一看，门外站着一位清秀的女孩子，爸爸把她迎进来，告诉我，这就是张火丁。张火丁的大名我在巴黎的时候就常听人说："最近有一位年轻的程派，唱做都好，非常红。"火丁这次来是看我母亲的，她最早在东北是学习评剧的，所以和我母亲很有感情，经常来家里。母亲年轻的时候曾经演出过评剧《锁麟囊》，她生前房间里挂着一张剧照，就是演出《锁麟囊》时扮演的薛湘灵。母亲演出评剧《锁麟囊》得到过程砚秋先生的指点，程先生亲自教授过母亲在这一剧中的身段和水袖动作，这在她写的《程砚秋先生对我的教益》一文中有详细的描述。所以张火丁来家里也是向我母亲学艺的。

我和张火丁谈得很投机，又拿出相机为张火丁拍了几张照片。后来，张火丁在长安大戏院演出，我去看戏。前面是她哥哥张火千的《白水滩》，火千扮演的十一郎身段边式、身手矫健、武打干净利落，甩发随着动作的翻转腾挪，上下飞舞飘动，丝毫不乱，看得出是多年刻苦练出来的结果。待到后面的《荒山泪》，好一位清纯秀丽的张慧珠，扮相大气、动作沉稳，火丁始一出场，便先声夺人。待到张口时，浓厚的程腔轻吐而出，进而逐渐浓重，仿佛一股清泉，顺流而下，继而汇聚成流，溢满全场，听起来令人荡气回肠，充分展示了程派所特有的演唱魅力。特别是她的水袖动作和身段，结合剧情的发展，逐渐施展开来，看得出是得到了赵荣琛先生的真传。

二〇一〇年，《读库》杂志的张立宪先生组织为张火丁拍摄剧照，张先生的官称是"老六"。老六也是一位"程迷"，特别是张火丁的戏迷。他热心邀请到京城的众多摄影高手，同心合力为张火丁拍摄一本高水平的剧照摄影专辑，他也盛情邀请我到北京同襄盛举。可惜我在法国公务缠身，无法按时回京参加拍摄。后来我回京时，张先生特

吴钢与张火丁在东大桥父母家阳台上
合影。吴祖光摄于一九九七年

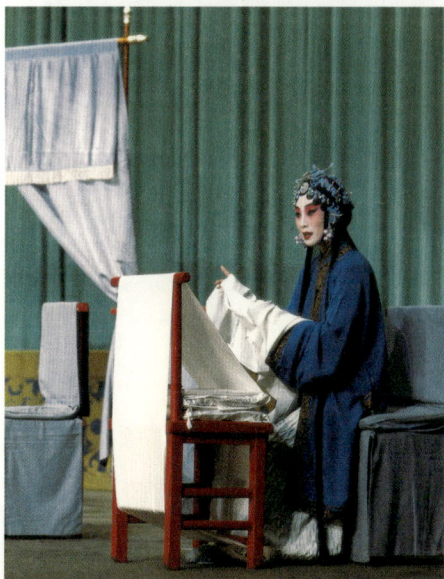

张火丁在《荒山泪》中饰演张慧珠。
吴钢摄于一九九七年

张火丁在《秋江》中饰演陈妙常。吴钢摄于二〇一〇年

《京剧知识——走进美丽的京剧》封面照片：张火丁在化装。吴钢摄于二〇一〇年

吴钢完成拍摄后与张火丁合影。摄于二〇一〇年

意邀请张火丁专门在摄影室里面化装，我单独为她拍摄了剧照。这些照片，都刊登在了张立宪编辑的画册中。后来，我撰写和拍摄的《京剧知识——走进美丽的京剧》一书出版，把这次拍摄的一张张火丁特写照片，放在了封面上。

在第三代程派演员当中，我接触比较多的还有一位就是师姐辈的张曼玲。张曼玲是中国戏曲学校的学生，父亲当年筹备《梅兰芳的舞台艺术》电影时，为选配演宫女拍摄的照片里就有学生时代的张曼玲。张曼玲在程派第三代演员当中资格很老，一九五一年就到戏曲实验学校（中国戏曲学校前身）学戏，她的老师王瑶卿被称为"通天教主"，教过梅、尚、程、荀四大名旦。张曼玲还师从筱翠花、华慧麟、程玉菁等名家。毕业后做演员时还得到过王吟秋、李世济、顾森柏等指导，后调入中国京剧院四团，正式拜赵荣琛为师。我做了摄影记者之后，为张曼玲拍摄过她主演的新戏《大明魂》，刊登在《中国戏剧》的封面上。

在程派第三代演员当中，我拍摄过一次她们早期的聚会，但不是都能够叫出来所有人的名字。

第四代程派新秀

我听说各地都有不少年轻的程派新秀，可喜程派艺术后继有人。我身在国外，看戏不多。去年天津京剧院来巴黎中国文化中心做小型的京剧展演，我在中心工作，具体负责此事，听说有位年轻的程派青衣吕洋，又有年轻的余派老生凌柯，于是我与剧团打越洋电话，希望由他们俩演一出《武家坡》，这是当年程砚秋与杨宝森的名剧。继而我又建议两位再各自单独演唱一段，吕洋加唱一段《锁麟囊》中的"春秋亭"，凌柯加唱一段《文昭关》，向法国观众展示一下程

赵荣琛与张曼玲在第
四届文代会上。吴钢
摄于一九九七年

程派第三代演员合影。左起：王学勤（李世济弟子）、不详、王凤莲（王吟秋弟子）、张丽丽
（新艳秋弟子）、刘桂娟（李世济弟子）、陈琪（赵荣琛弟子）、戴长玲（赵荣琛弟子）、陈庆
芳（赵荣琛弟子）。吴钢摄于一九八三年

派青衣和余派老生的魅力。剧团提出,《文昭关》之后,就不必再换服装了,这样比较省事。我觉得还是应该更换一下服装,否则吕洋穿着《武家坡》里的黑褶子,唱"春秋亭"的富家小姐薛湘灵的唱段,身份不符合,再说"春秋亭"同台的还有一位穿黑褶子的穷苦女子赵守贞,表演富家女薛湘灵的唱段却穿着穷家女赵守贞的服装,要闹笑话了。所以在巴黎演出"春秋亭"时还是更换了大红的服装,非常漂亮。而凌柯的《文昭关》比较简单,两出戏里的人物都是箭衣马褂,只要换上一顶武生巾就行了。演出非常成功,配合着简单的乐队现场伴奏,法国观众通过字幕了解了大概的剧情和唱词,也同样陶醉于优美的程派唱腔,这大概是程派名剧《锁麟囊》第一次在巴黎演唱吧。

　　我在法国巴黎中国文化中心工作期间,组织"巴黎中国传统戏曲节",至今已经十多年了。第四届戏曲节的时候,我们邀请了福建省京剧团来巴黎演出全本《四郎探母》,当时剧团的领导还有顾虑,不知道西方的观众能不能欣赏这类以唱为主的文戏。我觉得《四郎探母》是京剧诞生时就有的经典剧目,已经演了二百多年,而且是以歌颂人性为主题的,法国人肯定喜欢。果然,在巴黎的演出非常成功,剧场爆满,都是法国人花钱买票来看戏,观众完全被剧情所吸引,看完后很多人聚在剧场前厅的酒吧喝饮料,讨论这出戏的剧情和演员的表演。这是第一次在巴黎演出全本的《四郎探母》,其中萧太后的扮演者孙劲梅,是张曼玲老师的学生,应该算是程派第四代演员了,她的演唱清新自如,嗓音宽亮,在运用程派宽厚幽怨的行腔时显得刚劲高亢,别具特色。

　　二○一四年,我到福建举办摄影展览,正巧福建京剧团彩排《龙凤呈祥》,孙劲梅饰演孙尚香,程派的孙尚香比较少见,但是她演出的落落大方,特别是程派唱腔放在这个剧目当中,十分新颖。

在巴黎中国文化中心演出的《锁麟囊·春秋亭》唱段，吕洋饰演薛湘灵。吴钢摄于二〇一四年

　　二〇一五年我回北京时，到梅兰芳大剧院看中国京剧院演出的《锁麟囊》，青年演员周婧饰演薛湘灵。周婧也是张曼玲的学生，虽是青年演员，但也三十多岁了，正是炉火纯青应该出戏的好时候。她的唱做都好，气力充沛，把薛湘灵全盛时的骄娇和落难时的低沉把握得非常准确，加上这是一出"戏保人"的戏，观众热情叫好，剧场气氛热烈。还要说说周婧的小琴师，虽然是一位和周婧年纪差不多的女孩子，但是胡琴与演员合作无间，"托"着演员唱，用力时同步发作，轰鸣震响，轻声时又一起按捺下来，细若游丝，配合得真是默契。演出后谢幕，张曼玲老师上台合影留念，可惜当晚因大阅兵预演，主要街道戒严，所以未能与张老师和周婧畅谈，就匆匆离开了。

孙劲梅在《四郎探母》中饰演萧
太后。吴钢摄于二〇〇九年

周婧在《锁麟囊》中饰演薛湘灵。
吴钢摄于二〇一五年

法国的程砚秋后人

一晃在法国巴黎已经生活二十多年了，巴黎的中餐馆很多，大部分不够正宗，或多或少地夹杂了东南亚风味。原因是越战期间，大批越南、柬埔寨等地的华侨难民来到法国，许多以做餐馆为谋生手段。久而久之，法国人也认定这种越南味的菜就是中餐，于是用手抓起生菜叶、卷上炸春卷再蘸点生鱼露，被认为是中餐馆的招牌菜。随着中法两国交流的增强，到过中国的法国人认识到他们对中餐的误解，于是开始在巴黎寻找正宗的中餐馆，当然还有大批中国人到巴黎旅游或者公干，于是有一些大陆人经营的正宗风味的中餐馆开始出现在巴黎的街头。几年下来，逐渐在与东南亚人的中餐馆竞争中站稳了脚跟。其中有一家比较成功的，就是位于十三区的山东小馆。老板厨艺精道，热情待人，很快就顾客盈门。特别是他对文化的热爱，引来了不少文艺界的人士，我正是在这里，见到了程砚秋先生的大公子程永光。

法国《欧洲时报》曾经刊登记者黄冠杰的文章说到这件事情：

在国内，许多人打听京剧表演艺术大师程砚秋先生后代的情况而不得，而在山东小馆，你就能经常看到程砚秋先生的长子、八十多岁的程永光先生。程永光先生二十世纪三十年代被父亲送到法国来留学，学成后在巴黎联合国教科文组织工作，为中外文化交流做出了卓越的贡献。程先生退休后就住在这附近，爱上小馆的饭菜，时常光顾。一天，著名摄影家吴钢先生带了当代艺术大师、法兰西艺术学院的院士朱德群来吃饭，老板指着程永光先生对吴钢说："你不知这人是谁，你们的父亲却是老朋友。"两人都愣住了。你道吴钢先生是谁？他是当代中国影响最大、最著名、最具传奇色彩的文化老人之一，著名学者、戏剧家、书法家、社会活动家吴祖光和评剧表演艺术家新凤霞的长子。吴钢酷爱摄影，也喜欢戏剧，当年著名影星巩俐等来法拍电影，都请求吴钢先生去拍剧照，可见其艺术成就非凡。只是他为人随和，不事张扬，所以即使你和他擦肩，也不一定认出来。吴钢先生对程先生说：“当年我父亲只拍过两部戏剧电影，一部是梅兰芳大师的《梅兰芳的舞台艺术》，一部就是你父亲的《荒山泪》。”程永光先生常年在外，一直从事与戏剧毫不相干的职业，对此并不知晓。他握住吴钢先生的手，大有相见恨晚之势。

这就是我在巴黎遇到程永光先生的故事，可惜当时我没有带照相机，那时候的手机也不能拍照。我也以为都住在巴黎，还有见面的机会，谁知这一面竟成永别，程永光先生几年前在巴黎去世了。

山东老板这几年发展不错，在巴黎又开了一家老山东餐馆。我在老山东餐馆吃饭时遇到了一位面貌清秀的法国小伙子，老板介绍他的时候令我大吃一惊。这个小伙子就是程永光先生的长孙、中文名字叫程嘉庆，是学习计算机工程的，他们全家经常来吃中国饭。一次姜昆来巴黎，一班侨领在老山东餐馆参观宴请姜昆一行，席间华侨们都抢着和姜昆合影。我对姜昆说，这些人都抢着和你拍照，我介绍一个人给你，你得抢着和他拍照。我把程嘉庆拉过来介绍给姜昆，把他的身世一说，姜昆也大吃一惊，反应过来后，马上从席间跑出来与嘉庆合影留念。光看嘉庆的五官长相，十足的外国人，与他接触多了，才知道了他的身世。原来程砚秋先生长子程永光的夫人是法国人，所生三男一女，均在法国从医，排名是受璋、受琨、受琛、受珈。名字中都带“玉”字偏旁，这是陈叔通先生赐的名。长子受璋的夫人也是法国人，所生二子，长子就是嘉庆。

因此程嘉庆无疑就是程砚秋的长房长重孙。最令人惊异的是，一问他的住址，他居然和我住在巴黎的同一栋楼里，而且是同一个单元，乘同一部电梯。他住在三楼，我住在六楼。世界上居然有这样的巧事，电影《荒山泪》主演的重孙子，多少年之后，居然和导演的儿子同住在了法国巴黎的同一栋楼房里。嘉庆的父亲程受璋也就是程砚秋的长孙现在法国海外省的留尼汪岛上行医，不住在巴黎。

程砚秋先生为什么有这么多的后人在法国呢？这得从程砚秋的童年生活说起，程先生自幼学戏，由于先天条件不好，经常受到师傅的打骂，最重的一次把腿都打坏了。所以程先生成名之后，深知学戏的痛苦，不准他的子女们学戏，甚至不准孩子们接触戏曲。程砚秋到欧洲访问之后，感受到欧洲的发达和文明，回国后决定把他的长子程有光送到瑞士念书，这一年他才九岁。一个九岁的孩子独自一人漂洋过海，来到一个陌生的国度里生活学习，其中的艰苦和辛酸是可想而知的。

程砚秋出生于一个没落的满族旗人家庭，因为家庭贫寒，母亲在他六岁时就把他"写"给京剧男旦荣蝶仙学戏了。旧时代京剧界所谓"写"就是立字据把孩子交给师傅，由师傅教戏和供给衣食，期间任由师傅打骂使唤。程砚秋"写"的是八年期，八年间的戏份（唱戏收入）和八年后两年内的戏份都归师傅所有。

师傅荣蝶仙脾气不好，待程砚秋如奴仆一般，非打即骂，很少教戏。程砚秋在荣家经历了八年的苦难，血泪斑斑，即将出师时，师父终于把他的腿打伤，瘀血滞留，不得医治，留下很大的血疙瘩。程砚秋成名之后曾经回忆说："学艺的八年，是我童年时代最惨痛的一页。"因此他发誓绝不让他的孩子们学戏，甚至不准他们接触戏曲。因此程砚秋是四大名旦中唯一没有让自己的子女继承父业的。但是程砚秋又继承了戏曲界"师徒如父子""一日为师，终身为父"的传统美德，即使师傅对自己千般不好，程砚秋也没有记恨师傅，反而在成名之后把师傅供养起来，在自己的戏班里担任一个闲差，领一份薪水。

"梅、尚、程、荀"这四大名旦当中，程砚秋是最有性格的一位。中国京剧界有"通天教主"之称的王瑶卿先生对四大名旦都有过教导和指点，他把这四位的艺术特色经典地归纳为："梅兰芳的样，程砚秋的唱，尚小云的棒，荀慧生的浪。"而京剧的表演是用："唱、念、做、打"来表现的，"唱"字放在了第一位，而以唱为主的程砚秋就占了先机。在四大名旦中唯一有师徒关系的也是梅兰芳与程砚秋，程砚秋青年时曾经正式举行拜师礼，师从梅兰芳学艺。后来程砚秋在艺术上崛起之后两次与梅兰芳唱"对台戏"，其实这也是时间和地点上的巧合。最著名的一次是在一九四六年，上海黄金戏院的老板签下了梅兰芳的演出，另一位上海天蟾剧院的老板签下了程砚秋的演出，两个剧团都有名演员助演，阵容鼎盛。观众两边看戏，大饱了眼福。连演一个月，双方难分高下。最后几天，程砚秋抛出了"杀手锏"，连演五天《锁麟囊》，观众爆满，在这次京剧界最高水平的较量中，程砚秋稍许占了上风。

但程砚秋与梅兰芳晚间虽在台上唱对台戏，白天在台下师徒间的礼数却丝毫不减。程砚秋到梅宅看望梅兰芳，见面时总是垂手侍立，恭敬地叫"先生"。梅兰芳也是按照长辈的身份亲切而又随意地说："老四来了，坐吧！"程砚秋方可落座。可见双方虽然在台上各不相让，讲究的是"当场不让步，举手不留情"。这是在相互竞争中提高演艺水平，要对得起花钱买票的观众。但是私下里江湖的规矩不能乱，师徒之间的感情是一贯的。看到现今演艺界一些明星们在艺术上稍有成绩，就师徒决裂、反目成仇的事情，令人痛心。为名还是为利？大师们在几十年前就为我们做出了表率。

梅、程二人并没有因为艺术上的竞争而影响到师生感情。从年龄上来说，程砚秋是四大名旦中最年轻的，也是最早去世的一位。此外，程砚秋也是四大名旦当中唯一不容许自己的子女学戏，也不许子女继承自己事业的一位，这大概与程砚秋幼年学艺过于受苦有关。

一九三〇年，程砚秋出资在北京创办了中华戏曲专科学校，除了戏曲专业课程外，文化课采用西方的教学方式，文理科之外，还有英文和法文课程，办学十年间，培养了德、和、金、玉、永五个班，共二百多名学生。宋德珠、李和曾、王金璐、李金泉、李玉茹、王和霖、白玉薇等京剧名演员，都是该校培养出来的。即使这样，程砚秋也绝不让他的子女们入校学习。

程砚秋先生曾经于二十世纪三十年代出访欧洲，由一位德国医生做手术，把幼年时被师傅打坏的腿疾治好，从而切身感受到西方科学技术之先进。在访问法国时，程砚秋应邀到巴黎世界学校讲课，看到学校里有日本、韩国、印度等亚洲国家的学生，唯独没有一名中国学生。程砚秋感叹国家的羸弱，心情非常沉重，当时中国政府负责教育的李石曾正在巴黎考察，程砚秋先生向他建议：从在法国的中国工人子弟中遴选数位有志者入学，由他本人回国义演筹集学费。程砚秋先生回国后筹得的经费，除了资助上述工人子弟上学外，还决定送时年九岁的长子程永光赴法国与这些孩子一起上学。试想一个九岁的孩子，乘船几个月，漂洋过海，父母如何舍得？程砚秋先生下此决心，一来是为了长子能够做出表率，远离戏曲这个行业。二来也是他游历欧洲之后，深感当时西方的发达与进步，希望儿子能够在法国接受教育，成才之后报效祖国。程先生自己有典身学戏的苦难童年，希望自己的后人能够有学习的机会，更希望他们能够学习到世界上最先进的知识和文化。

这个孩子学成长大之后，娶了一位法国太太。生了一个儿子，这

作者与程嘉庆在作者的办公室里合影。
手机自拍于二〇一四年

个儿子又娶了一位法国太太，生下了程嘉庆。所以嘉庆是有三代混血
的程砚秋的嫡亲重孙子。他虽然不会说汉语，长着一副纯粹欧洲人的
面孔，但是他脖子上总是挂着一块金牌，上面写着中文的"嘉庆"。
程砚秋先生如果在世，绝对想象不出他会有这么一位"面目全非"的
法国重孙子。

　　我曾经见到过一张年轻的程砚秋夫妇在家中学习法文的照片，刊
登在当年的报纸上，下面的图片说明写着："程氏夫妇每于星期一、
星期三、星期五、星期日随法文教员习法文，图为课后于家中自习情
形。"可见程先生年轻时的文化品位之高和对先进文化的向往，这在
当年戏曲演员中是极为少见的。

后　记

　　我的父亲与程砚秋先生有过多年愉快的合作，他曾在一九八〇年为《御霜实录》作序时说："二十年代异军突起的程砚秋先生以他丰富多彩的表演，以及独具风格和魅力的唱腔，名列'四大名旦'之中最年轻的一个，受到万千观众的崇拜和倾倒，特别是他所创造的程派唱腔，达到了京剧音乐空前的高度和深度，并将远远影响一代又一代。在这方面，程砚秋先生的造诣至今应该仍是京剧旦角声腔的最高水平，也应该是有志气、有作为的年轻一代演员理所当然的赶超目标。"一晃二十五年的时光过去了，京剧舞台上确实出现了一代又一代优秀的程派演员，并且培养出了一批又一批程派戏迷，特别是年轻的程派戏迷。但是至今还没有出现一位能够"赶超"程先生的演员，同志们仍需努力。

老照片：年轻时的程砚秋与夫人
在家中学习法文

　　有一位高人说过，看京剧某种程度上如同吸食毒品，时间长了会"着迷"、会"上瘾"的。迷上梅派，如同吸鸦片，尚可戒除，若是迷上程派，如同扎吗啡，便无可救药了。这个比喻不一定恰当，但是世上迷恋程腔而终生不渝者确实太多了，不可胜数。我曾经听到、看到和拍摄到一位特殊的程迷演唱程腔，就是著名的花脸演员袁世海先生。袁先生说过："程砚秋先生的唱是我素来喜爱的，平时，我看过他许多戏，

袁世海先生（右）说：我给你唱段程派。此六幅照片为：袁世海先生模仿程砚秋的唱腔演唱。左面是赵荣琛先生。吴钢摄于一九八三年

学会了他的唱腔。"袁世海曾经在一九八三年春节的一次戏曲界联欢上"反串"演唱程派唱段，旁边是赵荣琛先生。以架子花脸的做派而演唱青衣唱腔，本来就很不一般，何况是韵味浓郁的程腔。袁先生连说"献丑"后，开始用小嗓演唱，声音和表情惟妙惟肖，时而瞪大眼睛发声，时而眯着双目运用鼻音，把赵荣琛先生逗得乐不可支。

我本人也是一个程派艺术的热爱者，或者说是一个"程迷"。但我不是一位专业演员，更不是程派艺术的研究专家，只是一个普通的戏曲摄影工作者。我希望通过这篇文章，把我近四十年来所拍摄的有关程派艺术的照片展示给大家，绝大多数照片是第一次发表，同时也把照片背后的故事讲给大家听。我这篇文章中所介绍的程派故事肯定不够全面，有很多优秀的青年程派演员我没有看到过，也没有拍摄过，因为我来法国已经二十多年了。"失落番邦二十五载"，今后还要继续努力，多看戏、多拍照。我曾经组织过和参与组织过：梅葆玖、李玉芙、李炳淑、李维康、陈淑芳、魏海敏、李洁、李红艳等众多的梅派演员来法国演出梅兰芳先生的经典剧目，相比之下，程派演员来得太少了，程派剧目来演出的太少了。二〇一六年在法国举办的第七届"巴黎中国传统戏曲节"上，我们邀请到李世济的弟子李海燕参加戏曲节，在巴黎演出全本《锁麟囊》。演出时，我特意带着程嘉庆来剧场看戏，并在演出前把他介绍给中国驻法国大使翟隽先生。

演出中程嘉庆坐在第一排正中我身旁的位置上，目不转睛地看完全剧。这是他第一次看京戏，更是第一次看到他曾祖父的戏，并且通过法文字幕完全看懂了剧情。演出结束后他走上舞台，与主演李海燕见面。李海燕亲自为他化了戏妆，我也给程嘉庆拍摄了戏装照。我们都很高兴能通过这一活动，续上程氏与法国的一脉情缘，以慰程砚秋先生的在天之灵。

程嘉庆拍摄剧照。吴钢摄影

李海燕在巴黎演出《锁麟囊》后与程嘉
庆合影。吴钢摄影

票戏在巴黎

　　戏曲界把票友唱戏说成是票戏，那么票友是什么呢？票友是指会唱戏但是不以演戏为职业的戏曲爱好者。票友的称谓有两种说法，一是在京剧大繁荣的时期，清朝宫廷中的八旗贵胄子弟会赴外地演唱名为"清音子弟书"的戏曲曲种，这是为皇家义务宣传，不计报酬，但演出需要得到朝廷的批准，持皇室颁发的"龙票"才能演出和排练，龙票上需要注明发给××票房。于是这种业余演出的团体称为票房，这些业余演员或者是爱好者称为"票友"。还有一种说法是这些业余的戏曲爱好者是花钱买票看戏，即使自己登台演戏，也是花钱买票请人来看戏，因此称为票友。

　　不管是哪一种说法，票友的定义就是业余戏曲爱好者。他们学戏、唱戏甚至登台演戏，都是一种业余爱好，属于自娱自乐，不以盈利为目的，也不是以演戏为职业。不过这些业余的票友和他们聚集的票房，却极大地促进了戏曲艺术的普及和推广，为戏曲的普及和繁荣打下了坚实的群众基础。因此历来专业的戏曲演员和戏曲团体，都有对票房和票友予以支持和鼓励的传统，为他们提供辅导和帮助，甚至是与票友同台演唱，提携这些业余的戏迷。至今戏曲界还有不成文的规矩，看票友登台演戏，不管演出水平如何、台上有没有差错，一律要热情鼓掌支持，不能叫倒好。因为人家是业余花钱票戏，不是来卖票赚钱的。如果唱得不好，不但要原谅，还要加以鼓励。如果对票友的演唱叫倒好甚至起哄，反而是不厚道和外行的举动。

中国的戏曲艺术博大精深、影响深远，从历史上票友和票房的盛行就可以略见一斑。即便在今天，不但是国内各地的票房很多，世界上凡是有华人的地方都有戏曲票房。中国地域广大，各地都有各地的方言文化，地方戏曲也多种多样，当下在巴黎就有潮剧票房、广东粤剧票房、上海越剧票房、京剧票房等。在国内外众多的戏曲票房中，最广泛和最活跃的当属京剧票房。

我生长在一个戏剧家庭，父亲是戏剧编剧，母亲是评剧演员，我自幼就随父母看戏，耳濡目染，对戏曲产生浓厚兴趣。父亲曾在他的日记中记载了我儿时看戏的事情：

> 大牛（按：我的小名）语汇，1955年1月3日：
> 他记得一年前在吉祥戏院看妈妈演《秦香莲》，《秦香莲》里有大花脸。
> 我问："什么是大花脸？"
> 他说："大花脸就是'脸上长蜡笔'。"
> 我懵住了："什么？"
> 他说："脸上什么颜色的蜡笔都有。"

父亲后来在他出版的选集中收入一篇《"笨儿"吴钢学艺记》，其中一段是描写我儿时看戏的情景：

> 小时候，孩子对光彩、颜色感兴趣，我带他去看戏，他最欣赏的是大花脸，对人家说："看，他脸上画了那么些蜡笔！"国庆节日的夜晚，四面八方的探照灯在夜空里照射，他说："探照

吴钢五岁时画的戏曲人物画

灯在天上打架。"听他这样说话的一位叔叔说:"这孩子在作诗。"

　　我长大了结婚后搬出老家另过的时候,父亲把他收藏了几十年的我小时候画的画交给我,其中就有我儿时看过戏后画的戏曲人物。一九七七年,我开始做摄影记者,拍摄舞台剧照,有机会看到了"文革"浩劫后复出的众多著名演员的演出,使我对绚丽多彩的中国戏曲有了更加深刻的认识和感悟。

　　我定居巴黎后,先后在巴黎的联合国教科文总部、法国阿维尼翁戏剧节、巴黎万森市政府等处举办过戏曲摄影展览,展出的都是我在国内任职《中国戏剧》杂志时拍摄的戏曲剧照。有许多法国的中国戏曲研究学者和热爱中国戏曲的法国人来参观。其中也有一些法国的戏曲爱好者和票友。他们得知我对国内戏曲界非常了解，就邀请我到他们的票房来玩，帮助他们到国内邀请老师来教戏，进而组织和策划票友们的演出。我最早请来票房的是北京京剧院的叶金援和李玉芙等京剧演员，他们是参加我在巴黎万森市政府的戏曲摄影展览开幕式演出后，到票房来的。之后有上海京剧院的李炳淑、江苏省京剧院的沈小梅、中国京剧院的谷春章、刘子蔚、李少春的公子李宝春等。

世界各地的戏曲票房，都不但聚集了众多爱好戏曲艺术的华侨华人，也吸引了喜欢中国戏曲的外国戏迷，他们虽是金发碧眼，也粉墨登场演绎中国的传统戏曲剧目。这和中国戏曲走出国门，到外国演出有很大关系。我刚到巴黎的时候，在联合国教科文大会堂看国内来的京剧演出，其中有一出是包公戏《铡美案》。我旁边的一位法国女孩子看得十分认真，演出后她非常认真地对我说："中国的黑人地位很高，可以做到高级法官的位置，还可以把皇帝的女婿斩首。"原来她把黑脸的包公当成是黑人了。随着中国文化走出去的策略，中国戏曲越来越受到西方人士的欢迎。有越来越多的外国人不仅了解了戏曲而且还开始学习戏曲。

裴艳玲老师曾经几次到巴黎来教戏，组织机构是法国的ARTA协会，学生都是法国剧团里的专业演员，他们准备通过几个月的学习，初步掌握中国戏曲的表演和演唱方法，再把这些中国戏曲的元素，运用到自己的舞台表演上去，所以学习都很认真。当然，外国人学习中国传统戏曲，是从最简单的舞台动作开始，然后逐步增加一些身段动作、武打套路等，最难的是戏曲的唱和念，这些法国人都不会说汉语，要按照汉语拼音的发音死记硬背下来，真的很是难为他们。但是他们都非常有兴趣，进步也很快。每次学习过后，都有一次汇报演出，老师和学生们一起上台，演出中难免闹出各种笑话，但是满台欢声笑语不断。这个协会邀请过很多中国的戏曲演员来教戏，每次培训的时间都有几个月甚至半年。而中国京剧院的张春华、陈淑芳等，山东京剧团的李文娟、川剧演员蓝光临、台湾京剧演员魏海敏、吴兴国等，周末时也经常到巴黎的票房来指导。

一些法国的票友或者是戏曲爱好者，还专程到中国来留学，学习中国戏曲。其中有几位利用假期在北京学习评剧，并购买了全套的服装行头，回到巴黎后经常粉墨登场，他们认为"评剧的说和唱都是用普通话，对学习汉语有很大帮助，所以下决心学好评剧"。

国外的票房都是业余性质，洋票友们学几句唱还是比较容易的，但是乐队和场面（即锣鼓等打击乐器）就比较难了，需要有一些专业技术的培训才行。在国内比较有规模、艺术上比较讲究的票房，都是聘请专业剧团的职业乐手来助兴。在国外就比较困难了。我刚到票房的时候，还有一个小笑话。朋友向票友们介绍我是著名戏剧家吴祖光的儿子，很多国外的票友并不知道吴祖光是谁，但是听说是著名戏剧家，就认真地问："他会打鼓吗？"这个问题真是很可笑，但也是这些票友的真实想法，他们认为打鼓是戏曲中最高深的技术，只有高水平的著名戏剧家才能够掌握。

我去的这个票房曾经十分活跃，票房的名誉主席是曾经做过法国驻香港代表的安德鲁先生，他是纯粹的法国人，在中国工作多年，酷爱京剧，能唱花脸戏《盗御马》"将酒宴摆至在聚义厅上"、老生戏《捉放曹》"听他言吓得我心惊胆战"。安德鲁先生还是业余的赛马骑师，可惜已经在巴黎去世了。由于我对国内的戏曲界非常熟悉，就帮助巴黎票房联系到了国内一些职业乐队的高手来做辅导工作。我们先后邀请了山东京剧团的鼓师鲁华、中国京剧院的鼓师谭世秀、李金平、谢光荣等。特别是鲁华先生，在巴黎住了六个月，教会了我们一些京剧打击乐的基本知识。我一向以戏曲摄影为职业，深知要想拍摄好戏曲演出剧照，必须要掌握好演出的节奏，而戏曲演出的节奏，是由打击乐来控制的。所以学习一些打击乐的知识，一直是我的一个愿望，在国内做记者时工作太忙，没有时间学习和研究，没想到这个愿望在巴黎得以实现。在鲁华老师的教导下，我学会了一些锣鼓点的基本知识，初步掌握了大锣、小锣和铙钹的打法。这对我的戏曲舞台摄影有非常大的帮助。我曾经用京剧"四击头"的锣鼓点，把大鹏金翅鸟演员随着锣鼓的节奏，扔戟、接戟、翻身到亮相的几个动作，运用多次曝光的摄影技巧，拍摄到一张底片上，得到了曹禺伯伯的赞赏，他说："为了表现武生扔戟、接戟、转身、翻身、亮相五个系列动作由虚到实，由动到静的过程，他选用了多次曝光的方法，随着四击头锣鼓，仓—仓切—仓—切—仓！按动五次快门，摄在一张图片上，这样，既传达了表演过程的流动美，又凝固了静止的瞬间美。"曹禺伯伯还给我题字"流动着音乐的美"。

巴黎票房的第一场登台演出是一九九三年二月在巴黎香榭丽舍大街上的皮尔·卡丹艺术中心剧场，共演出了五场折子戏。第一次演出可不简单，参与者都是外行，文场乐队、武场乐队、化妆、服装、灯光、道具等，全都颇费周折，缺东少西更是困难很多。最难的是主演和配演的安排，票友虽然是业余演员，但是都有一种优越感，认为自己唱得是最好的，别人都不行。曾听父亲说过京剧票友、国画大师李苦禅的故事，李苦禅先生酷爱京剧，拜京剧武生名家尚和玉为师，曾经登台演出票戏。如果有人说他的画画得不好，他不生气，但是如果有人说他戏演得不好，他真生气。由此可见票友都是自视甚高的，因此票友演出都愿意演主角，演配角谁都不愿意。

在这次巴黎票房十分重要的演出中，有一位老生票友是从英国专程赶来的，他的嗓音宽厚嘹亮，演的是杨（宝森）派名剧《文昭关》。这出戏主要是伍子胥被阻昭关，东皋公收留了他，夜间一个人睡不着

吴钢上台扮演东皋公前在后台
练习

觉发愁，其间有大段的唱段。在伍子胥演唱中间，东皋公上场要穿插
两三段短小的唱段，为的是让主演伍子胥有一个短暂的休息，而伍子
胥也要进到台上帐子里去换胡子，以表现他困顿之中一夜间愁白了须
发。当时这位英国票友来巴黎没有带演东皋公的配角，其他票友又不
愿意给他配戏。我是这个票房里最年轻的，也是帮忙组织和打杂的，
就自告奋勇给他来这个东皋公。英国票友十分高兴，与他一同来巴黎
的是旅居英国的上海京剧院著名琴师蒋霭炳，于是蒋霭炳先生现给我
说唱腔。我穿的戏装是香港名票阎妈妈的，阎妈妈在香港是孟小冬的
亲传弟子，正宗的余派票友，年纪大了已不唱戏，住在巴黎女儿家。
阎妈妈把她年轻时穿的员外服装借给了我，但阎妈妈是小个子，她的员外褶子穿在我身上短了半截，下摆刚过膝盖，好在是票友唱戏，又是在国外，没有人挑剔。

我现学现卖，还真的就上台了，这是我平生第一次上台，也是唯一的一次，紧张得直冒汗，这才体会到职业演员真的很不容易。东皋公出场后有四句唱，我唱得还算中规中矩，反正东皋公只是个垫戏的配角。不过观众还真捧场，我的第一句"禽夜漏声催晓箭"，最后一个字有一个绵延婉转的拖腔，平缓中突然拔高，继而又峰回路转地回归到拖腔，这句唱我发挥得不错，又有名琴师蒋霭炳伴奏给"托"着，台下的戏迷观众高声叫好，我也挺得意。观众席中有客居巴黎的范曾先生，他是我父母亲的朋友，看到我上台票戏，触景生情，当场填词一首，后来题赠给我，也是对我第一次登台的鼓励：

> 看吴钢演《文昭关》中隐士东皋公欣题　调寄　红绣鞋
> 怎生遭帝王翦屠，便聚麀不干家奴。说什么皇家大业赖匡扶，叹忠杰饮冤殒吴楚。空白少年须，东皋公到头来徒送了伍子胥。　十翼范曾于巴黎

范曾先生把词作赠我之后，又发来传真："吴钢弟：曲中'聚麀'〔（音优）yōu〕指楚平王纳子妻事。我已FAX传令尊，以慰汝双亲耳。此问　近祺"

此诗后来收入了范曾的诗集。

我平生以拍摄戏曲剧照为业，都是给别人拍照，这次自己上台，被朋友们拍摄下来。我第一时间将照片寄给北京的父母。唱了一辈子戏的妈妈看了以后大笑。妹妹吴霜在多年之后写下回忆文章，发表在《北京晚报》上，记录了妈妈看到儿子票戏的照片之后的情景：

范曾填《红绣鞋》手迹

传真打印件

在《文昭关》中扮演隐士东皋公

我从美国回京，妈妈曾给我看一张大哥在巴黎京剧票房里唱戏的剧照，他头上扣了一顶小了一号因而像个猴儿顶灯似的盔头，嘴上戴着舞台上老生专用的胡子髯口，而身上那件袍子则是更小了两号，两只脚腕都露出来了，显得黑靴腰过长，不像老生倒像个三花脸，我和妈妈大笑了半天，妈妈一边笑一边说："哎哟……外行啊，外行啊！"

附　录

吴祖光：《五次票戏记》

　　我是个京剧迷，是从小在北京迷上京剧的，从看新鲜、热闹开始，到深深领略到她的表演艺术，觉得无论是唱、念、做、打几乎是无一不美。她的写意方法达到表演艺术的至高境界。我始终认为，全世界只有中国人能创造出这样高超的表演艺术。她是超越群伦的艺术。

　　对于今天京剧艺术（亦指所有的中国传统戏曲艺术）的消沉和没落，我感觉沮丧。今天的城市里戏曲艺术已难比昔日的盛况，回想我自己曾经在中学时代竟然有将近一年的时间，每天下午逃课去剧场看京剧，这在今天的中学生真是难以想象了。

　　五十多年前的前门肉市一座古老的剧场广和楼，每天都有日场演出富连成科班的京剧，中午十二点钟开锣演戏，要演五个多小时。剧场不卖女座，观众主要是店员、工人、农民，再就是学生和小职员。进场看戏不需买票，而是坐下以后，茶房才来收钱，同时送来茶水。我看了近一年戏就在这个剧场。我至今记得，任何时候进场，熟茶房都会给找到座位。印象更深的是，没有一天不是满坑满谷，坐满了观众的。对比今天的京剧剧场，在经常性的演出时，亦常常是只寥寥坐了几排人，看上去令人伤心惨目。出现这样的情况，当然有种种的客观原因，但我希望这是暂时的现象，将来一定会发生变化。

　　但是，事情总会有另外的一面，不久前我曾应邀去看过一场儿童

父亲（后排右二）看儿童京剧晚会后上台合影。吴钢摄于一九九三年

演员的京剧晚会，台上表演的全是十岁上下的男孩女孩，生旦净丑行当齐全。小女孩的《昭君出塞》边唱边舞，翻水袖、掬翎子，声容并茂；架子花脸的《盗御马》声若洪钟，功架身段一派大家风范。几出戏个个精彩，令观众惊叹不已。

还有，我两次被人热情邀请参加票友活动。男女老少一个个兴高采烈，唱的、做的、念的以及乐队的吹、拉、弹、打，真是一堂堂火热。生、旦、净主动演唱，无须催请自动上台，而且不仅有中年人、老年人，更多少男少女们。

去法国巴黎已经三年的儿子多次介绍巴黎京剧票友的女士、先生们到北京来找他妈妈介绍关系做戏衣，看来他们不仅是定期清唱而已，还要粉墨出台。这一点我不仅见过，而且自己也体验过，票友的戏瘾常常比真正的京剧演员还要大。

征之上述的情况，传统戏曲包括京剧在内自是仍有其潜在的巨大力量，我相信她仍有复兴的那一天，我在等待着看她实现。

去年春天，咱们北京出版了一种大型的双月刊，名叫《中国京剧》。根据我们的经验，无论什么事业、企业、机构、单位，凡冠以中国字样的必然是高级的、超级的、权威性的事物，说明这个刊物来历不凡，是一份国家级的刊物。京剧上面冠以"中国"二字，也说明国家对于京剧这个属于老大哥的戏曲剧种的重视，而且似乎历来还从未有过。因此，《中国京剧》的出版问世，无疑是京剧迷的一大福音，出版这样一本刊物使大部分的京剧爱好者十分感奋和安慰，对当前疲软衰微的京剧现状体会到一种支持和振兴的力量。

这本《中国京剧》，纸张、色彩都属上乘，编排和字型略嫌呆板，相信它会逐渐得到改革和进步。但是我认为它有一个最大的缺点，是官气忒重。不仅刊登了许多国家高级领导人物的玉照和玉题，还有大量的各级文艺官员竟是依据官级大小，论职排位，刊登一幅幅照片，撰写一篇篇了无新意、不知道有谁会浪费精力去读的文章。大量篇幅都被这样浪费掉，这样做的目的自然是为的团结这些大大小小的领导阶层们。但仅仅就这一罕见的特征而言，说不定这本叫作《中国京剧》的专业刊物会因此成为千古奇观。

我不是说这本刊物没有可读的文章。当然是有的，而且是值得一读再读的，就是那些内行、专家、大家、京剧真诚爱好者为刊物生色、增光的文章。我只是觉得，把那些官样文章、照片、不像书法的书法拿掉，多点中国京剧多好！

《中国京剧》主编先生要我写写当年我作为一个青年京剧迷的故事。回首前尘，恍如隔世，已经是半个多世纪前的事了，然而的确是京剧的魅力让我几乎着了魔一般。大概是在升入大学的前两年，在读高中一年级的时候，我每天下午都逃课，溜到前门大街的肉市，到当时北京唯一的旧式京剧科班富连成社每天演出日场的广和楼去听戏。那时候演出的传统京剧剧目比现在要丰富得多，每天的一个日场就要演出五六出，甚至六七出戏，一般是十二点开锣，演到五六点钟结束，看完戏赶回家连晚饭都吃不上了。那时的青年演员一般每个人都得会百十来出戏，也不像现在就是这十几二十出戏轮着演，《孙悟空》《三岔口》《女起解》，连《四郎探母》都是经过很多曲折才重现舞台的。当然，上面我说的一个下午演五六出戏都是折子戏，都是大戏的片段。

　　作为京剧迷的我，却只是一个普通观众。我只是看热闹，连琢磨都说不上，更甭提研究什么了。加上我又是个音盲，听了大半辈子戏，至今连板眼都不懂。但是正由于如此，我看戏纯为娱乐，从中得到满足，这才是最幸福的观众，到剧场就为了享受、过戏瘾。

　　我在学校读书的时候就被音乐老师发现我的嗓子好，所以成了戏迷之后自然就也会唱几句了，虽然不懂板眼，人家听了却说我唱得有板有眼，真是怪事。我的看戏生涯只延续了大约一年，那时国难日亟，自己也觉得总这样泡戏园子太说不过去了，便认真读起书来，中断了看戏生涯。

　　一年之后的一九三六年，我的命运发生了一些变化，暂时中断了学业，应邀去南京的国立戏剧专科学校做了校长余上沅的秘书。而在第二年准备回到北京去继续学业时，却爆发了日本帝国主义进攻卢沟桥的"七七事变"，从此进入了终生的写作生涯。

　　无论生活发生了多少转折，我对京剧的热爱从来没有动摇过，虽然我始终只不过是一个外行，然而就凭着整整一年看戏的经验，我竟有过五次登台票戏的历史。

　　编辑先生要我写这篇文章，我答应写，因为这好歹是一个记录。写到这儿我忽然想起，我几乎忘记还有一次关于京剧的经历，就是我

还花钱请老师正经学过一出戏。当然，看戏也是学，不过正式请老师
教戏毕竟是另一回事。

抗战开始，剧专内迁，先迁长沙，半年后，亦即一九三八年再迁
战时陪都重庆。重庆是川剧盛行的城市，而我对川剧却毫无了解，亦
很少看戏。我是到新中国成立以后，川剧进京，才又迷上了川剧的。

在重庆的这段时期，剧专聘来了刚从英国归来的两位专职教授，
即在英国专攻戏剧的黄佐临和金韵之夫妇（韵之后来在上海改名丹
妮）。佐临和韵之是一对品学兼优、谦和真挚的学者。两人都是天津
世家子弟，同去英国留学。先在牛津和剑桥读大学获得学位，后又同
到英国一家专攻戏剧的学校进修专业，佐临学导演，韵之学表演。初
到重庆正是暑假期间，两人和我商量，想利用这段假期学点京戏。京
戏为中国戏剧艺术的国宝是我们的共同认识，在求学时代，我虽然看
"富连成"的戏不下百出，但确也没有认真学过。于是我在重庆报纸
上小广告里找到一个教授京戏的广告，就去找到了这位老师，好像是
姓张，名字记不清了，讲好学《四郎探母》中《坐宫》一折，一个星
期学两个下午，共四次学完。《坐宫》我早已熟悉，听得烂熟了，但
是洋学生出身的金韵之可跟洋人差不了许多，一字一句都得从头学
起，连老师都急得满头大汗，我在旁边也等于是个助教一般。韵之是
以对祖国京剧艺术的热爱来专心致志地学习的，她很聪明，记忆力也
好，又是表演艺术的专家，学来没有很大的困难，然而在京剧最重要
的一环，唱——这方面却过不了关。问题就在于，她是一副多年养
成的洋嗓子，又高又尖不说，而且声音发颤、打哆嗦，怎么也改不过
来。这出戏在念白、身段、地位、锣鼓家伙点儿、上下场等方面我们
还都学会了，但只由于韵之的唱连她自己也感觉不行而只好作罢了。

我已经学过的京剧只有《四郎探母》的《坐宫》这一场，但也没
有得到过一次彩排上场的机会，至今感到遗憾。

国立剧专在重庆上清寺临时校址只有这么短短一年左右的时间，由于日寇飞机不断轰炸，到了几乎无法开课的程度，经校长余上沅先生的积极活动和筹划，将学校搬迁到长江上游靠近宜宾的沿岸小城江安。江安是一个很小的县城，方方正正的四个城门。小到什么程度？外来人说笑话：手里拿一个烧饼可以从东门扔到西门。然而这个小城闹中取静，安宁而又安全。"闹"是指它的上游是四川的重要城市宜宾，它的下游泸州、江津以至重庆都是著名的商业繁华重镇，而重庆又是战时的陪都。江安小城隐匿在绿竹丛中又有舟楫之便，是当时日寇飞机狂轰滥炸绝对光顾不到的地方。于是移居在江安文庙的国立戏剧专科学校得以安心教学，弦歌不辍，至今许多卓有成就，享誉大陆、港、台乃至海外的戏剧电影方面的学者名家，很多都是当年江安剧专的莘莘学子。

我是在大学二年级正在求学时，由校长余上沅先生的劝说和邀请，进入剧专任职校长室秘书，然后由于学校避乱内迁，再不能回北平继续学业而从此进入世途的。

学校内迁时，余校长委托我为学校找一位能教京剧基本功的教员。我在重庆居然物色到名叫杨福安的中年京剧武生，河北省人，他五短身材，十分敦厚老实，自称是海派武生高福安的徒弟。是什么人介绍的，通过什么关系找到的，现在已完全不记得了。杨福安单身一人来到江安，很安心地担任了京剧基本功的教职。由于武功扎实，教课认真，很得到学生的尊重和好感。他到江安不久，经人介绍与一位江安妇女结婚成了家，估计后来就在江安住下去了。

由于杨福安到来的影响，剧专聚集起一小伙有京剧爱好的学生，包括演员和乐队场面人才，因而就有了些京剧清唱的活动，在我的记忆中，参加的有几个学生：张正安、张零、季紫剑，教员中有剧校第二届毕业学生郭兰田，还有教师杨村彬夫人王元美。元美是北京燕京大学毕业生，当时是学校的英文教员，而村彬是成就不凡的剧作家、导演。

抗战时期的江安国立剧专经费有限，生活艰苦。余校长精明能干，除在教学方面尽可能网罗人才提高质量外，在经济上亦想了许多方法改善学生和教职员工的生活。例如"凭物看戏"就是方法之一，学校定期举行一些演出，观众不必买票，只要送一点实物便可入场，一碗米、一个萝卜、一块肉、一捧花生都可以。当然也有送来大量礼物的，比如就有牵了一只羊、赶来一头小猪的观众。每逢演出，江安人几乎倾城出动，热闹之至，如同过节一般。在这里我要写的是我曾参加过的几场京剧演出。

剧专的"凭物看戏"主要仍是看话剧，都演过什么戏我现在已全不记得，但记忆中似乎京戏也曾凑齐一台节目演出过。那次我也被邀参加表演，剧目是《红鸾禧》。我扮演小生莫稽，金玉奴由王元美扮演，扮演金松的是郭兰田，他当时在学校任表演系助教。我们三个人演出的这台戏只有郭兰田的表演具有一定水平，元美和我则属于打鸭子上架，都是硬着头皮上场的，张嘴不成腔调，没板没眼。然而这个戏基本是个话剧，没有多少唱，演来轻松自如，就算大功告成，该有的效果都有，观众看得很开心。

在江安的第二次京剧演出，我参加了一个至今再也想不起来名字的戏。这出戏是当天排在最后的节目，是杨福安主演题材取自《水浒传》的一出武戏。我只记得我扮演的是武松一角，除上场下场之外，只是和杨福安扮演的角色有一场开打。

现在回想，外行上台开打实在十分荒唐。京剧是何等规则严整的艺术，九年坐科才学得浑身本领，更何况是短打武生！我只是在中学时代看了一年"富连成"，成为一个混沌戏迷而已，那时候和几个同去看戏的同学小朋友闲下来也抡刀弄棒，也一起翻翻跟斗、跳跳铁门槛；有时是两手各执枪杆的一头，两条腿从枪杆跳过去；或是右手捏住左脚尖，右脚从左脚上跳过去再跳回来，然后再换左脚跳。也练过耍枪耍刀，都是看戏看来的，偶尔也得到过内行的指点，譬如"富连城"科班里当时的红角儿如叶盛章、高盛麟、杨盛春、李盛斌，年纪和我都差不多，在一块儿闲聊时也即兴教过我几手。

就凭着这点儿玩闹的经历，我就在江安剧校的舞台上和杨福安打了几下。当然开打只不过一会儿工夫，我扮演的武松使一把单刀，杨福安扮演的角色使的是一杆枪，最后他一枪扎过来，我摔一个"抢背"，下场，还落了一个满堂彩。

然而这一个"抢背"却是摔砸了，我由于过分卖力，摔过了头，落地时不是抢背而是抢肩膀，把脖子踒了一下，从肩膀到脖梗一直疼了三天，但是观众都没有看出来。

第三次演出似乎是为了庆祝一个什么节日。江安城里一位最年轻的绅粮高先生是一个京剧票友，戏瘾极大，常常在自己家里约集城里包括剧校喜爱京剧的同学一起清唱，还能凑起一个小小的乐队，在星期六或星期天一唱就是半天。这一次演出决定的大轴戏是《空城计》，高先生扮演诸葛亮，派给我的角色是司马懿。

派给我的这个角色我不能推卸，但我平时即使偶尔上上弦吊吊嗓子，也从来没有唱过花脸，而这一回却是除了我再也找不出别的人来了。一般名角唱《空城计》大都是前场《失街亭》，后场《斩马谡》。我们则限于人力，一出《空城计》就够张罗的了。江安小城在剧校未迁来之前从未见过京戏，所以服装也是七拼八凑借来的，我扮演的司马懿是由学生中比较熟悉京戏的张正安找了些大白和黑墨画的脸谱，不知从哪儿借来的一双高底靴子破破烂烂还硌得脚疼。穿在外面的大袍更不像话，只有身为大地主绅士的高先生扮演的诸葛亮可能有私房行头，比较起来像个样子。

全场瞩目的《空城计》上场了，诸葛亮开场和老军对话，加唱的八句摇板十分平稳。接下来就是我扮演的司马懿在幕后的一句倒板："大队人马往西城。"不知是不是由于涂了满脸的大白粉，已经不复保留我的原来面貌，所以也就完全失去了前两次出场的那种信心不足的尴尬神情，还没上场就憋足了劲，连我自己也吓了一跳：怎么那么大的嗓门儿？连对京剧纯属外行的江安小城的观众都情不自禁地来了个满堂彩。这无疑是给我最大的鼓励，接下来的戏我真是越唱越来劲，后面的两段快板就更不在话下，观众是用鼓掌喝彩声送我下场的。

散戏之后，学校的老师和学生们围着夸奖我，谁也想不到我表演得这样出色。教务主任曹禺一把抱住我说："真棒！"事隔半个多世纪了，我至今记得清楚。尤其是曹禺先生历来看过演出之后，一般都只说"真不易"，教人捉摸不透戏到底是好还是不好。而这会儿他斩钉截铁、毫不含糊地说："真棒！"这才是真不易。

大约是在一九四二年，国民党政府加强了对在校学生的思想管制，派了一个貌似良善其实阴险的训导主任，对学生们进行了十分严格的监督，接连发生了几起逮捕学生和逼走学生的事件。我就在这年暑假去了重庆，参加了当时以张骏祥为社长的中国青年剧社任专职编导，从此离开了江安的国立戏剧专科学校。

现在我记不清楚是否就在这一年或是第二年的十月十日"双十节"，重庆举办了中国第一届戏剧节，在重庆最大的剧场国泰大戏院举行了盛大的庆祝会，我竟被邀去参加了大会最后一个节目京剧《法门寺》，而且被指定担任郿邬县令赵廉这个主要角色。配演的角色尽是一时之选，计为：王家齐演刘瑾，谢添演贾桂，马彦祥演宋国士，吴茵演宋巧姣，其他角色亦都是当时的著名演员，我现在想不起来了。

使我留下最大遗憾的是，这出《法门寺》给我极少的京剧表演留下最失败的记录，虽然这也有一点儿客观的原因。

《法门寺》是我看得烂熟了的戏，其中每一个角色我差不多都能说能唱，所以担任主角郿邬县令并不感觉什么压力。但是在晚上演出之前却承担了另一个任务，即是当时重庆的中央广播电台约我去讲十分钟的话，就全国第一届戏剧节发表感想和祝颂。我没有把这当作什么大事放在心上，十分轻松地去了电台。主持这项节目的是至今还在北京广播界担任指导职务的前辈蔡骧同志，而他却是当年国立剧专毕业的我的学生。大约在三四点钟的时候，他把我迎进了广播室，向听众说明节目的内容并对我做了介绍，然后就由我开始讲话。现在我已完全忘记我那次讲了什么，然而最可怕的是我事先大致想过的讲话内容，原来打算讲十分钟的话，没到五分钟便讲完了，再也讲不下去了。我原来只是想着：十分钟算个什么，可真想不到，脑子里只剩下一片真空，什么也没有了，这下子把我急坏了，只得做手势，拼命示意叫蔡骧赶快帮我下台。蔡在学校时是一班里年纪最小的，我还记得他初上剧校时，有一次上课找不见他，不知去了什么地方，让班上同学去找他，才发现他在花园里捉蝴蝶。然而到底还是他毕竟已干了一两年广播员，发现了我的窘态，接过来几句话就给我解了围。而我呢，狼狈地走出播音室。幸好那时只有广播尚无电视，假如像今天一样在电视屏幕前当众出丑，那真是不堪设想。

由于轻敌，招来如此一场大败，我真是羞愧难当。时间已是不早，我匆匆吃过晚饭，赶到国泰去化装上台，始终处于惊魂未定状态，因此招致了一场失败。至今还能依稀记得，那一大段西皮原板转二六，嗓音喑哑，而且还有些发抖，真成了终生耻辱。

我是个不知吸取教训的人，后半生这一类的错失却依然屡犯不已。

一九四五年日本侵略者战败投降，我于一九四六年元旦由于重庆《新民报》总经理陈铭德先生的邀请，乘飞机到上海主编新创刊的上海《新民晚报》副刊《夜光杯》。在上海不足两年中，我写了两部话剧《捉鬼传》与《嫦娥奔月》，并于这两年先后在上海兰心戏院上演，前者是对当时社会现象的讽刺，后者则是露骨地刺痛了丧权误国而依旧统治大半个中国的蒋介石，因此，触怒了上海的统治当局，我得到了好心人的暗示和警告，接受了香港一家电影公司的邀请去了香港。

在香港的大中华影片公司担任编导期间，曾发生过一起由上海到香港航程中的空难事件，著名的上海电影导演方沛霖先生不幸亡故。当时的香港电影分为国语片和粤语片两个品种，而国语片是高档次的影片，从事国语片的摄制人员大部分来自上海，当时由于国共的战端已启，上海的电影事业陷于停滞，国语片的制作者包括大量的演员纷纷涌入香港。因此这些方沛霖的老伙伴、朋友们倡议举行了一次京剧义演，为方先生的家属筹募款项。在这场演出中我亦被拉去参加了一个节目。

这是我最后一次参加的京剧演出，剧目是《樊江关》，又名《姑嫂英雄》，由当时的走红影星李丽华和王熙春分饰樊梨花和薛金莲两姑嫂，我扮演的是樊、薛二人各有的一名随从之一，是丑角。这出戏本身就是个玩笑戏，丑角无非是插科打诨，在台上任意发挥而已。值得一提的是我居然至今留有一张不知是谁给我拍的剧照。照片不太清楚，质量不高，然而有纪念意义。可惜的是没有照到两只脚，为什么我要提到脚呢，因为只看头上戴的和身上穿的，倒是合乎规矩的丑角打扮，但那天我是临时被李、王两位女明星抓上台的，穿的是一条灰呢西装裤，脚上是一双黑皮鞋。

写到这张剧照，不禁联想到我还有另一张难忘的剧照：大约是在一九三三年我十六岁的时候，有一天我约了在"富连成"科班尚未出科但已崭露头角的架子花脸袁世海，一起到前门外大栅栏的容丰照相馆去拍一张戏照。我俩拍的是《两将军夜战马超》，世海扮张飞，我扮马超。世海自己对着镜子勾脸，他带来的一位师傅给我化装。两人都穿短打衣裤，我戴甩发，薄底靴。世海把合适的靴子让给我穿，他穿的靴

吴祖光在《樊江关》饰演随从的京剧丑角照片

子嫌小，只是勉强凑合穿上的。我的姿势、架子也都是他教的，亮相功架很好看，照出来也透着精神，人人看了夸奖。这张照片跟我去南京、上海、武汉、重庆，我一直留着，但又是那一场遗臭万年的该死"文革"把这张照片毁掉了。半世纪后再见世海，他连穿的那双小鞋也还记得。

　　这是我外行票戏的全部经历，历演小生、武生、花脸、老生、小丑五个行当；唯一正经学习过的《坐宫》却反而没有得到机会登台一露。匆匆五十年过去了，来到当年旧游之地京剧王国的北京，深感我这样的半吊子，自学而不成才的戏迷不能在这块圣地上班门弄斧，为了维护京剧的荣誉和尊严，更不能以伪劣品自欺欺人，因此就连上胡琴吊嗓子也久久不来了。这一回应《中国京剧》主编先生的多次索稿，因简记这一段经历如上。

一九九三年三月三日　北京

劫后盛会上的珍贵留影

一九七九年十月三十日，中国文学艺术工作者第四次代表大会（简称全国第四届文代会）在北京开幕。我作为驻会摄影记者，有幸拍摄到了当时文艺界的一些珍贵镜头。

自一九六〇年以来，已经有十九年没有召开全国"文代会"了，艺术家们都翘首以待。这届大会是在"文革"刚刚结束之后，中国文艺界的第一次盛大集会。虽说"盛大"，还是有遗憾的，因为不少老艺术家未能熬过"文革"的艰难岁月，已被迫害致死，无法躬逢其盛了。还有一部分虽然走了过来，但却被迫害致残，他们坐着轮椅、挂着双拐、被人搀扶着……当然，更多的艺术家经受了"考验"劫后余生。相声演员侯宝林最为乐观，说："还能全须全尾（念yǐ，儿化音发音是'尾儿'。北京话，指斗蟋蟀后蛐蛐的触须和尾巴还能够保全下来），就不容易。"

会议的第二天，周扬做主题报告之前，他提议全体起立默哀，对"文革"中逝世的作家、艺术家们表示哀悼和怀念。阳翰笙宣读了被迫害逝世并身后遭受诬陷的作家、艺术家名单。在随后的大会发言中，仍然可以听到文艺家们的倾诉。柯岩说："我原想到文代会来大哭一场。我要扑在我们老一辈饱经沧桑的文艺家的怀里哭；要抚摸着我的同辈早生的苍苍白发哭；要拉着来自基层，为了他们根本扯不上的'文艺黑线'而受尽非人折磨和凌辱的兄弟姐妹的断肢残臂

周扬在主席台上，与全体与会人员起立，为在"文革"中含冤逝世的艺术家默哀。吴钢摄影

哭。""今天，我来到了文代会，却不想哭了……原来——咱们这么多人都还活着啊！而且，活得坚定，活得顽强，斗志是这样昂扬！"

这届"文代会"与前几届"文代会"不同，是一次空前团结的大会。在历届运动中整人的和被整的都到了，这些整人的人和被整的人在"文革"中无一漏网，也都被整了，而且整得很惨、整得死去活来。整人的人真正理解了被整时候的痛苦，也对整人时的错误行径有了自觉而深刻的反思。我印象最深的是大会主席周扬在大会主席台上正式向被他整过的老艺术家道歉，他非常诚恳地提出向丁玲、江丰等同志致歉，发自内心地表示忏悔。这令人回想起不久之前的"文革"中，被定性为反革命"四条汉子"之一（"四条汉子"另外三个是阳翰笙、田汉、夏衍。田汉在"文革"中被迫害致死）的周扬被大规模批判时的情景，心存余悸的同时，也为周扬的真诚道歉而由衷地钦佩，当时会场里就有人夸赞周扬："真是一条汉子！"周扬的道歉是真心实意的。"文代会"结束不久，在全国政协礼堂召开的一个文学界会议上，一位英国留学生问周扬："今后还会发生整人的事吗？"周扬答："那不会了。"他又补充说："起码我是不会再那样做了。"

"四条汉子"之一的夏衍也来参加了大会。夏衍在"文革"中被关入黑牢九年，右腿被打断，连医院都没有送，任其自行愈合，致使右腿比左腿短了一寸半，眼睛也几近失明。我父亲从一九四二年起与夏衍结识，此后在重庆、上海、香港都与夏衍在一起工作，用父亲的话说是："与夏公有四十年追随之雅。"一九七五年初，父亲得知夏衍从秦城监狱出来了，曾偷偷去他家里探望，并写了一首小诗送给这位世纪老人："损目折肢事可伤，曾经百战斗魔王。龄同世纪功如寿，谤溢江河罪满墙。九载黑牢哀永夜，一月秦城见日光。冲寒松柏添新翠，赢来欢喜过重阳。"那时"文化大革命"尚未结束，夏衍看过诗后便马上撕掉说："不要给别人看见了。"在这次"文代会"上，父亲也是第一个过去探望他敬爱的夏公。夏衍在大会闭幕的时候致辞说："过了十月，我就是八十岁的人了，这次代表大会，可能是我所能参

左起：夏衍、周扬、曹禺、阳翰笙。吴钢摄影

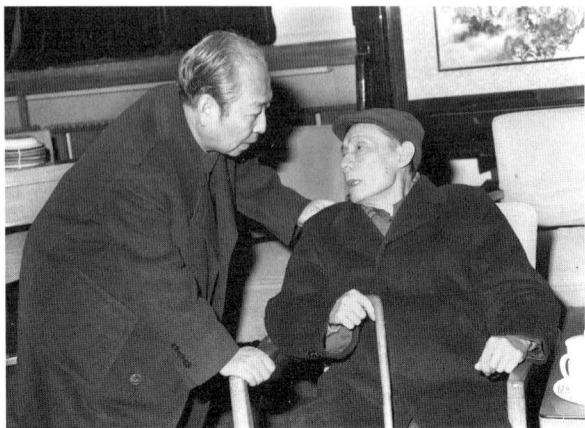

父亲（左）在会上探望夏衍。吴钢摄影

加的最后一次会议了。”听起来令人心酸。

　　我的母亲在“文革”中被禁止从事一切艺术活动，又无休无止地被批判，成年累月在地下挖防空洞，血压高也不能休息，在“文革”行将结束的一九七六年得了脑溢血，因得不到应有的治疗，致左侧半身不遂。这次也坐着轮椅来参加大会，见到了许多文艺界的老朋友，心中悲喜交集。川剧演员杨淑英看到母亲坐在轮椅上，禁不住落下泪来。杨淑英的前夫张郁是一九五七年在“中国剧协”被打成“右派分子”的，当年身为共产党员、川剧四大名旦之一的杨淑英在政治压力之下被迫与张郁离婚。现在张郁复职，单身一人，与我同在《人民戏剧》编辑部工作。提起一九五七年杨淑英从成都赶到北京与“右派”丈夫协商离婚之事，张郁依然不舍地说：“每次都是抱头痛哭、情意更深。”在“世界上绝没有无缘无故的爱”的阶级斗争时代，爱情最终屈服于政治。这次“文代会”上，身为川剧剧种代表的杨淑英难免与戏剧记者张郁碰面，又看到同在反右和“文革”中受难的老朋友新凤霞与吴祖光夫妇，触动前情，心中的千般情绪、万种纠结，远胜过戏曲戏文中生离死别之际的伤痛。张郁是我的同事又是好友，拍这张照片的时候，看到张郁前妻的泪水，想到我家在政治运动中遭受的苦难，也是百感交集。

"文代会"上戏曲界的聚会最为热闹，很多人都是几代人的交情，有些父子都是代表，也有些是同门的师兄弟，虽然辈分不同，却情同手足。在十年"文革"中互相不敢接触，生怕引起造反派的注意，无端招来横祸。这次在会上相见，正像是"三国"戏里刘、关、张在古城相会，历经磨难，劫后重逢，越发珍惜现在的大好形势。

演员们从阴霾中走出来，都分外高兴，会议之余经常自发地表演、交流，有说有笑。从云南来的京剧演员关肃霜性情开朗活跃，是一位文武全能的旦角演员，她在大轿车里就展示自己的腰腿功，抬腿、踢腿，引起同行们的阵阵欢笑。她也为自己"文革"后还能够演

左起：父亲、京剧女老生张文娟、母亲、《大公报》记者高汾、河北梆子演员王玉磬、川剧演员杨淑英、川剧男旦阳友鹤、川剧名丑周企何。吴钢摄影

京剧演员聚会：左起：李万春、周少麟、李慕良（马连良的琴师）、张学津、袁世海、梅葆玖、杜近芳、石晓梅。吴钢摄影

关肃霜在大轿车里展示腿功。吴钢摄影

当年的"阿诗玛"杨丽坤代表（前左一）步出人民大会堂。吴钢摄影

唱武戏而高兴。

电影界的代表知名度最高，名演员云集，几乎个个都是昔日的明星。"文革"前最红的青年演员、电影《阿诗玛》中阿诗玛的扮演者杨丽坤也来开会。她是一位彝族的舞蹈演员，"文革"前的一九六四年，主演了中国电影史上第一部彩色宽银幕立体声音乐歌舞片《阿诗玛》，因为美丽的形象和苗条的身姿成为全国人民的偶像。"文革"中，这部片子被作为大毒草进行批判，杨丽坤也被定为"现行反革命分子"，在日夜不停的审讯中，她的精神被彻底摧垮，患上了精神疾病。我们在第四届文代会上看到的杨丽坤，体形已经完全改变，脸上也留下了饱受精神摧残的痕迹。

比起《阿诗玛》中的杨丽坤，电影《刘三姐》中的两位刘三姐还算比较幸运，虽然遭受到了批判，但还是坚持到了"文革"结束以后。为什么有两位刘三姐呢，因为在这部音乐故事片中扮演刘三姐的是黄婉秋，而为刘三姐配音配唱的是傅锦华。两位刘三姐在"文代会"上一起为大家演唱，非常活跃。

摄影界较之书画界，名人少了一些，但是陈复礼先生七月份刚刚在北京举办了摄影展览，热度正高，很多代表都争着与他合影，两位刘三姐也都跑过来拉着陈复礼先生合影。

黄永玉是著名画家，"文革"中因为画了睁一只眼闭一只眼的猫头鹰，被作为"黑画"的典型批判，他看到湖南老乡、前辈作家丁玲，非常高兴，拉着我过去为他和丁玲拍摄合影。黄永玉一家与我家是几十年的好朋友，黄叔叔的招呼就是"命令"，照片拍好后，当时工作太忙、照片拍摄太多，也就没有交给黄叔叔。这次为写文章找到了照片，才发给黄叔叔的女儿黑妮。黑蛮、黑妮与我们兄妹是从小在一起玩耍长大的，黑妮回复我说："看到照片，我爸很感慨，这是唯一一张。谢谢你，你真行，祝好。"真高兴这张合影能带给黄叔叔很

左起：黄婉秋、陈复礼、傅锦华。吴钢摄影

黄永玉与丁玲在大会上合影。吴钢摄影

多往事的回忆，也更深地体会到摄影纪实功能的重要性。拍照时黄叔叔还是与会的画家代表中比较年轻的一位，如今也已经九十多岁了。

在"文革"禁锢解除之后，文艺创作中出现了一些反映"文化大革命"时期的悲惨故事，揭露社会不良现象的作品也大量出现，如报告文学《人妖之间》和新诗《将军，不能这样做》，还有白桦、彭宁的电影剧本《苦恋》，王靖的电影剧本《在社会的档案里》，沙叶新的话剧剧本《假如我是真的》等。《假如我是真的》是根据上海发生的一件真事，一个骗子冒充高干子弟招摇撞骗，骗子归案后，这个故事在群众之间广为传播，并引发社会上对干部以权谋私等不正之风的愤慨。这个剧本发表后，在上海和北京举行"内部上演"。剧作者通过李小璋的行骗和被戳穿的过程，对干部中存在的特权现象（当年还没有用"腐败"这个词）予以无情的剖析和辛辣的嘲讽。这出有争议

著名话剧演员郑振瑶（右面起立者）和连德枝（左面起立者）在会场上拍案而起、怒目圆睁地据理力争。桌子上摆放着大会印发的《简报》。左一是戏剧家凤子，右后是戏剧家欧阳山尊，面色都很凝重。吴钢摄影

的新戏在大会的讨论中引起了代表们的激烈辩论。大会的《简报》反映了一部分人的意见，指责这个话剧是"揭露阴暗面"、是"伤痕文学"，社会效益不好。也有很多人肯定作者敢于大胆触及时事，说出了老百姓的心声，是一出难得的好戏。两种意见针锋相对，持反对意见的人指责这个剧本："给社会主义抹黑。"肯定这个剧本的人认为对方是"文革"中极"左"思潮的流毒，大声说："放下你的鞭子！"两派各不相让，剑拔弩张。

周扬的报告传达了这样的态度，他说：近年来出现的"这些作品反映了林彪、'四人帮'给人民生活上和心灵上所造成的巨大创伤，暴露了他们的滔天罪恶。绝不能随便地指责它们是什么'伤痕文学''暴露文学'"。他说："人民的伤痕和制造这种伤痕的反革命帮派体系都是客观存在的，我们的作家怎么可以掩盖和粉饰呢？"不过，

他同时指出："我们当然不赞成自然主义地去反映这些伤痕，由此散布消极的、萎靡的、虚无主义的思想和情绪。""我们需要文艺的力量来帮助人民对过去的惨痛经历加深认识，愈合伤痕，吸取经验，使这类悲剧不致重演。"

十一月第四次文代会将要闭幕时，传出《假如我是真的》将被禁演，还有传言该剧作者沙叶新将被"处理"。时任中共中央秘书长兼宣传部长的胡耀邦听到反映后，认为在粉碎"四人帮"之后文艺界盛会召开之际，遇到的第一个文艺创作上的问题，必须慎重对待，必须体现党的文艺方针，他要求与会和有关部门的同志先不要轻易表态，并且建议调演此剧，要大家先"尝一尝，辨别了滋味，再说它是甜是苦"。希望大家畅所欲言，百家争鸣，对作品进行实事求是的评论。

右立者为胡耀邦，桌后鼓掌者为香港电影演员吴楚帆，左面麦克风后、白衣服务员身前为华国锋主席和香港电影演员夏梦。左面麦克风右侧依次为：吴雪、尹曦、关肃霜、侯宝林、徐肖冰。吴钢摄影

十一月十六日晚，在人民大会堂举办的茶话会上，胡耀邦发表讲话说"历史将证明，这次文代大会是我们国家文艺战线一个极为重要的里程碑"，最后他还充满信心地预言："一个人人都能够大显身手、大有作为的时代到来了！"

在大会闭幕的时候，华国锋主席来到大会上看望文艺界的代表，我镜头中艺术家们的兴奋之情溢于言表，大家见到了"英明领袖华主席"（这是当年报纸杂志上和全国人民对华国锋的一致称谓）就像是见到了伟大领袖毛主席，毕竟当时大会会场正中并排悬挂着的是毛主席和华主席的巨幅画像。也正是在华主席领导下一举粉碎了"四人帮"，才有了这次文艺界的盛大聚会。在当时大家都是这样认为的，正因当年大家持有如此的认识，今天才能够理解照片上这些艺术家们见到华国锋主席，为何就像是见到了大救星一样。

第四届文代会上。前：华国锋主席。后排左起：京韵大鼓和曲剧演员魏喜奎、相声演员侯宝林、桂剧演员尹曦、电影演员王晓棠、京剧演员关肃霜、香港电影演员夏梦。吴钢摄影

暗香浮动的"梅花"：忆"梅花奖"旧事

二十世纪八十年代初，开始了"文革"结束后文艺复兴的大好时光，全国各个艺术门类优秀作品和优秀人才辈出。文艺界的一些比赛、评奖也开始引起人们的关注，影响比较大的有文学界的茅盾文学奖，电影界的金鸡奖、百花奖等，还有一些全国性的展览展示和评奖活动，如美术界的全国美术展览，摄影界的全国艺术摄影展览等。

我当时是《中国戏剧》编辑部的摄影记者，也是编辑部最年轻的干部。有一天，比我年长几岁的编辑郭永江跟我说，中国戏曲学院的史若虚院长认为他们学院的刘秀荣、杨秋玲、刘长瑜、李维康可以称为当代的"四大名旦"，建议我们杂志也搞一次"新四大名旦"的评选。郭永江不太清楚当年"四大名旦"是如何评选出来的，就和我一起到家里向我父亲请教。父亲给我们详细讲述了当年《顺天时报》投票选举，评出了"六大名旦"，后因其中的徐碧云、朱琴心相继离开舞台，形成了梅、尚、程、荀"四大名旦"。既然当年的小报都能评选出影响了几代人的"四大名旦"，《中国戏剧》作为中国戏剧家协会的机关刊物当然也可以评选当代戏剧界的优秀演员。

在编辑部会议上，郭永江把我们的想法提了出来。编辑部的讨论非常热烈，大家都觉得评奖非常有意义，认为我们不但要评"四大名旦"，还要评"四大须生""四大花脸"等。也有人提出我们要学习电影家协会的百花奖，搞持续性的评奖活动。但是谈到具体评选方式方法的时候，有一些技术问题不容易解决。戏剧演出的评选不同于电影、美术、摄影的评选，那些艺术门类的评选只要把作品从全国各地征集到北京，请评委评选一下就可以了。而戏剧演出怎么办？组织评委到全国各地去看戏显然是不可行的。经过讨论和领导的批准，最后决定由《中国戏剧》编辑部组织中国戏剧梅花奖的评选，梅花奖名字的寓意是：梅花香自苦寒来。奖品是请国画大师吴作人先生绘制了一幅红梅，我翻拍成彩色照片后拿到唐山制作成陶瓷奖盘，配上精美的锦缎盒子，作为获奖者的奖品。

梅花奖的评选办法是由组委会出面，组织和号召各地的剧团到北京演出，组委会组织评选委员在北京看戏。规定只有当年到北京演出过的剧团的演员才有资格参加梅花奖的评选，演员的年龄限制在四十五岁以下。如此一来，评选的方式就比较容易解决了，因为评委都在北京，各地剧团只要来北京参加演出就可以了。这个想法很好，可是新的问题又来了，梅花奖是一个新生事物，外地剧团都不太明白它的影响力和重要性，所以响应号召来京演出的剧团寥寥。何况二十世纪八十年代初经济上还欠发达，一般的剧团负担不了来京演出的巨大费用。

正巧当时四川省举办第一届振兴川剧汇演，我和郭永江等人到成都看戏和拍剧照，了解到成都市川剧院计划在汇演结束后进京演出，于是我们就动员他们参加首届梅花奖的竞选，并与剧团具体商量演出的剧目和演员。然后郭永江等相继返京，我则留下来拍摄剧照，并且陪同剧团一起赴北京。

这是一九八三年的六月，我和剧团一行数十人乘坐火车进京演出。天气炎热，硬卧车厢里没有空调，车顶上的电扇昼夜不停地旋转。两天的旅途中，剧团里的演员不论是主演还是配角演员，都争着打扫车厢、拖地板，还到各个车厢演唱、慰问旅客。这些事情在当年

川剧著名青衣演员刘芸在餐车里为旅客和乘务员演唱。吴钢摄于一九八三年六月

川剧著名小生演员蓝光临在车厢里拖地板。吴钢摄于一九八三年六月

川剧《白蛇传》，右面穿青色衣服的是朱建国饰演的青蛇。左边就是获得第一届梅花奖的晓艇饰演的韦驮。吴钢摄影一九八三年六月

是非常普遍的。我拿着相机把这些感人的场面都拍摄下来了。

　　在火车上，剧团中一位武生演员朱建国和他的夫人与我攀谈起来，朱建国是《白蛇传》中饰演青蛇的演员，功夫很好，他的夫人是剧团里的演员。可能有人会问：青蛇是女性角色，为什么要由男性的武生扮演？这要从川剧的特点说起，在川剧《白蛇传》中，青蛇本是一个男身的蛇精，为了陪伴女身的白蛇到凡间，青蛇才变化成女身，以侍女的身份伴随在白娘子的身边。后来法海囚禁了许仙，白娘子水漫金山，与法海的神兵神将鏖战，青蛇才现出原形，变回男身，由武生演员扮演的青蛇上场开打。朱建国正是在这里展示了武生的功力，为了表现与白娘子并肩战斗，他把白蛇抱起来在身上缠绕翻腾。为了表现白娘子寻找许仙的急切心情，青蛇要把白蛇托举起来，让白蛇站在自己的肩上，然后在舞台上环绕着跑圆场，白蛇站在高处张望金山寺院中的许仙，飘带随身飘动，场景十分好看又符合剧情。

　　朱建国虽然是出色的川剧武生，但是对摄影有强烈的兴趣，在火车上一直询问我关于摄影的问题。他们夫妻两个非常诚恳地希望我能够在北京帮助他们买一台照相机。到了北京后，我托人在北京崇文门外的文化用品商店里帮他们买到了一台理光单镜头反光相机。这是第一批在北京市场上销售的进口单反相机，非常紧俏，要托人走后门才能够买到。我记得是四百五十元，这要花费朱建国小两口几个月的工资哩。但这是一台真正的可以更换镜头的单反相机。朱建国正是用这台相机起步，苦心研习摄影，后来调到成都的报社正式做了摄影记者。在我到法国之后的一九九二年，成都市川剧团来巴黎演出《白蛇传》，还特意从报社把朱建国借来出演青蛇，可见他的武生功夫了得。我们在巴黎见面，分外高兴。前两年我到成都出差，朱建国闻讯请我

成都市川剧团到巴黎演出，演员们在铁塔前合影。左起：朱建国、朱建国夫人、陈巧茹（饰演白蛇）、导演徐芬。吴钢摄于一九九二年

吃饭，他已经是《华西都市报》的首席摄影记者了，汶川地震时，他第一批赶到灾区，拍摄的震区照片刊登在美国《时代》周刊封面上。

朱建国的摄影故事说得太多了，还是返回来说梅花奖吧，成都市川剧团在北京的演出空前成功，特别是小生演员晓艇的演出非常突出。也由于川剧多年来未在首都的舞台上露面，川剧的许多特色表演对北京的梅花奖评委和普通观众有很大的吸引力，特别是川剧中的托举、变脸、藏刀、踢褶子（袍子）、踢慧眼等，都是在其他剧种中十分少见的。"踢慧眼"正是晓艇的绝活，他扮演的神将韦驮奉命下界捉妖，说："待吾睁开慧眼一观"，抬腿一踢，踢到头顶，头顶上立刻出现了第三只竖着的眼睛。这与"变脸"一样也是川剧的特技，据说是扮演韦驮的演员在出场前已预先在厚底靴的靴尖上贴着一只画好的"眼睛"，演出时一个高难度的踢腿动作踢到前额上，把靴子上贴着的"眼睛"粘到前额上。当然不能踢歪了，踢歪了"眼睛"就粘歪了，这就是功夫。

当年还有山西蒲州梆子剧团也进京演出，几位年轻演员演出的传统剧目很有特色。青年演员郭泽民在《徐策跑城》中，用髯口功的表演，边跑边舞动胡须，表现老徐策得知为忠臣复仇的军队来到，在城头奔跑时的兴奋心情。而任跟心在《挂画》中运用椅子功的表演，站在椅子上盘旋跳跃，表现站墙上钉钉子、挂画、展开画轴等动作，其实手上既没有钉子也没有画，都是用虚拟动作来完成的，这些精彩的表演，都给北京的观众留下了深刻的印象。

有这一年多外地来的剧团再加上北京的多个剧团，第一届梅花奖的阵容就比较完整了。当时我们制定的评选名额是戏曲十名，话剧和歌剧五名。

为了杜绝评奖过程中可能出现的不正之风和各方面的干扰，评委会提出了"五不照顾"的评选原则："不照顾剧院剧团，不照顾行当，不照顾地区，不照顾剧种，不照顾名演员。"这个"五不照顾"的原

山西临汾地区蒲州梆子剧团的青年演员郭泽民获得第一届梅花奖。吴钢摄于一九八三年

则受到了戏剧界的好评,也为评委们的评选打消了顾虑。

　　评审的工作进展顺利,编辑部收到了上千封来信,读者、观众和戏迷对这次戏剧界的评奖非常关心。在此基础上,评委会召开了三次会议,在之前确定的"五不照顾"原则框架下,选出了二十名戏曲候选人和十名话剧候选人。评委会经过反复讨论和酝酿,最后在北京民族文化宫举行无记名投票,投票现场气氛十分隆重,评委们排着队依次把填好的选票投入票箱,然后由监票人当众宣读选票,计票人在黑板上的每一位候选人名字下面写"正"字计算选票。评委们坐在下面观看评选结果,最终评选出十五位第一届梅花奖获得者。

　　说起来,每一次评选其实都有遗憾,很多有造诣的戏曲演员,没能进入最终的梅花奖获奖名单。譬如这次评选中京剧旦角演员中选出了刘长瑜和李维康,但是她们两位的师姐刘秀荣是京剧泰斗王瑶卿的弟子,辈分很高,而且十分全面,青衣、花旦、刀马旦等各个行当的戏都能演,年龄刚好四十五岁,这一届是末班车,下一届就没有机会

"梅花奖"讨论和评选工作会议。吴钢摄于一九八四年三月

"梅花奖"评委们排队投票。前排右起:马彦祥、张庚,后排左起:吴雪、阿甲、张君秋、舒强、刘厚生、张东川、刘乃崇、夏淳。吴钢摄于一九八四年

选举后评委们当场观看评选结果，左面站立者是评委郭汉成，桌子后面评委左起：阿甲、张梦庚、刘厚生、张君秋、陈刚、赵寻。黑板旁边站立者是计票人钮镖。吴钢摄于一九八四年

第一届梅花奖获奖演员手捧奖盘合影。吴钢摄于一九八四年

了，但是有"五不照顾"中的"不照顾名演员"这一条，只能遗憾地割爱了。而小剧种、小剧团的川剧演员晓艇、蒲州梆子剧团的演员任跟心、郭泽民最终进入了第一届梅花奖的名单。

一九八四年四月十七日，第一届梅花奖颁奖大会在北京政协礼堂举行，获奖演员刘长瑜表演了《卖水》、叶少兰表演了《罗成叫关》，晓艇表演了川剧"变脸"。国务院副总理习仲勋等国家领导人出席了颁奖大会并讲话，习仲勋说："今晚的盛会证明戏剧界正在开创一个新局面。"

第一届梅花奖成功举办，如同在戏剧界放了一颗卫星，各地的剧团、演员都知道了梅花奖的重要性，第二届梅花奖的评选就比较顺利了。一些剧团特别是外地的剧团纷纷与编辑部联系，询问有关梅花奖的问题，希望能够进京争取梅花奖。因此第二届梅花奖评选状况有了很大改观，更多的剧团进京演出，打出了争取梅花奖的旗号，请评委看戏、演出后召开座谈会、听取评委的意见等。

第二届梅花奖的评选也更加成熟，各地一些著名演员进京演出，给首都的舞台带来了春风，如越剧女小生茅威涛、京剧花脸尚长荣、京剧程（砚秋）派青衣迟小秋等，他们的精彩演出获得了首都观众和评委的认可，最终都获得了第二届中国戏剧梅花奖。

由于中国戏剧梅花奖是戏剧界唯一的大奖，梅花奖的名声逐渐引起了社会的关注。特别是梅花奖评选中的"五不照顾"原则，使得地方小剧团中的年轻演员能够在梅花奖这种全国性的评奖中获奖，当然也引起了全国各个地区剧团和演员的极大关注。

随着改革开放以后人们生活水平的逐步提高，梅花奖也成为全国各地剧团评职称、分房子、涨工资以及入政协、进"人大"等待遇的一个重要依据，不过自从梅花奖与名誉地位联系起来之后，就发生了一些变化。有些演员和剧团为了争取获得梅花奖开始不择手段，评选

第一届梅花奖颁奖大会上，获奖者与导演阿甲在一起。左起：刘长瑜、阿甲、张继青、李维康、叶少兰。后排左起：刘文治、蒋宝英。吴钢摄于一九八四年

第一届梅花奖颁奖大会上，母亲的两个学生谷文月、王曼玲都获得了梅花奖。前排左起：任跟心、刘长瑜、谷文月、新凤霞、洪雪飞。后排左起：郭泽民、王曼玲和陪同新凤霞来的学生——刘晶、凡继忠。吴钢摄于一九八四年

国务院副总理习仲勋出席第二届梅花奖颁奖大会，与戏剧家握手。右起：李超、马少波、张梦庚、习仲勋、曹禺。吴钢摄于一九八五年

习仲勋等领导与第二届梅花奖获奖演员合影。吴钢摄于一九八五年

的组织和领导工作也受到了来自各方面的干扰。每届的获奖名额从戏曲演员十名增加到二十名，话剧和歌剧演员从五名增加到十多名。但这么多的名额还是满足不了各地争取梅花奖的愿望，于是在第九届梅花奖的评选当中出现了一些不正常的现象：在评选的最后阶段，获奖者已经正式选出，名单已经公布，但由于剧协和编辑部个别领导心仪的演员未能入选，他们居然组织所谓"流动票箱"，抱着票箱到各个评委家里，又补选出了三名梅花奖获奖者。如此做法引起了一些有正义感的评委的不满，他们联名上书向上级反映情况，一直反映到了中央有关领导。评选中舞弊的事情曝光后，这一届获得梅花奖的话剧演员宋丹丹对记者发表谈话，公开声明拒领梅花奖，以抗议选举中的舞弊行为。这时我已经到了法国留学，中国驻法国使馆教育处为每位留学生订了一份《人民日报·海外版》，我是在这份报纸的头版上看到消息的。后来听编辑部的同事说相关领导和负责人都受到了处分。回忆我们最初的梅花奖评奖，看到照片上前几届评委们排着队公开投票选举、公开唱票时的情景，再想想后来一些人抱着票箱挨家挨户搞暗箱操作，前后对比，差别如此之大，确实给梅花奖的公信力带来了不可低估的损失。

如何增强奖牌的含金量，提高奖项的社会影响力，使得梅花奖真正成为推动戏剧界繁荣的驱动力，而不是成为某些领导和评委个人谋私的工具，是关乎中国戏曲界前途和命运的大事。二〇一五年九月十一日，习主席主持的中央工作会议上，对文艺界评奖提出："要选优配强文艺单位领导班子，推动文艺界廉政建设，营造繁荣发展文艺的良好环境。要不断深化改革、完善体制机制，加强和改进文艺评奖管理，切实提高评奖公信力和影响力。"看到这一段对文艺界评奖拨乱反正的指示，我不由联想到最初的梅花奖评奖的点点滴滴，这些既是回顾我们美好的初衷，也是对未来的向往。

拍摄一个"真有所思"的曹禺伯伯

　　二〇一〇年秋天，我在巴黎家中看中央电视台的新闻联播，屏幕上播放的是纪念曹禺诞辰一百周年的活动，活动的主办单位是中国文化部、中国文联、北京市政府，非常隆重。我一眼看出：背景的大海报上，那张曹禺拿着眼镜正在思考的侧身照片，是我拍摄的。主办方在如此隆重的活动中，于众多的照片中选中了我拍摄的照片做海报，

曹禺诞辰一百周年纪念演出海报

海报照片原片。吴钢摄影

是对我的褒奖，我能够为曹禺伯伯的纪念活动尽微薄之力，也感到欣慰。

回想起拍摄这张照片，我是很动了一些脑筋的。曹禺伯伯是一位作家，不是我多年来拍摄惯了的职业演员。作家和演员在镜头前的表现大不相同，作家可以写戏，但都不善做戏，更不习惯在镜头前做戏。

父亲与曹禺伯伯是至交，他们是一九三七年末在南京国立戏剧专科学校工作时认识的，当时曹禺伯伯是教授，二十六岁，父亲是校长秘书，十九岁。八年抗战期间，从南京到长沙、到重庆，再到江安小镇，他们朝夕相处、患难与共。父亲在家里有时提起曹禺，总是说一些他的笑话："他虽然年轻，风华正茂，却不讲究吃穿，不图享受，经常不修边幅，直着眼睛出神，有时和人说话，也答非所问。学生们都知道，万先生（按，曹禺伯伯本名万家宝）正在琢磨写剧本呢。"因此，曹禺伯伯才能在二十几岁就写出惊世骇俗的舞台巨著

《雷雨》《日出》《原野》。

父亲眼中的曹禺一定是准确的，他们两人太熟了。而且父亲同样是写戏的，善于观察人物，也善于刻画人物的举止言谈、习惯的动作与内心的活动，因此他对老友曹禺的描写应该最为深刻、最为传神。所以在考虑如何拍摄剧作家曹禺的肖像照片，怎样才能最真实地反映他的性格特点时，我选择了父亲眼中的曹禺：拍摄他的思考——他在静下心来一个人独自思考的时候，就是最真实的曹禺。就是说，我要拍摄他"直着眼睛出神"、拍摄他"琢磨着如何写剧本"。于是我有了一个初步的构想：拍摄一个"若有所思"的曹禺，其实作家曹禺是"真有所思"，否则他怎么能够有那么多举世闻名的戏剧创作！

有了这个构思，我在给曹禺伯伯拍照的时候，就决定给他拍摄一张沉思的照片，于是采用了侧身照，这样被摄者就能避免正对镜头，这对不善于在镜头前摆姿势的被摄者是最佳的机位。我在曹禺伯伯的侧后方放了一盏主光灯，在深色背景前，勾勒出人物面部细致的轮廓，以突出他"沉思"时候的面部表情。再在相机旁放置了一盏辅助光灯，降低脸部的明暗反差。为了表现父亲说的曹禺"不讲究吃穿""经常不修边幅"，我请曹禺伯伯穿上他日常在家里常穿的开身毛衣，这样就更是生活中的曹禺了。照片是用哈苏相机，加上150毫米的蔡斯镜头，这只镜头是我四十多年的职业摄影生涯中用过的无数镜头中最卓越的一只，解像力无与伦比。哈苏相机的片盒里装了120的伊尔福黑白胶卷。拍摄后，我在单位的暗房里放大后送给曹禺伯伯，他非常满意。

我是一九七七年到《人民戏剧》杂志做摄影记者的，最早给曹禺伯伯拍照是这一年在剧协召开的一次京剧发展座谈会上，拍的是曹禺与戏剧专家马彦祥在一起交谈。他们也是二十世纪三十年代时就在南京国立戏剧专科学校工作时的老朋友，经过劫难后再见，有很多话要

曹禺（右）与马彦祥在座谈会上交谈。吴钢摄于一九七七年

曹禺主持一九七八年中国剧协的春节茶话会。当中站立者为曹禺，左边依次为：邓颖超、新凤霞、夏衍，右边依次为：周扬、果素瑛（程砚秋夫人）。吴钢摄影

说。马彦祥身前的桌子上摆着一个茶杯，是他开会时带过来的，其实就是一个装果酱的瓶子，果酱吃完了以后舍不得丢掉，刷干净当作茶杯用，这在"文革"当中非常流行。为了让瓶子倒热水沏茶时不烫手，都是用女孩子扎辫子的塑料绳编个套子套上。这种杯子（确切说是瓶子）在当时几乎是人手一"杯"的标准配置，走到哪儿带到哪儿，既方便又显得"节约闹革命"，现在看起来还是非常的亲切。照片上有了这个杯子摆在塑料桌布上，马上就有了时代感。

一九七八年，一出由上海文化宫业余话剧队演出的话剧《于无声处》从上海演到了北京，犹如一声惊雷，震响在"文革"结束后不久的北京上空。当时对于人们自发纪念周总理的"四五事件"还没有定论，这样一出反映"四五天安门事件"的话剧受到广大观众的热烈赞扬，也引起了各方面的强烈关注。正是在十一月十六日，《于无声处》在北京首演的当天，中共北京市委宣布："天安门事件是革命行动。"这出话剧的影响可想而知。

此剧在北京工人俱乐部首场演出时，我坐在第一排拍照，而北京的摄影记者几乎都到场了，前三排座位上满都是照相机，快门声音响成了一片。剧作者宗福先，是上海一位爱好写作的工人。他在进京演出之前，偶然对上海作协的一位同志表示，到北京后希望能够见到他所仰慕的曹禺老师，于是巴金亲自给曹禺写了推荐信。《人民戏剧》编辑部在北京国际俱乐部安排了曹禺与宗福先的会面，我作为编辑部记者拍摄了两人见面的照片。

宗福先说："我在'文化大革命'前曾读过曹禺老师的话剧《日出》，在'文化大革命'中又偷偷读了《雷雨》。这些作品给我很多启发。我写作《于无声处》时从老前辈作家的作品，特别是从您的剧本中学习和借鉴了一些创作手法。"曹禺说："你别这么说。应当说你的《于无声处》给了我很多启发。你谈到曾从我的剧本中学到一些创作手法，我感到很惭愧。其实，我也是从我的前辈作家的作品中学了一些东西，应当说是前人教我的。我和你走的路子有一点是相同的，这就是写作要从生活出发，对生活要有真情实感。我生活在旧社会的时间很长，对旧社会的妖魔鬼怪是恨透了的，因此我写了《雷雨》。你生活在社会主义社会，对林彪、'四人帮'这一群叛徒、特务、披着党员外衣的恶狼是恨透了的，因此你写了《于无声处》，我们都是在生活中有感而发的。"曹禺和宗福先这次会见的谈话，收入了曹禺的"文选"。

最近在整理父亲的老照片时，发现了父亲与曹禺、张俊祥、方瑞等人在香港时拍摄的几张照片，并弄明白了这些照片是如何拍摄的，这些人又是如何聚集在香港的。曹禺是抗日战争期间在江安的国立剧专认识方瑞并且产生感情的，当时他与第一任妻子郑秀还没有离婚。

曹禺与宗福先在北京国际俱乐部会面，曹禺脚上穿了一双当时流行的松紧口灯芯绒布鞋；宗福先身旁放着一只当时人们普遍使用的人造革手提包。吴钢摄于一九七八年

一九四八年底，由共产党地下组织安排，曹禺从上海出发，经香港转道解放区，与曹禺同行的是方瑞。在香港逗留数月的这段时间里，老朋友重聚、他乡遇故知，拍下了合影照片。曹禺与方瑞一九四九年三月来到北京。一九五〇年年初，郑秀也来到北京工作，但与曹禺早已没有了夫妻感情，经朋友做工作，他们正式办理了离婚手续。曹禺与方瑞在十年共同生活后正式结婚。"文化大革命"中，曹禺受尽苦难，妻子方瑞也在"文革"中去世。而曹禺的前妻郑秀一直独居，"文革"结束后，朋友们也有猜测，不知曹禺和郑秀是否会重归于好？

　　就在"文革"结束后不久的一九七九年，北京召开第四届全国文代会，这是劫后余生的老艺术家们的一次盛会，曹禺伯伯、我的父母亲和很多老艺术家都参加了这次会议。我是与会者中的一个晚辈，也是驻会的摄影记者。一次在会场休息时，看到曹禺伯伯和京剧名演员李玉茹在一起说话，父亲走到我身后低声说，赶快把他们拍下来。我抓紧取景、对焦，拍摄了几张照片。事后父亲对我说："曹禺和李玉茹有意思了。"我才知道，我拍摄到了曹禺伯伯与李玉茹阿姨谈恋爱的照片。不久之后，曹禺与李玉茹结婚。

　　多年以后，一次李玉茹阿姨在北京人民剧场演出《贵妃醉酒》，我坐在剧场的前排拍剧照。这出戏是写唐代妃子杨玉环在百花亭设宴，苦等唐明皇不到，独自饮酒消愁。杨贵妃酒醉后有很多翻身、下腰、卧鱼等身段动作。由于舞蹈繁重、身段讲究，所以传统上此戏一直是武旦应工，即是由生、旦、净、丑行当中，旦行里面的刀马旦行当扮演。而从梅兰芳起，对这出戏进行了加工整理，成为最著名的梅派代表剧目，梅兰芳以旦行里面的青衣行当演出此剧，唱腔优美、唱段也多，但是身段动作丝毫不少。戏里表演看似简单，但没有深厚的基本功训练和自幼打下的毯子功基础，是不敢动这出戏的。《贵妃醉酒》我看得多了，它和《霸王别姬》一样，是最常演出的梅派剧目。

一九四八年年底，年
轻时候的曹禺（左）
与父亲于香港

曹禺与方瑞在香港

吴祖光（右一）与曹
禺（左一）、张骏祥
（中间）在香港合影

在全国第四届文代会上，曹禺与李玉茹交谈，左为粤剧表演艺术家红线女，正在给曹禺写联系方式。吴钢摄于一九七九年

每当我拍摄"醉酒的贵妃"，都会想到在我当时工作的《中国戏剧》所在地——东四八条五十二号五楼上那个戏曲博物馆，那里有一张大幅油画，画的是梅兰芳的"醉卧"舞台形象，极其优美动人。人喝多了酒就会醉，醉了以后就会跌倒，这种"醉倒"的形象是不美的，但是经过了梅兰芳的表演，这个不美的"醉倒"形象，升华为"醉卧"的优美造型，表现出雍容华贵、仪态万方的杨贵妃，即使是醉了、醉得如泥、醉得跌倒在地，还是那么千娇百媚、身姿绰约，还是艳冠六宫的魁首、统领三千粉黛的领袖。李玉茹演这出戏的时候年事已高，但是功力不减当年，唱念做都举重若轻，显出老艺术家的不凡造诣。特别是表演"醉卧"时的"卧鱼"动作，完全靠腰腿功夫，蹲下、转身、盘旋再向上扬起头脸，一气呵成。为了抓住这个动作，我从剧场前排的座椅上站起迅速抓拍。当时非常不好意思，因为我在剧场拍照从来都没有站起来拍过，这样会影响到后面的观众看戏，但是这张照

片只能是站起来高角度拍摄，人民剧场的舞台太高，只有站起来才能够把演员的下身动作拍全，所以我只拍摄了一张卧鱼的照片就赶快坐下了。冲洗出来一看，非常满意，不但把演员的脸部拍摄清楚，而且整个华丽的动作都表现出来，由于拍摄角度高，还把灯光在舞台地板上的反光拍摄出来，五颜六色彩虹般地点缀在照片下方。

　　这张照片发表在《中国戏剧》杂志上，曹禺伯伯看到后非常高兴，他给我写了一封信，希望能够得到这张照片。当时我使用的是120柯达彩色反转片胶卷拍摄的6cm×6cm底片，当时反转片只能够制版印刷用，不能直接放大成照片。我到北京宣武门的新华社，请他们把这张反转片先翻拍成彩色负片，再放大成彩色照片，然后亲自送到曹禺伯伯家里，他非常高兴。后来他著文称："我与吴钢相交颇久。他的创作看过一些，其中的一张，尤其精美，我各悬一张在京沪两地家中，它使我常常想念。"文中说到的就是这张"卧鱼"的剧照。了解曹禺的父亲曾经撰文："曹禺先生历来在看过任何演出之后，一般都只说真不易，教人捉摸不透戏到底是好还是不好。"我在《中国戏剧》任职摄影记者十多年，拍摄过无数次中国戏剧家协会曹禺主席看戏后上台与演员握手、合影的照片，不过我都忙于拍摄，并没有听到曹禺伯伯类似的话语，但是这次曹禺伯伯对我的照片"尤甚精美"的评价，也属"不易"了。

　　对于我这个故友的儿子、戏剧界的新兵，曹禺伯伯是关爱有加的。一九八八年我在香港筹备出版我的第一本戏曲摄影画册时，曹禺伯伯建议我用"出将入相"做书名，并给我写道："出将入相原意'出则为将，入则为相'。唐崔颢诗'两朝出将复入相，五世迭鼓乘朱轮'，描绘出帝王朝代，位极人臣的殊荣。在旧日舞台上，将军宰相在上场门出，在下场门进。上下场门各挂一帘，上场门上书'出将'，下场门上书'入相'。我小时候看戏，还亲眼见过。其实，生、旦、

李玉茹在《贵妃醉酒》中的"卧鱼"动作。吴钢摄于一九八一年

《贵妃醉酒》演出后，曹禺（前排左六）等上台合影。左五为扮演杨贵妃的李玉茹，左二为饰演高力士的上海戏剧学校正字辈的演员孙正阳，右一为扮演裴力士的正字辈的演员黄正勤，左一是甘肃的梅派演员申丽媛，左三是天津的梅派演员丁至云，左四是著名男旦演员张君秋，右二是梅兰芳的公子梅葆玖，右三是有"汉剧梅兰芳"之称的汉剧演员陈伯华。吴钢摄于一九八一年

净、丑，举凡才子佳人、市井小丑，都在同样的上下场门出入，这倒是很平等的。"

曹禺伯伯亲自为我题写了书名。题字时的情景我清楚地记得，在曹禺伯伯位于复兴门外的住所里，夏天屋里没有空调，曹禺伯伯光着膀子握笔，挥汗如雨。

一九八八年在中国美术馆举办我的第一次个人摄影展览时，曹禺伯伯亲自出席开幕式。还为展览题写了前言：

> 一张好画流动着音乐还很难，何况一张剧照。罗丹说："美是到处有的，对于我们的眼睛，不是缺少美，而是缺少发现。"大约，吴钢的眼睛常会发现美。但是为了表现出他所发现的美，他又是极其残酷地对待自己的。为了在静止的画面上，表现京剧中的节奏、韵律、流动的音乐感，他不惜在舞台的灯架上爬上爬下，又是悬在十米高的吊杆上，向下俯拍，而那灯箱的灼热与架子的摇晃，随时可以使他由高空摔下，丧失生命。但我现在想从另一角度简单提一个他异想天开的拍摄方法。为了表现武生扔戟、接戟、转身、翻身、亮相五个系列动作由虚到实，由动到静的过程，他选用了多次曝光的方法。随着"四击头"锣鼓，仓—仓切—仓—切—仓！按动五次快门，摄在一张图片上。这样，既传达了表演过程的流动美，又凝固了静止的瞬美。

一九九四年，我回北京的时候，陪着爸爸到北京医院探望在医院养病的曹禺伯伯，为他们这对世纪老友的见面留下了一组照片。后来爸爸在他的《六十年交情与曹禺谈心》一文中，写到了这次探病的情景：

> 因为曹禺昨天从医院打来电话，而我偏偏出去了，是妻子接

仓—仓切—仓—切—仓。吴钢摄影

吴钢与曹禺。摄于一九八七年

的，告诉我曹禺对我的想念。所以我今天才去了医院，才了解他的病情近况。和每次见面一样，虽然时间短暂，总不忘悠悠往昔，他紧紧握着我的手，满怀怅惘，满腔失落感……我看着他，想着这位不世出的作家，戏剧大师，中央戏剧学院院长，北京人民艺术剧院院长，中国戏剧家协会主席，中国文学艺术界联合会主席，委员，代表，顾问……浪费了多少精力？消磨了多少年华？他得到的是什么？读者和观众得到的又是什么呢？……他突然满面愁容说起在一生写作上的失落，我脱口而出地说了一句憋了多年从来没有说出口的话："你太听话了！"曹禺的反应出我意料！几乎是在喊着："你说得太对了！你说到我心里去了！我太听话了！我总是听领导的，领导一说什么，我马上去办，有时候还得揣摩领导的意图……可是，写作怎么能听领导的？

我用照片记录下来这次老朋友的见面，六十年的交情，两位老人晚年的知心话。两个人都是一介书生，凭一支笔纵横天下、写作一生，但是性格、境遇、地位都不相同。我的印象之中父亲从来没有上过班，他只是在文化部艺术局挂职，平时在家里写作。用他自己的话说："连个小组长也没有当过。"虽然他在历届运动中遭遇了种种政治上的不白之冤，还是在多次运动中的"漏网之余"写出了不少作品。而曹禺伯伯不同，他的职务太多，社会活动频繁，极大地影响了他的艺术创作，因此晚年著作不多，"文革"后奉命写出剧本《王昭君》，北京人民艺术剧院动用了全院力量精心排演，舞台装置恢宏，演员阵容豪华。演出后媒体一致赞好，但是在曹禺百年诞辰的纪念时，公认还是他年轻时的几部作品最为卓越，这从文章开头时海报上的剧名就可以看出来。

正如父亲说的："在一九五七年反右运动中，我曾经提出一个问题："'屈原是谁领导的？李白、杜甫是谁领导的？关汉卿、汤显祖、曹雪芹是谁领导的？'我受到严厉的批判，被划成戏剧界第一号的'右派分子'。但即使在无数次对我的批判大会上也没有人回答我提出

父亲到北京医院探望曹禺。吴钢摄于一九九四年

北京人民艺术剧院演出的话剧《王昭君》。蓝天野饰演呼韩邪单于，狄辛饰演王昭君。 吴钢摄于一九七九年七月

的问题。曹禺青年时期的'三部曲'成为他一世的辉煌，使在那以后的半个多世纪的作品相形之下黯然失色，这一事实很好地回答了我在一九五七年提出的问题。"

一晃三十年过去了，看到电视里曹禺伯伯诞辰一百周年的纪念活动，想到倘若我还在《中国戏剧》工作，一定还会举着相机忙上忙下，可惜人在巴黎，像《四郎探母》中的四郎延昭唱的："怎奈我身在番远隔天边。"欣喜的是我拍摄的这张曹禺伯伯的照片还能够在他诞辰一百周年的纪念活动中发挥作用，并且做成了巨幅海报，挂在了活动的正中位置上，这也包含了我对戏剧大师曹禺伯伯永远的怀念。

赵丹、金山与京剧《秦香莲》

　　"文化大革命"中，所有的文艺演出都被打成是牛鬼蛇神的表演、"封资修"的产物或是帝王将相占据舞台等等。十亿人口的大国，只有八个"样板戏"，翻过来掉过去地演。舞台上、电影院里、电视机中都是样板戏。粉碎"四人帮"后，压抑了十年的文艺界劫后逢春，各种各样的演出像井喷一样地喷放而出。最早复出的是京剧，因为演"样板戏"的关系，剧团、演员、乐队都还在。老演员们都是从小学戏，传统老戏在肚子里装着，找出传统戏的戏衣，就可以恢复演出了。记得最早演出的就是京剧《大闹天宫》。之后又有其他的传统剧目不断涌现出来。

　　在这些最早上演的传统剧目中，有一出戏最受当时老百姓的欢迎，就是《秦香莲》。大概是包公不畏权贵、怒铡陈世美的壮举，符合"文革"后广大民众的心理，所以演出的场次非常多，而且是各个剧种都争相上演，形成了一股《秦香莲》热。

　　恰当此时，我拍摄到了赵丹与金山的会面。劫后重逢，两位戏剧家的话题自然谈到了"文化大革命"，随后，我又听他们谈到了戏曲舞台上《秦香莲》争相演出的热象。而作为当时最具影响力的两位表演艺术大师，他们也自然而然地分析了这出戏之所以受到人们欢迎的原因：包公是正义的化身，铁面无私。陈世美停妻再娶，已经犯了欺君之罪；又杀妻灭子，逼死韩琪，真是罪不容诛。饱受十年动乱之

金山（左）与赵丹。吴钢摄影

苦的老百姓盼望正义能够得到伸张，所以寄希望于铁面无私的清官包公。

　　金山认为陈世美是一步步转变的，开始时由丞相王延龄设宴，让秦香莲唱出自己的不幸，企图打动陈世美。陈世美不听劝告，进而派出韩琪杀妻灭子。金山对于韩琪这个人物性格有极高的评价：韩琪认为陈世美对自己"恩重如山"，奉陈世美之命去追杀"仇人"，是带着报恩心情去的。但他在赶到时得知陈世美要借刀杀人，杀害的是自己的结发妻子和亲生儿女，觉得不忍下手，却又不能违抗主人的命令，在忠义不能两全的情况下，自刎而死，舍身取义。这是封建社会典型的义士行为。

　　对于包公这个人物，赵丹作为一位演员，有独到的人物分析：包公刚直不阿、不畏权贵，他断然拒绝了公主的求情，决心用铜铡铡死陈世美。公主搬请国太出面。国太的求情同样遭到了包公的拒绝。国

金山谈论《秦香莲》。吴钢摄影

太考虑到驸马要是被杀，自己的女儿就要终身守寡，无奈之下，顾不得身份开始撒泼耍赖："我的老命不要了，我死在开封你们谁敢承担！"国太挡在铡刀前面，让包公先把她铡死，再铡陈世美。

皇家国太以命要挟，包公也进退两难。他强忍悲愤，劝秦香莲不要再告了。又命人取出自己的薪金三百两纹银，对秦香莲和两个幼儿唱道："这是俸银三百两，拿回家去度饥寒。教你儿女把书念，千万读书莫做官，你丈夫倒把高官做，害得你一家不团圆。"这番话也是包公迫于国太的威逼，明知道秦香莲冤枉，陈世美该铡，还是劝秦香莲不要再告了，忍了吧。面对着向皇权妥协的包公，秦香莲拒绝了银两，万分失望地唱道："人言包相是铁面，却原来他官官相护有牵连，三百两银子我不要，从今后屈死也不喊冤。"

赵丹说：看到这里，我的眼泪忍不住流下来了。面对浩荡的天威，刚直铁面如包公者，也开始动摇了，做一个清官真是太难了。包

赵丹谈论《秦香莲》。吴钢
摄影

公的暂时退缩和畏惧丝毫没有降低他在百姓心中的威望，反而使得这
个人物形象更加真实，更像是我们现实生活中活生生的人物。中国的
老百姓太善良了，也太不幸了。

　　但也正是秦香莲的一席话，激活了包公的正义感，他不顾一切地
摘下乌纱帽："拼着官儿我不做，塌天大祸我承担。刽子手——将陈
士美搭在铜铡案，铡了这负义贼再见龙颜。"

　　如今两位表演大师都已作古，但是他们对舞台上人物细致和独到
的分析，一直铭刻在我的心中。我之后看过无数场包公的戏，听过无
数次专家学者的发言，但如此动情地评说包公、包青天者，仅赵丹先
生一人耳。

　　几十年来，我拍摄过不少《秦香莲》的剧照，更看过不少场《秦
香莲》，我觉得从"文革"结束以来，最成功地塑造了《秦香莲》中
包公形象的，当属山东省京剧团的著名花脸演员方荣翔，我拍摄了
方先生到北京演出时的剧照。同时拍的还有一张韩琪《杀庙》的照

方荣翔饰包公。吴钢摄影

王延龄（朱秉谦饰）指点秦香莲（刁丽饰）唱琵琶词来打动陈世美。
吴钢摄影

《秦香莲·杀庙》，李维康饰秦香莲、刘学钦饰韩琪。吴钢摄影

片，是用120反转片（正片底片）拍摄的。照片上涂了黑点，黑点上用刀片划出十字，这是因为二十世纪七十年代末，北京的一些印刷厂制版时就是在原照上用黑笔画记号。如果是反转片，就在照片的边缘处用墨点上黑点，再用刀片划出十字，以便于对正制版。遇到需要剪裁的反转片时，就直接在底片的画面上点黑点和划痕。如此野蛮制版法，持续了很多年，许多宝贵的照片都遭此祸害。记得当年摄影记者李晓斌曾经强烈抗议对他所拍底片的糟蹋。我把当年拍摄的《秦香莲·杀庙》一场剧照的被划痕底片放到这里，或许更能显示时代的烙印。

"父一辈、子一辈"：纪念英勇的业余纪实摄影家侯耀文兄

　　二十世纪六七十年代的"文化大革命"时期，社会上流行一句话，"方向盘、听诊器、售货员"，因为当时这都是最令人羡慕的职业。那个年代没有私家汽车，公交车也很少，更没有什么出租车，如果家里有点用车的事，能认识个手握方向盘的司机就方便多了。听诊器就是医生，在"革命"压倒一切的年代里，英勇无畏的"革命者"也会生病，因此医生对每个人都十分重要。售货员的重要，是因为"文革"中商品紧俏，买什么东西都要票证，认识个售货员也会方便很多。

　　"文化大革命"后期，有一段对普通老百姓来说相对平静的时间。我从农村插队回来，想学一点技术。父亲托他的朋友介绍，认识了铁路文工团司机班班长薛师傅，同意让我到团里的司机班学习开汽车。那时候没有机动车驾驶学校，学开车都是到有汽车的单位跟着师傅学，也不兴请客送礼，薛师傅收下我，知道我是知识分子家庭出身，只提了一个条件，就是帮助他借一本《基督山恩仇记》，由此也可以看出当时书籍的极度匮乏和人们对读书的渴望。

　　学开车的几个月时间里，我每天到北京二七剧场后面的中国铁路文工团司机班学习。这样，我就与铁路文工团说唱团的侯耀文接触多了起来。母亲小时候唱戏，经常与相声演员同台，和马三立、侯宝林等相声界的演员都是从小的朋友，因此我和侯耀文是"父一辈，子一

侯宝林到和平里的家中探望生病的母亲，右侧陪坐的是吴钢

辈"，本来就熟悉，这时正好碰到一个单位里就更近乎了。他经常到后院的司机班找我玩，反正上班也没有什么正事。

　　我当时的身份是"右派子女"，出身不好，因此非常珍惜这个学开车的机会，每天勤学苦练，把一本交通规则和一本机械常识背得滚瓜烂熟，几个月下来，居然能够把这两本书一字不差地全部背诵默写下来。薛师傅把司机班的唯一一辆进口汽车，日本三菱大卡车交给我练车用。铁路文工团能够有这么好的汽车，也是沾了修建北京地铁时铁道部进口了一批日本卡车的光。这辆车虽然车身长、体积大，但是方向盘上已经有转向助力装置，这在当时是十分罕见的，因此方向盘转动时非常轻便，这对我练习"钻杆"（倒车和转停车位）十分有利。经过几个月的学习，我顺利地通过了笔试、钻杆和路考。取得了摩托车、卡车和大轿车的全部驾驶执照。

　　我考取汽车驾驶执照时正值唐山地震，铁路文工团第一时间开赴地震灾区抗震救灾。我是新司机，留在司机班值班，老司机们都开着车，拉着文工团员们奔赴灾区，侯耀文也去了。他回来的时候，悄悄地给我一卷胶卷，让我帮助他冲洗出来，说是在唐山地震灾区拍摄的。这在当时是一件非同小可的事情，因为灾区严禁拍摄照片，耀文是冒着生命危险拍摄的。按照当时的情况，有私自拍摄照片者，可以在特殊时期特殊处理，甚至可以被就地枪决。

　　我躲在家里用厕所改成的小暗房里，把胶卷冲洗和放大出来，一看地震的情况真是惨不忍睹，这与当时在报纸上和新闻上看到的差距太大了。事隔多年之后，听到《人民日报》摄影记者蒋铎老师讲课，说在唐山地震时，他在唯一一道没有倒塌的墙边，拍了摆拍的民兵持枪站岗镜头，发表在《人民日报》上，诚实的蒋铎老师后来承认他的照片是虚假的。而我当时就看到的勇敢的侯耀文第一时间拍摄的这些照片，才是最真实的唐山地震场景。我把冲洗放大好的照片交给耀文，自己留下一套，保存至今，现在看到还心有余悸，当年要是被造反派发现，我们两个一定会被抓起来严惩。

　　我最近在整理老底片的时候，发现了一卷半幅相机拍摄的胶卷。半幅相机就是使用135胶卷的相机，可以拍摄七十二张照片，而正常的135相机都是拍摄三十六张。镜头的光学部分设计成在半幅的135底片上结相，而机械卷片装置和计数装置也设计成半格就是七十二张的。很像是我们现在数码相机的半幅和全幅的画面设计。记得"文革"时期我在学习摄影的时候，经常到朋友家借各种照相机或者是交换照相机试用，这台半幅相机大概是我借来用的。

　　当时，我家从王府井的四合院里被迫搬出，住到了和平里的居民楼里。那时和平里就是北京郊区，再往外就有庄稼地了。在和平里拍摄的照片中有我与侯耀文的一张照片，当中还有一个人我忘记

侯耀文在唐山地震
灾区拍摄的八张照片

在一张135底片上拍摄的两张半幅照片。左图是妹妹吴霜（右）和表妹梅茜（左）。右图开车者是吴钢

了是谁，幸亏好友姜昆来巴黎帮我在手机上装了"微信"，我借助这个"先进"设备把照片发给姜昆，经他与侯耀文的多年搭档石富宽联系核实，这个人是当年铁路文工团的韩卫平，韩卫平看到照片后发回信息说："是吴祖光的大儿子吴钢，背景是吴家，新凤霞女儿吴霜在歌舞团唱歌，一天我同侯子（侯耀文）去他家玩，照了几张照片，真是太珍贵了。"这张照片中侯耀文戴着毛主席像章，这是当时的标准配置，很平常，但是他左臂戴着袖章，这在"文革"后期就比较少见了，而且是深色无字袖标，就更加少见。因为是黑白照片，分不清是红色还是黑色，再看到同一卷胶卷还有一张照片，司机的左臂也有同样的袖章，才想起拍照的时间应是一九七六年秋天毛泽东去世时，所以耀文和司机才都戴着黑色袖章。

　　"文革"结束后，我做摄影记者的第一次采访任务就是拍摄侯宝

左起：吴钢、韩卫平、侯耀文

吴钢和司机

侯宝林在家中接受采访。吴钢摄影

　　林先生。在他位于什刹海附近的平房家里，南房没有阳光，侯先生在院子里的树上拴了面镜子，可以反射些阳光到房间里。因为是摄影采访，侯先生特意穿上了中山装拍照。

　　作为一个年轻的摄影记者，我也拍摄了一九七九年的春节联欢晚会，有相声演员侯耀文、常宝霆、常贵田等，还有歌唱演员李光曦。照片的左侧，可以看到当时电视台使用的体积庞大的老式摄像机。

　　一九七九年召开的第四届文代会上，我也拍摄了一些珍贵的镜头，其中有侯宝林父子两位代表参加大会的镜头、有老艺术家们在十年浩劫后重聚的镜头、有侯耀文与姜昆等代表的镜头、有侯宝林和其他代表们与华国锋主席的镜头，等等。还有一张是侯宝林先生招呼我过来拍摄的，他说是"三猴"合影，侯宝林（姓"侯"的）、张君秋（属"猴"的）、李万春（演"猴"的）。

一九七九年侯耀文等相声演员参加中央电视台春节联欢晚会。吴钢摄影

一九七九年春节联欢晚会上，李光曦边演唱边向侯耀文等相声演员敬酒。吴钢摄影

侯宝林、侯耀文父子两位代表出席第四届文代会。吴钢摄影

"三猴"合影，左起侯宝林、张君秋、李万春。吴钢摄影

一九八五年，香港金鼎影业公司邀请了当时具有最强阵容的中国京剧院赴香港演出，演员有袁世海、厉慧良、杜近芳等九十多位艺术家。我被邀请拍摄剧照并且在香港新世界中心举办戏曲摄影展览，侯耀文是负责报幕的嘉宾。赴港演出的一个多月时间里，我们两人住一个房间，朝夕相处。但回来后各忙各的事情，平时相聚不多了。之后我去了法国留学，侯耀文随演出团来巴黎慰问华侨时，我们曾有一次小聚，后来是姜昆告知我他去世的消息……

我家与侯氏父子有两代人的交情，侯宝林先生父子带给中国人的则是几代人的笑声，几乎每一位中国人的记忆中，都存有侯大师及侯耀文带给我们的欢乐。

耀文兄英年早逝，谨以此文和他拍摄的唐山地震照片，作为对他的怀念和追思。让我们记住这位杰出的相声表演艺术家和勇敢的业余纪实摄影家。

"师徒如父子"：遥祭张祖道叔叔

二〇一五年九月四日，我像往常一样，在巴黎中国文化中心的办公室里习惯性地打开电脑看新闻，无意中看到一条消息：摄影家张祖道先生八月六日逝世。我心里一惊，忙打电话跟妻子说："不好，张叔叔去世了。"

这天晚上，看着床前张叔叔给我们拍摄的结婚照，我久久不能入睡，想起了很多事情。

许多人称呼张祖道为"老道""张老师"，我一直叫他张叔叔，因为他是我父母亲的好朋友，我从很小的时候就认识他，因此张叔叔的称呼一直没有改口。

到了"文化大革命"，我家属于"黑五类"，但张叔叔不避嫌疑，继续与我们保持密切的关系。那时学校不上课，有大把空闲时间，我开始对摄影产生了兴趣。正如后来父亲在他的文章中所写："不知从什么时候起，家里一架质量一般的照相机已成为吴钢专用的了，吴钢用那架相机学习摄影，到了着迷的程度。我叫他去拜了个高级师傅，就是戏剧舞台摄影大家张祖道。他是我四十年的老朋友，如今成了儿子的老师与密友。一起拍照，一起钻研，一起在暗房里放照片到深夜而乐此不疲。"按照戏曲界的规矩，拜师是件大事，像结婚一样要举行仪式的，所谓"师徒如父子；一日为师，终身为父"。可在"文革"期间，一切从简。但是张叔叔受好友之托，且遵从戏曲界的习惯，从此就像慈父一样呵护我、提携我。

从那时起，我就开始跟张叔叔学摄影了。他给我讲述了摄影的基本知识，我们用木板制作简易的印相箱，制作简易的放大机。那时候北京大栅栏国华摄影器材商店经常有照相纸的纸边卖，是制作毛主席像时裁下来的下脚料。利用这些下脚料，张叔叔教会了我印相、放大的基本技能。用这些纸边放大出来的照片都是竖着或横着的窄条，尽管如此，我摄影的兴趣仍然越来越高，还想办法买了一台海鸥4B的120双镜头反光相机。这台相机可以加装135胶卷。张叔叔用这台相机告诉我，加装135胶卷后，120相机上80毫米焦距的标准镜头，会呈现出中焦距镜头的结像效果。我们可以想象，在当时没有单反相机、没有长焦距镜头，更没有变焦镜头的"文革"时期，这是我唯一能够体验中长焦距镜头的设备。正是在张叔叔的启发和教导下，我平生第一次在双反相机的磨砂玻璃上观看了标准镜头与中焦镜头的差异，也第一次用中焦距镜头拍摄了半身人像摄影作品。当时我是高中生，如此奇特的学摄影经历，不是现在用手机都可以变焦的孩子们能够体会到的。

"文革"结束后，张叔叔到刚刚恢复的文化部"五刊物"编辑部（《大众电影》《人民戏剧》《人民音乐》《美术》和《音乐》杂志）任摄影记者，此时文艺界百废待兴，急需专业人才。张叔叔介绍我到"五刊物"编辑部应聘，我也是凭借张叔叔指导下拍摄的几张摄影作品，正式调到编辑部做了摄影记者，和张叔叔在一个办公室工作。记得刚刚开始工作的时候，还没有摄影设备。张叔叔用自己的一台蔡司120皮腔折叠相机拍照，这台相机的快门在皮腔前面的镜头上，有一个小拨杆。目测估计距离对焦后，眼睛靠近取景窗，手指要伸到皮腔的前面按快门。从拍摄工作开始，张叔叔就告诉我保存底片资料的重要性，我们买来了蓝色的卡片抽屉盒，把底片放在半透明纸袋里，再把编辑部的信封剪掉三分之一，每拍摄一个活动的照片，就用一个信封装好，上面写好说明和日期，再放进抽屉里存档。多年下来，已经装满了几十个卡片抽屉，信封也剪掉了很多。这些资料，我一直保存下来，一晃已经四十年了。

我们采访的第一位演员是侯宝林先生。就像年轻演员第一次登台，既激动又忐忑不安，幸亏有张叔叔带领，他就像沙场上的老兵一样从容不迫，跟侯先生谈天说地，直到都放松下来，才开始拍照。正是在这样一次又一次的采访中，我跟着张叔叔学会了如何通过聊天完成采访、如何取景、如何用光……

后来，我们可以订购进口器材了。张叔叔骑着自行车到处跑着申请外汇指标、找资料、订器材。那是一个物资匮乏的年代，照相店里最高级的相机是八十多元的海鸥皮腔折叠相机。海鸥 DF 单镜头反光相机是高档产品，要用外汇券在友谊商店才能买到，而友谊商店是要凭护照才能进大门，当时没有几个中国人手里能有护照。于是张叔叔的桌子上堆满了花花绿绿的国外摄影器材介绍，精通英文的张叔叔先选出合用的器材，再填表、写申请、报批。记得那时张叔叔的家离单位很近，狭小的房间里到处堆满了照片、资料、报纸杂志等，没有下脚的地方，唯一的空间就是桌子上和椅子上，他的两个男孩儿就在桌子上和椅子上玩。那时需要订摄影器材的单位很多，不少摄影师都是下班后来请经验多、英文好，脾气又好的张叔叔帮忙，他总是热情接待，不厌其烦地提供帮助。正是在张叔叔的努力下，经过无数的表格、审批、盖章、公文旅行，我们终于拿到了两套全新的哈苏和尼康相机。张叔叔把最新型的哈苏2000型相机交给我专用，他用的是普通型的哈苏500型。两者的区别是，2000型是最新型的电子幕帘快门，由于去掉了镜间快门，标准、广角和中焦镜头，都是 f: 2.8 的大光圈。

　　张叔叔经常带着我到外面拍照。这时"文革"刚刚结束,我们知道,"文革"是中国摄影历史上摆拍、假新闻照登峰造极的时代。而摆拍的导演就是摄影师自己,当时很多摄影师还遗留着"文革"时期的拍摄作风,喜欢在拍摄现场指手画脚、主观摆布甚至大呼小叫,弄得被拍摄者十分紧张,手足无措。近日读到《人民日报》老摄影家许林先生的文章《"文革"中我中了摆拍照片的邪》,现身说法地讲述了"文革"中摆拍照片的歪风,其中一段说道:"这种摆拍,当时是很时髦的,全国大多数摄影记者趋之若鹜,摄影通讯员更是唯恐追赶不及,像张祖道先生恪守抓拍的摄影记者如凤毛麟角。"张叔叔确实是反对摆拍的,他常常对我说,你摆布被摄者,他只摆一个僵硬的动作,我们不摆布他、不要求他,他会做出很多自然的、发自内心的真实的动作。张叔叔的经验之谈,指引了我后来一生的摄影方向。

　　其实摄影师就应该处在一个不引人注意的位置,才能够拍摄出真实自然的照片,国外的专业摄影师总是把相机的牌号用黑色胶布粘上,也是为了尽量不引起被摄者的注意。张叔叔告诉我,摄影师不是导演,永远是配角,有时候像是戏曲舞台上的龙套。而龙套最是能够近距离、不被人察觉地观察主演的一举一动,很多好演员正是从站龙套开始,偷师学艺,而后成为大家。摄影家张祖道叔叔就是一位手持相机的龙套,不多嘴、不张扬、不炫耀,但最接近艺术家,在不为人知的情况下抓拍了众多大艺术家的照片,成为纪实摄影的艺术大家。

　　我父母家搬到了东大桥后,张叔叔也搬到了农丰里,我们两家离得很近,只有一箭之遥。说是"一箭之遥"十分准确,倘若从我们四楼的阳台上弯弓放箭,射一封"箭书",穿过工体东路大街,刚好可以落在张叔叔家的窗户前面。于是张叔叔又成了我们家的常客。他带

张祖道在剧场拍照间隙
中的沉思，上方是新华
社的记者手持120单反
相机在拍摄。吴钢摄影

来了多年前为爸爸妈妈拍摄的照片，看他的照片就像看一部小说或者
是一部纪录片一样。比如他在二十世纪五十年代为母亲拍摄的《杨三
姐告状》剧照，相机从侧后方取景，母亲的目光向后看，一条大辫子
从脑后甩过来，非常形象地表现了杨三姐的倔犟性格，照片刊登在当
年的《新观察》杂志封面上。同时他还跟随着父亲母亲，一起去访问
了当年还健在的杨三姐本人。于是我们看到了父亲母亲坐在马拉的大
车上，颠簸在乡间土路上的照片，车上还坐着老报人龚之方先生。这
些几十年前的老照片，给当时受"文革"摧残已半身不遂的母亲带来
极大安慰。

　　现在看张叔叔的舞台摄影作品，我可以明显地看出他的创作风
格。他不是为领导拍摄，也不是为各种"评委"拍摄，他是为了观众
而挖掘刻画出最真实、最自然的瞬间。他的作品，可能当时看起来很
普通、很平常，但是时间越久远，越能显现出生命力与亲和力，越能
体现作品的人文价值。这就是他的个人艺术风格，也正是当下一些年
轻的摄影家们所没有意识到的——好的作品，好的摄影家，要耐得住

"吴钢戏曲艺术摄影展"开幕式上的亲友。前排左起：母亲、女儿吴蜜。后排左起：姑父储虹、姑姑吴乐、妻子范丁蕾、表妹吴彬、吴钢、叔叔吴祖强、父亲。张祖道摄于一九八八年

寂寞。真正的艺术品的价值，往往是在艺术家身后才能体现出来的，美术作品如此，摄影作品也是如此，我不敢把张叔叔比作美术界的梵高，几十年后再由后人来评判吧。

回首一生中与张叔叔的交往，我在摄影艺术上有一点成绩，离不开张叔叔的教诲和帮助。一九八八年，我在中国美术馆举办自己的第一次个人戏曲摄影展览，父母的老朋友都来提携后人，吴作人伯伯题写展名、曹禺伯伯撰写前言、黄永玉叔叔画作者像、曹辛之叔叔设计请帖、赵忠祥兄和姜昆兄担任主持，张祖道叔叔拍摄了开幕式照片。二〇〇四年，我出版《美丽的京剧》摄影画册，也是张叔叔为我拍摄了首发式上的活动照片。

我出国之后，每次回来，总是抽空去看看他；有一些理论上的想

法和问题，也是第一个打电话向他请教。二〇〇四年"非典"期间，我戴着口罩穿过北京东大桥大街去看望张叔叔，往日繁华的街道上一个人也没有，在张叔叔的楼下，经过值班的民警和街道积极分子的仔细盘查，才得以上楼，与张叔叔畅谈。

张祖道在吴钢《美丽的京剧》新书发布会上讲话。吴钢摄影

"非典"期间，戴着口罩看望张祖道叔叔，桌上、床上、柜子上堆满了图片资料

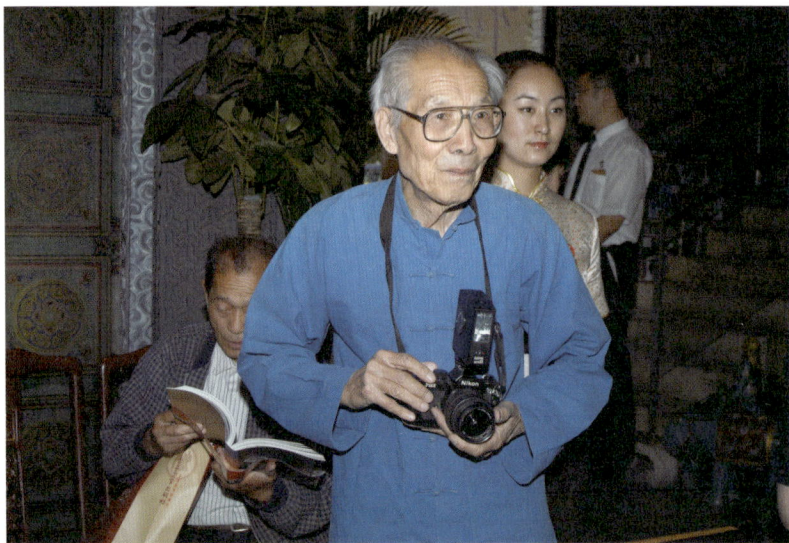

晚年时的摄影家张祖道。吴钢摄影

　　张叔叔一生在新闻界工作，门生故旧遍布各大媒体，他去世的消息竟然在一个月后才传出，可见他的为人与他的作品一样，低调、朴实、谦和、不张扬。

追忆：梅葆玖先生和他的法国因缘

　　在法国巴黎听到梅葆玖先生逝世的消息，悲痛之余，使我回想起了与葆玖先生数十年的交往和邀请他来法国访问演出时的情景。

　　与梅葆玖先生相交多年，他生前曾经对我说："我们是父一辈、子一辈的交情。"这在戏曲界是一句"重话"，说明我们是世代的友谊，非同一般的关系。

　　父亲是梅兰芳先生最重要的一部电影《梅兰芳的舞台艺术》的导演。这是在周总理的关心和安排下，由北京电影制片厂在一九五五年拍摄的一部彩色电影。

　　这部电影中的《断桥》一折由梅兰芳饰演白蛇，青蛇就是梅葆玖

导演吴祖光与梅兰芳在电影拍摄现场

梅兰芳与新凤霞师生合影

在一九七九年的第四届文学艺术界代表大会上的京剧演员聚会。左起：李万春（著名文武老生）、周少麟（周信芳的儿子、麒派老生）、李慕良（马连良的琴师）、张学津（张君秋的儿子、马派老生）、袁世海（著名花脸）、梅葆玖、杜近芳（梅派演员）、石晓梅（梅派演员）。吴钢摄影

饰演的。那时梅兰芳先生和梅葆玖先生经常到家里来说戏。

母亲曾经正式拜梅兰芳为师，与葆玖姐弟相称，所以说我们与梅家有两代人的交情是非常确切的。

我长大之后任摄影记者，梅葆玖先生的重要演出和活动我几乎都拍摄过。比较早的有梅葆玖先生一九七九年在第四届文学艺术界代表大会上的照片，这是"文革"结束后全国文艺界的第一次大聚会，劫后重逢，照片中大家的表情既感慨又兴奋。

我拍过的还有梅葆玖先生与袁世海先生合演的梅兰芳先生名剧《霸王别姬》的剧照，舞台上葆玖先生的表演充分展现了梅派艺术的精髓。

拍过梅葆玖先生在梅派名剧《洛神》中饰演的宓妃，他不但表演

《霸王别姬》中梅葆玖饰虞姬，袁世海饰霸王项羽。吴钢摄影

京剧《洛神》，梅葆玖饰演宓妃。吴钢摄影

精彩，而且所穿的全部戏装和舞台上的景片都是梅兰芳先生生前用过的，加上由梅兰芳先生的琴师姜凤山亲自操琴，场面恢宏，弥足珍贵。

梅兰芳先生有将近二十年的时间在上海生活和演出，他最小的儿子梅葆玖也是在上海出生的。小的时候，梅葆玖和哥哥梅葆琛、姐姐梅葆玥都在上海震旦大学念书，这是一所法国人在上海办的教会学校，用法语教学。梅葆玖小学就是在法国教会办的磐石小学读书，中学读的是震旦附中。因此梅葆玖先生的法文基础很好。

我在巴黎整理父亲留下的老照片中发现一张梅葆玖年轻时的演出剧照。照片上是葆玖饰演《玉堂春》中的苏三，在"三堂会审"一场戏中身戴锁链，跪在堂前受审，照片的背面上有铅笔写的浅色的字迹，看得出来是照相馆的放大师傅们工作时候写在后面的记录。上部的两行小字："20"可能是药水的温度；"76"上画上圆圈，可能是显影药水的配方，当时冲洗胶卷和放大的药水通常都是用D–76和D–72的配方；"3"上加了方框，可能是放大时放大机的曝光时间。背面的四角颜色较深，说明照片曾经用糨糊粘在照相簿上，后来又揭下来。最宝贵的是深色字体的部分，那是用钢笔写的，是葆玖的亲笔题字："送给正薇留念，葆玖赠，51.8.10。"中文签字旁边还有一行法文签字：Richard Mei，这就是葆玖在上海震旦大学上学时期的法文名字，翻译成中文就是：理查德·梅，法文的发音是：黑莎赫·梅。至于照片上方的"正薇"，应该是上海戏剧学校正字辈的学生陈正薇，陈正薇与张正芳、王正屏、孙正阳和有"台湾梅兰芳"之称的顾正秋是同一科的学生。陈正薇出身书香门第，一九四八年正式拜梅兰芳为师，是著名的梅派演员，后来在江苏省京剧团工作。戏曲界的规矩是：师徒如父子。照片上葆玖写的年代是一九五一年，时年十九岁的梅葆玖

京剧《玉堂春》剧照，梅葆玖饰演苏三　　剧照背面题字：送给正薇留念，葆玖赠

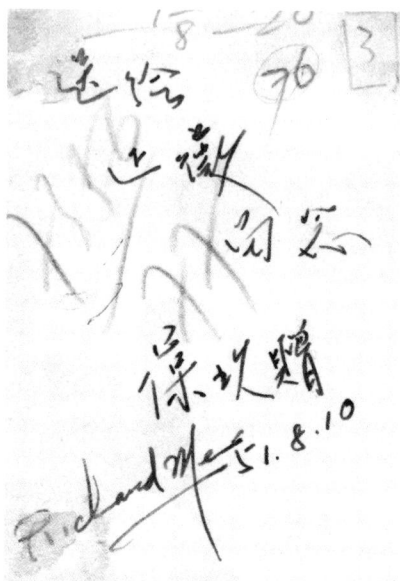

与十八岁的陈正薇应该是兄妹相称，赠送剧照，相互鼓励，也是合情合理的。但此照片不知为何却在我父亲手里。几个月前，我曾把照片的正反面从巴黎用微信发给常伴梅葆玖先生身边的梅兰芳剧团原书记、大武生叶金援和梅葆玖先生在南通的学生韦红玉，托他们转给梅先生。

我移居法国后，在巴黎中国文化中心做中法两国的文化交流工作，负责组织"巴黎中国传统戏曲节"，每两年一届，至今已经七届了。在二〇〇五年第二届戏曲节的时候，我们邀请了梅葆玖先生作为特约嘉宾来巴黎参加戏曲节。

在法国学校读过书的梅家兄妹对法国感情深厚，都希望有机会到法国来看看。遗憾的是他们都没有来过法国，因此我们这次邀请，是梅葆玖先生第一次踏上法国的土地，现在看来，也是唯一的一次了。

当年文化中心的经费不多，我们只能够邀请梅葆玖先生一人前来，不能够带家属和随行人员，而且只买了一张经济舱的往返机票，也只能够招待他住在中心楼上的小房子里。梅葆玖先生真是爽快，答应了我们的邀请和有限的接待条件。老艺术家为了传播中华文化不讲条件、不记个人得失的精神实在令人感动。后来是中心主任侯湘华找到国航，给梅葆玖先生升了舱，否则葆玖先生真是会一个人坐着经济舱来巴黎了。

我开车到机场接机，看到葆玖先生自己推着行李车出来了。行车在路上时，葆玖先生看到了他久已向往的巴黎街景，经过凯旋门、埃菲尔铁塔的时候异常兴奋地对我说："这些我在震旦上学的时候就学习过，那时候我们所有的课程都是用法语教学的。"接到中心后，就住在顶楼的客房里，房间狭小，墙壁斜倾，家具不过一床、一桌、一椅而已，但是推开小小的天窗，埃菲尔铁塔就近在眼前。葆玖先生觉得很好，睡觉也香。吃饭就在楼下的食堂，当年还没有专职厨师，由会计郭书斌夫妇掌厨。郭会计看到北京老乡来了，分外高兴，烙饼熬粥，自己腌的小咸菜，葆玖先生在厨房里吃得津津有味。

由此而感叹现在邀请个小明星来巴黎参加活动，张口就是一个团队，动辄就是第一助理、第二助理……还有发型师、化妆师、服装师等随侍，讲究的是要住多少星的酒店、几级厨师的料理，外加若干张头等舱机票。唉，比起前辈大师，天高而地远矣！

第二届"巴黎中国传统戏曲节"的颁奖典礼，在埃菲尔铁塔脚下古老的阿迪亚尔剧场举行，这个剧场有一百多年的历史了，舞台还是半圆形的，舞台的两侧是墙，舞台后面的底幕上有两个帘子，演员出场和入场需要撩开这个帘子才能够出入。很像我们旧时京剧舞台上的"出将""入相"。梅葆玖先生身着西服从幕后出场，张口说了几句法语，乐翻了满场的法国观众。之后又手持折扇，载歌载舞，演唱了一曲《贵妃醉酒》，演出达到高潮了。我在台下拍照，为葆玖先生捏着一把汗，前面的演员都是化装后穿着戏衣、戴着头面出场表演，而葆玖先生却是西装革履，还扎着领带，正统的绅士打扮，却要模仿女人的身段动作，还要尖声演唱，法国观众能够接受吗？葆玖先生不愧是梅门之后，充分展现了戏曲程式化的魅力，手、眼、身、法、步运用得恰到好处，观众在一瞬间就接受了这个男身男装的人演绎的杨氏贵妃。葆玖先生穷一生的功力，积几代人的心血，牢牢地把握住异国观众的心。法国人看得出来，这几个看似简单的唱作，反映出中国文化的博大精深，一招一式都是经典。谢幕之后，法国观众都涌到台前，争相与大师合影。久居法国的法兰西学院院士朱德群特意上台对葆玖先生致意说："我小的时候看过你父亲的戏。"

这段时间我与葆玖朝夕相处，巴黎中国文化中心地处塞纳河畔的中心地段，我经常陪着他在塞纳河边散步，在感叹法兰西文化的恢宏和聊他在震旦念书时法语教学的话题之余，他最关心的是梅派艺术的发展，希望能够有机会带着他的弟子到巴黎来全面展示梅派艺术的风范。

二〇一五年我出版了一本京剧知识小书《走进美丽的京剧》，梅葆玖先生为此书作序，序中写道：

> 这本《走进美丽的京剧》，是吴钢先生继他的戏曲舞台摄影画册《美丽的京剧》之后，又出版的一本普及京剧知识的读本。从京剧的历史开始，讲到了京剧的程式化的表演形式，介绍了京剧的服装、音乐、舞美、行当划分、基本功训练等基本知识。书中所有的照片，都是吴钢先生在四十年的戏曲摄影生涯中拍摄的，其中有几张是吴钢的父亲吴祖光先生拍摄的。这些照片中很

梅葆玖在巴黎阿迪亚尔剧场表演《贵妃醉酒》。吴钢摄于二〇〇五年

演出结束后，法兰西学院终身秘书长德·欧德里夫（左七）、法国文化部戏剧总监于尔斯（左九）、程抱一（左二）、朱德群（左十）、侯湘华主任（右一）等与梅葆玖先生合影。吴钢摄于二〇〇五年

多是京剧界重要的演出、重要的演员。吴钢先生在《中国戏剧》工作多年，现在法国巴黎中国文化中心工作，策划和组织"巴黎中国传统戏曲节"，至今已经有十多年了，我曾经受邀参加过一届，看到都是法国人花钱买票看戏，场场爆满，其中有很多年轻人认真地看戏，非常令人感动。

在序言的下面有梅葆玖先生亲笔签名。现在中国外文出版社正在筹备此书法文版和英文版的翻译和出版工作，葆玖先生的英法文序言

梅葆玖和学生胡文阁在演唱梅派唱段。吴钢摄于二〇一四年

下面，我本想请他签上他的法文名字，现在看来无法实现了。或许可以用他写在《玉堂春》照片后面的法文签字"Richard Mei"？

最后一次见到梅葆玖先生是我二〇一四年十二月回北京，同行的是法国文化部戏剧总监于尔斯先生。傍晚刚刚下飞机，就赶往北京梅兰芳大剧院，观看叶盛兰先生一百周年诞辰纪念演出，当晚拍摄到梅葆玖先生带着学生在舞台上的演唱。这是我最后一次见到葆玖先生，也是我最后一次为他拍照了。当时后台演员众多，我怕打扰演员们演出和休息，没有到后台去看葆玖先生。也正是我们的这次北京之行，敲定了北京京剧院梅派演员、梅葆玖先生的学生李红艳到巴黎演出。二〇一五年十一月，李红艳主演的《杨门女将》在巴黎市中心最大的剧场"城市剧院"连演四场，剧场坐满了法国观众，连走道上都坐着人，门口还有拿着钱等退票的。梅派艺术征服了见多识广的法国观众。

可惜我远在国外，还没有来得及当面向葆玖先生汇报演出的盛况。

可叹梅兰芳先生九位子女中最后一位梅葆玖先生也仙逝了。

可喜梅派艺术正在全国乃至世界上发扬光大，后继有人，其中也有梅葆玖先生多年来的辛苦耕耘。谨以此文和照片，追思平凡而又伟大的梅葆玖先生。

二十年交往记事：怀念朱德群老师

第一位亚裔法兰西学院终身院士

在法国这个艺术家云集的国度里，有一个专门确认"艺术大师"的国家机构，这就是法兰西学院艺术院。

法兰西学院已经有两百年的历史，雄伟古老的建筑在塞纳河畔，与卢浮宫隔河相望。法兰西学院不受任何政治变动的干扰，也不受政府转换、转型的影响，永远是法国各朝各代及各届政府所尊崇的最高艺术和学术研究学府。法兰西学院艺术院的终身院士名额是五十人，其中画家只有十人，去世一位，才能补上另一位，方式是由终身院士们在众多的候选人中，以无记名投票选出新人，如果选票不够半数，这一院士名额宁可空缺，因而现在实际在位的院士只有四十几位。所以能够获得终身院士称号者真是凤毛麟角。朱德群老师是在一九九七年，以高票当选院士的，这也是法兰西学院成立二百年来首位亚裔的艺术院终身院士。五年后赵无极先生也成为艺术院终身院士，吴冠中先生因为不是法国国籍，二〇〇〇年获得艺术院外籍院士称号。

我与朱德群老师是忘年之交，因为同在巴黎，住得也比较近，又有艺术上的共同语言，因此过从甚厚，二十多年来交往不断。二〇〇〇年，在巴黎塞纳河畔的法兰西艺术院里，隆重举行了朱德群老师的终身院士授勋典礼，我在现场拍摄了这一活动的全过程：头戴

朱德群身着法兰西学院院士
服、佩带院士剑在他的画作
前。吴钢摄影

左起：朱德群、皮尔·卡丹、雕塑家菲浩、法兰西学院美术院主席克尼耶在一起。吴钢摄影

金盔的共和国卫队在大厅中盛装列队、持剑行礼、护送身着绣花大礼服的院士们步入会场——这是共和国的最高礼遇，平时只有在接待来访的国家元首仪式中，才能见到这种阵势，肃穆隆重至极！

这次授勋仪式还发生过一个有些遗憾的插曲。法兰西学院在发送请帖的时候，给中国驻法国大使吴建民先生和台湾地区的代表都发了请柬。授勋仪式开始之前，中国驻法国大使馆文化处公使衔参赞侯湘华女士先到会场，看到台湾地区的那位代表已经坐在会场里了。她马上找到正在准备拍照的我，跟朱德群紧急交涉。原来法兰西学院的领导自认为他们是不过问政治的艺术机构，天真地以为海峡两岸都能出席朱德群的授勋仪式可以促进两岸关系，是他们莫大的荣耀。侯湘华参赞看到这种情况，马上紧急通知了已经在来法兰西学院路上的吴建民大使，吴大使的汽车立即掉头，返回大使馆，没有参加授勋仪式。仪式结束后，热情好客的皮尔·卡丹先生在他的巴黎马克西姆餐厅宴

朱德群先生在法兰西学院终身院士的授勋仪式上发言。吴钢摄影

请全体院士和重要来宾，我和侯湘华参赞这顿饭都没有吃好，一直在商量如何做好这次意外事件的善后工作。我和朱德群老师经过商量，决定一起专程拜访吴建民大使，把这件事情解释清楚。

第二天，我开车与朱德群夫妇一起来到中国驻法大使馆，吴建民大使亲自接见了我们。朱德群首先表明立场："我一直认为中华人民共和国是我的祖国，我热爱我的祖国，一贯坚决反对台湾独立。"吴大使也高度赞扬了朱德群先生对祖国的热爱。自此之后，吴大使与朱德群成为要好的朋友。

第一本在中国出版的画册

朱德群获得法兰西学院艺术院终身院士称号后，法国最大的一家著名出版社弗拉玛雍（Flammarion）立即表示要出版最新的朱德群画册，我陪同朱德群老师参与了画册的筹备和谈判工作。在出版和印刷的具体事项中，我提出了到中国印刷的建议，财大气粗的弗拉玛雍出版社对中国的印刷技术没有信心。我拿了几本中国印刷厂印制的大型画册给他们看，法国人对中国的印刷质量开始有了初步的认识，最后同意到中国找最好的印刷厂来印制新科院士朱德群的画册。我代表朱德群到国内联系印刷厂，那时候深圳是中国的印刷基地，最好的印刷厂都在深圳。我一家一家地看，一家一家地谈，最后选定了三家的样品和报价返回巴黎。经过弗拉玛雍出版社和朱德群先生的研究比较，最终选定了深圳的一家印刷厂。

这时候朱德群在中国内地还不为人所知，他很少回到内地，也没有在中国大陆出版过一本画册。我想，既然是在中国印刷朱德群的最新法文版画册，为什么不能同时在国内出版朱德群的中文版画册呢？我通过表妹吴彬找到了北京生活·读书·新知三联书店的老总董秀玉，我对董秀玉总经理说："我可以介绍给你们一件可以把纸变成钱的事。"董秀玉一听就感兴趣，我告诉她在深圳印刷厂印刷朱德群法文版最新画册的事情，法国出版社会支付设计和制版印刷费用，如果三联书店愿意出版中文版，在印刷法文版之后，在印刷机上更换一个中文文字的黑白版，就可以继续印刷中文版了。至于中文版的授权，我可以去和朱德群老师商量。董秀玉一看到朱德群的作品就非常喜欢，为朱德群热情奔放的抒情抽象语言感动，同意由三联书店出版朱德群画册的中文版。果然，我和朱德群老师商量后，朱老师也很期望与久负盛名的三联书店合作。最终这本朱德群画册，法文版由法国弗拉玛雍出版社出版，中文版由中国三联书店出版，同时在中国印刷。同样的装帧设计，同样的印刷质量，这本大型画册，是朱德群在中国大陆出版的第一本简体字版画册，由于印刷精美，又没有设计制版等前期费用，所以只定价一百四十元人民币，很快就销售一空。许多大陆的读者，是通过这本画册，第一次认识了抽象绘画大师朱德群。

之后，我又策划出版了法兰西艺术院终身院士的画册。在河北教育出版社王亚民和张子康先生的支持下，于二〇〇五年十月出版了四册《法兰西学院艺术院院士作品集》，印刷是在北京雅昌公司完成的。其中《朱德群》一册，是朱老师在中国大陆出版的第二本画册。朱老师在送给我的画册上题字："吴钢　丁蕾兄嫂惠存，朱德群赠于巴黎，2006年初三日。"朱老师年长我很多，但是与我的通信中总是用"兄"称呼，这也是中国传统文化的称谓习惯，朱老师二十世纪五十年代初就到法国留学，一直保留着传统的文化根基，数十年不变。

最巨大的朱德群画作

在印制画册期间，我陪同朱老师夫妇前往深圳印刷厂看校样，途经上海转机，在上海停留了一天，这也是朱德群老师夫妇第一次来上海。乘车在市区游览时，他们初次目睹了上海大剧院外貌的风采。

二〇〇〇年，上海大剧院的乐胜利总经理，到巴黎来参加香榭丽舍剧院的演出和上海、巴黎卫星电视双向直播节目。尽管公务繁忙，乐总还是抽空与我一起去拜望朱德群老师。出身书画世家的乐胜利与朱老师初次见面就一见如故。乐总在参观朱老师的画室时，第一次见到了朱老师的原作，并且得到了一本朱老师在三联书店出版的画册。朱老师作品中流畅的线条和迷人的色彩深深打动了乐胜利，他第一次萌生了请朱老师为大剧院作画的念头。

二〇〇一年，朱德群作品展览会在上海博物馆隆重开幕。这是继一九九七年北京中国美术馆的"朱德群近作展"后，朱德群作品在国内最重要的一次展出。我陪朱德群全家从巴黎到上海参加开幕式，上海各界和法国驻上海领事馆的参赞等都来祝贺。与上海博物馆近在咫

吴钢背着相机包随同赵无极（左二）、朱德群（右一）、朱德群夫人董景昭（右二）出行

尺的上海大剧院乐胜利总经理，也匆匆跑过来参加开幕式，却因为没有带请柬而被执法无情的门卫生生地阻在门外，没能进来。开幕式后，朱老师闻知此事，十分不安，特意打电话致歉，并且约好时间，亲自在展厅门口恭候，又亲自陪同乐总参观了他的画展。礼尚往来，乐总邀请朱老师回访上海大剧院。

朱德群对于巴黎的老友、著名法国建筑家夏邦杰设计的上海大剧院早有耳闻，知道这是中国当时最好的、设施最完备的剧院。这一天的下午，乐总西装革履，早早地迎候在大厅门口。我们从巴黎来的一行人，和朱老师的密友、著名画家吴冠中先生，在乐总的陪同下，一起参观了上海大剧院。这座不锈钢和玻璃的建筑，如同一座从天而降的天外楼阁，坐落在上海市中心的绿草坪上。登上八楼的阳台，人民广场的绿地花坛和远处环绕的楼群尽收眼底。参观过程中，乐总第一次提出：朱老师能否为上海大剧院创作一幅油画作品？当时朱老师没有正面答复，旁边的吴冠中接着说："德群的画是黄钟大吕。"这几个字，把朱老师画作上的磅礴气势和强烈的音乐感概括了出来。吴冠中先生对朱德群的了解，应该是最全面和最透彻的，因为他们年轻时是同在杭州艺专学习的挚友，是一辈子的朋友。

上海大剧院的大厅里，原有一幅丁绍光先生的巨幅画作，历经四年多的时间，有些地方已颜色剥落。乐总希望有一幅作品，能够把这幅画换下来。

上海之行过后，乐总每次到巴黎必定来拜望朱老师。朱老师也被乐总的诚意深深感动。但是，朱老师心中的顾虑是：他听别人说起过，中国一些领导不懂艺术，却总爱不懂装懂提出各种修改意见，令艺术家无所适从。我把朱老师的顾虑转告给了上海大剧院。不久，上海大剧院专程邀请我陪朱德群夫妇来上海。上海市委主管文化的龚学平书记亲自接待和宴请，龚书记对朱老师说："艺术创作是艺术家的

吴钢陪同朱德群、吴冠中参观上海大剧院，筹备巨幅画作时在楼上阳台合影。董景昭摄影

自由发挥，我们绝对不会有任何干涉，您想怎么画就怎么画，我们也祝愿您能够为上海人民留下一幅高水平的可以传世的不朽作品。"朱德群经过再三考虑，终于同意以八十四岁高龄，为上海大剧院创作这幅巨作。他表示："我离开祖国已经五十年了，我为祖国的发展和变化感到自豪。也非常希望给自己的祖国留下一个纪念，这幅画当然是最好的纪念了。我一定用心去画，不需要任何报酬。"

回到巴黎之后，我就协助朱老师开始了巨画的准备工作。按照上海大剧院的计划，朱德群的画作将摆放在上海大剧院正中大厅，也就是正对大门墙面的位置。这幅巨作的宽是七点三米，高是四点三米。画框和画布是在法国最大的绘画用具工厂里订制的，由于幅面宽度超过了织布机器，有一部分是手工织成的。画框也是用最好的原料，并且在四周的方框之间，像九宫格一样加了许多条加固的木方。这样，画框的总重量就有三百公斤了。为了方便拆卸和运输，多条七米多长的木方都从当中斜着锯开，再用巨大的钢制穿钉连接。考虑到巨大的

朱德群在"滑板"上
作画。吴钢摄影

画布将来要卷起来运到上海，选用了最新型的防裂颜料，画布干透
后，卷曲起来不会出现裂纹。但是这种颜料只能买到牙膏式的小包
装，于是又与厂家联系，专门订购了大桶的各色颜料运到画室。

开始的工作是画底色，为了避免颜色的流动，画是平放在地上画
的。幸亏朱德群的画室够大，能够容下这块巨大的画布。为了能够
在画布当中自由移动作画，专门定制了一个横跨在画布上的"桥"。
"桥"下装了滑轮，可以横向移动，"桥"上又加上滑板，可以纵向移
动。朱德群就是蹲坐在这块滑板上，开始了他最初的绘画工作。

在开始画这幅大画之前，朱老师已经构思了很久，并且画了九幅
小的草稿。后来大画完成后挂在上海大剧院的大堂上，这九幅草稿也
一起放在旁边展览。特地前来为这幅大画揭幕的上海领导人看到草图
后说："我今天才知道抽象画也是需要打草稿的。"在这些草稿的基础

朱德群在画最初的底色。吴钢摄影

上，又经过反复推敲，才开始在画布上铺画底色。这幅作品的底色是
以深色为主，间杂着一些淡色。朱德群把油画色调稀，用塑料盆当颜
料盘，用加长的大排笔，饱蘸颜料，在白色油画布上挥洒自如，真像
是中国画的泼墨写意。画面上的色彩错落有致，浓淡相宜。正因为有
了腹稿和草图，在画底色的过程中，这幅画的基本构图与布局已经完
成了。

　　底色完成之后，需要把画布竖立起来接着画。由于画框和画布太
重，竟然动用了铁链和绞车，几位法国工人费了九牛二虎之力，才把
画竖起来。由于画太高，把画室的钢梁锯掉一段，才得以垂直竖立，
让脚手架能紧靠画布，画家也可以站在脚手架上作画了。

　　这幅巨作的初稿竖立起来后，画家可以站在画室的另一端全面地
观察和思考，再在底色的基础上逐层渲染刻画。应该说，作画的面积
越大，对画家的考验越大，构图、比例、节奏等所有的绘画语言掌握

的难度也越大。但是对于历经六十多年绘画生涯的朱德群来说，如此巨大的画面对他不仅不是一个问题，而且恰恰使他的画笔，有了一个纵情驰骋的广阔天地。身高臂长的朱德群手持加长的画笔，掀动艳丽的油彩，挥洒起来游刃有余。特别在一些贯串画面的大笔触中，显露出中国传统书法中时常见到的"皴白"笔法，画家用笔的力度和速度在这些笔致中明显地表现出来。他在深沉的底色上，大力狂放地刷出清淡镂白的神来之笔，犹如大雨刷洗后晴空中的流云般清新流畅。这也是朱德群有别于其他西方画家的最鲜明特点之一。朱德群的作品中，或多或少地都会有这种笔法的流露，从这些笔法中，可以清楚地看到朱德群深厚的书法功底在画面上的自然反映。特别是在画家后期比较大幅的抽象作品中，发挥得更明显。朱德群自幼研习书法，在海

朱德群在脚手架上作画。吴钢摄影

外五十余年，每日的书法功课从未间断，特别是他的狂草，那一股恣意豪放的创作激情直达笔端，已经到了炉火纯青、妙笔生花的境界。这种书法创作的激情犹如神助，助长了他的抒情抽象画表现力度——借生花之笔，夺造化之功，无论是中国的狂草，还是西方的抽象，都给了画家更大的抒情空间、更少的形式限制，使朱老师借助画笔，把对自然万物的体会感受，充分地发挥表现出来。

从这幅巨作的构思阶段，朱德群就希望在这幅画上反映出一个正在蒸蒸日上和日益崛起的中国。所以在绘画的收尾阶段，他很慎重地在画面上选择一些部位，用大头针穿上红纸，插在这些部位上，反复推敲对比，然后在这些部位加上红色油彩来渲染气氛。我们回过头来看朱德群的作品，可以发现有一个共同之处，就是在磅礴浓重的画面上，有一点响亮的色彩点缀，十分明快突出，犹如寂静山谷中的一声猿啼，又如层林尽染中的一线强光。这些亮点，反衬出浓暗处的深邃，使画面更加通透生动、层次分明。在朱德群的画作中，光的乍现，仿佛会衍生出回声般的连锁反应，这也是朱德群个人风格的一个突出特点。而朱德群在解释自己的创作理念时说：阴、阳指的是暗和亮，实际上就是光，我所要表现的是光。我的绘画思想是天、地、人合一。庄子言"天地与我并生，而万物与我为一"。在这方面中国人的思想与西方人是完全不同的，所以西方人看我的画能立刻看出东方神韵来。"大象无形"是我一九九七年在香港艺术馆办个展时他们用的展览标题，我也不一定能做到。

创作的结尾部分是对艺术家功力的考验，如果说前一段的创作是分解和释放，那么后面的阶段就是归纳和总结。抽象画最难的是最后的收拾，能够在任意发挥的最后，归整得恰到好处，才能看出画家的功力。我们看到有些功底不深画家的抽象作品杂乱躁动，缺少一种以静制动的意境，放笔时胸中无数，收笔处杂乱无章，就像一个没有书法基础的人写的草书，水平高低，一比较就知道了。所谓"无间已得象，象外更生意"的中国古代绘画理论，正是阐述了在创作的全过程中，画面的布局和归整的全面构思，以及对画面表现与感情抒发之间的因果关系。朱德群为作品做了最后的归整，把这幅热情奔放的作品恰到好处地安顿起来，归结到喷薄欲出的"欲"字上。所谓多一笔嫌多，少一笔太少，就是大师所要达到的境界。

这幅定名为"复兴的气韵"的巨作完成以后，吴建民大使和夫人是第一位到朱德群的画室观看作品的观众。然后是巴黎歌剧院的院长嘎勒先生，嘎勒先生恳切地要求在运送到中国之前，先在巴黎歌剧院展出，以免法国的观众与这幅巨作失之交臂。于是这幅大画刚刚完成，就被嘎勒院长安放在巴黎歌剧院的正中大厅里，并且特意举办了隆重的开幕酒会。这座古老的歌剧院是法国音乐艺术的圣殿，也被誉为世界上最美丽的古歌剧院。《复兴的气韵》在灯光的照耀下和音乐的回响声中，与大堂里的大理石装饰交相辉映，更显得光彩夺目、气象万千。法国的艺术界对这幅作品给予了高度评价："犹如黎明的光辉，在雄浑热烈的气氛中展开，那千变万化的光影变换，如旋律的颤动，涉及到无穷尽。"吴建民大使亲自出席巴黎歌剧院的揭幕仪式。特意前来观看巨画的观众很多，纷纷向朱德群表示祝贺，挤着在画前拍照留念。法国观众热情的祝愿，既是对朱德群艺术成就的赞美，也是向这幅即将远行的巨作做最后的话别。

巴黎歌剧院的预展结束后，这幅巨作拆卸开来，连同木框和加固木方，整整装了九个大木箱。东方航空公司将这些木箱免费运到上海，上海海关免检放行，我陪同巴黎画框公司的老板马罕先生同机飞到上海指导装画。几十位中国工人在马罕先生的指导下辛勤工作，把木框拼接起来，再展开巨幅画布，由马罕先生用特质的扳手把画布绷紧在木框上。最后是工人们齐心合力，把巨大的画框吊装到墙面上。

吴建民大使拿着朱德群创作大画的大笔。左一为大使夫人施燕华。吴钢摄影

吴建民大使（右一）与夫人施燕华（左一）及朱德群夫妇在刚刚完成的巨画《复兴的气韵》前合影。吴钢摄影

吴建民大使（右二）到上海出席朱德群大画在上海大剧院的开幕式。吴钢摄影

根据朱德群的建议，工人们又把原来墙面上的红色大理石，全部更换成白色大理石，使得巨幅油画在白色的大理石墙面上显得更加色彩缤纷、绚丽夺目。

上海大剧院举办了隆重的揭幕仪式，上海市领导和专程从巴黎赶来参加盛会的吴建民大使向朱德群表示了感谢。令人感动的是从美国赶来参加揭幕仪式的著名画家丁绍光——这个位置上原来是一张同样大小的丁绍光先生的作品，现在换成了朱德群的作品，丁绍光先生做何感想呢？丁绍光在台前与朱德群握手，诚挚地向朱德群老师表示祝贺和道谢。原来，当年丁绍光出国深造时遇到困难，是他的老师吴冠中请朱德群担保，朱德群亲自到法国政府机构写了担保书。饮水思源，丁绍光先生当面表示对老师的衷心感谢和诚挚的祝贺。

如今，这幅巨作端端正正地悬挂在上海大剧院大厅正中的墙壁上，供国人观赏。它是朱德群去国离乡五十年后，留给祖国的礼物。

在上海大剧院《复兴的气韵》油画揭幕式上，丁绍光向朱德群表示祝贺。吴钢摄影

　　为了这件礼物，朱德群在将近一年的时间里，谢绝了一切应酬和社会活动，停止了其他的绘画和创作业务，全身心地投入到这幅巨作的艰辛工作之中。我亲身参与和记录了这幅作品创作的全过程，写这篇文章的时候，我仿佛又看到朱德群老师每天从住处穿过花园，来到画室中。窗外是绿树成荫、鸟语花香，画室内的《田园交响乐》环绕回旋，朱老师边画边诉说着："我是从农村长大出来的孩子，对田野乡村有一种亲切的感觉，有许多的回忆。而记忆特别灵敏，我的绘画一直都是在这个上面。"

　　这幅大画完成之后，朱老师还想继续画几幅大画，因此把画室做了改造。在画室正面墙下挖了一道沟，沟的两边安装了电动升降装置，这样把大画框装在升降机上，就可以站在画室的地面上，画大画的上面部分，再用升降机把画升起来，仍然可以站在画室的地面上，画大画的下面部分，非常方便。可是像给上海大剧院创作的这样大幅

左起：朱德群、朱德群夫人董景昭、吴钢夫人范丁蕾、吴钢在上海南京路旁的“吴越人家”
餐馆里吃面，庆贺朱德群夫人的七十岁生日。餐馆服务员摄影

巨作，之后再没有创作过。因此上海大剧院大厅里的《复兴的气韵》，
是朱德群先生一生最大的一幅作品，堪称上海大剧院的“镇院之宝”。

　　为了这幅大画的筹备和创作，我曾多次陪朱德群夫妇到上海，经
上海大剧院安排，我们吃住在毗邻南京路的王宝和大酒店。有一天，
朱德群夫人提议到外面吃面，我和妻子陪着朱老师夫妇，走到外面南
京路上，进到一家写着“吴越人家”的小饭馆，坐定之后，每人要了
一碗面。朱师母笑着对我们说：“今天是我的七十岁生日。”我们赶忙
向朱师母贺寿。人生中七十岁生日是何等的重要，一代绘画大师夫人
的七十大寿，没有奢华、没有排场、没有盛宴——小饭馆、小桌子，
只有四个人、四碗面和温馨的感受。

朱德群最后的访谈录

二〇〇九年的春节前夕，法国华商会副会长从北京给我带来了两本刚刚印刷好的新书《朱德群》，这是我用了十几年时间整理记录的朱老师的回忆录，由河北教育出版社出版。我马上给朱老师打电话，朱老师说明天有事情，让我后天给他送过去。两天后，周日，正好是农历大年三十，下午我和妻子带上包好的饺子，正要出发去朱老师家，接到朱师母的电话，得知上午朱老师突然病倒，正好孩子们都在，没有耽误，马上送进了医院。我去医院病房探望时，抢救过来的朱老师已经不能说话了。他是在病床上看到他的这本回忆录的。之后，我又陪同孔泉大使、侯湘华公使参赞等到病房看望朱老师。

这本书成为朱德群最后的一本访谈录，书里写的故事，全部是朱德群先生的口述。朱老师的记忆力非常清晰，他的经历又极其丰富，我在十几年前就开始筹划为朱老师记录下他一生的故事和艺术经历。当年我在法国的TDK总代理公司做摄影师，TDK是一家国际著名的录像带生产厂商，所以我可以使用最先进的录像机和录像带来记录朱德群的珍贵回忆。为了写好这本书，我经常带着摄像机到朱老师家工作：设置三脚架、摆放灯光、调整焦距、记录影像。为了保证声音质量，无线话筒就夹在朱老师的衣领上，话筒用细线连接着的发送器是一个小盒子，放在朱老师面前的桌上，无线接收器则装在摄像机上。摄像机架在远处，用望远镜头记录朱老师的影像，而无线话筒的使用仍然可以清晰地把朱老师的声音记录下来，因为话筒就在朱老师的嘴边，不会受到外界声音的干扰。朱老师起初对这个话筒和发射器不太习惯，时间长了就慢慢习惯了，后来的录像过程中朱老师常常在讲话时拿着发射器的小盒子在手里把玩。

吴钢采访朱德群。范丁蕾摄影

　　朱老师的记忆长河打开了，每一个故事都生动有趣，每一位人物都栩栩如生，朱师母还在旁边补充。每一次录像工作结束后，我带回家整理成文字，打印出来请朱老师核实，经朱老师亲笔改稿审定后再进行下一次录像访谈。天气冷的时候在房间里谈，天气暖和了就在花园里，日复一日，年复一年，最后整理集结成书。这本书基本记录了朱德群先生一生的生活脉络。

　　在朱老师的回忆中，有一位他常提到的、结交了一生的朋友——画家吴冠中先生。朱老师病后的二〇一〇年三月，"朱德群回顾展"在北京中国美术馆开幕，除了朱老师因病没能前来外，他的家人都来北京参加了开幕式。我也在开幕式上拍摄下许多镜头。那天，吴冠中先生抱病出席开幕式并且在祝词中说："女娲参照世界的模样捏塑了人类，朱德群以实际的情怀感染了吴冠中。如果没有这个起源结构，我也许是一位工程师，远离艺术天堂之门外。"想不到三个月后，吴

冠中先生就因病逝世，我是在巴黎听到这个消息的。朱师母给我打来
电话，告知我她代表朱老师写了一段悼词，托我打印后发给吴冠中的
家人，悼词上写着：

　　追思　吴冠中

　　噩讯传来，暗弹伤心泪。
　　德群病中，您是他精神上最有力的支柱。
　　你们对人生的共识，给了他莫大的安慰。
　　他不再孤寂了。
　　我不忍心让这残酷的事实加以折磨，
　　让他平静的心萦绕于人间，
　　等待那与您惊喜的相会……

　　　　　　　董景昭于巴黎　　　　　2010年6月

　　为了不给病中的朱老师增加痛苦，朱师母没有把吴冠中逝世的消
息告诉他。

　　我与朱老师相交数十年，深知朱老师是一位治学严谨的艺术家，
每日的工作就是在画室作画，极少参加外界的活动，不善交际，不
善言谈，甚至给人不易接近的印象。其实接触久了，自然会感受到
朱老师热情豪爽的艺术家性格。朱老师曾经告诉我关于他与吴冠中
的交往："吴冠中原来不是学画的，是在省立工业职业学校电机科学
习机电的。我在杭州艺专上学期间，有一次暑假军训，与学习机电
的吴冠中编在同一个连队同一个班，一起训练。我的个子高，排在队

前，吴冠中个子小，排在队尾。做训练动作时，我第一个做完，就跑到队尾排队，正好排在吴冠中后面，时间一长，两个人就互相搭话认识了。一个暑期的军训，朝夕相处，我们两个年轻人很快成了要好的朋友。军训放假的时候，我带着吴冠中参观了艺专的校园。吴冠中顿时被学校里的艺术作品和艺术气氛迷住，决心放弃机电而投身美术。"在朱德群的短期辅导下，吴冠中顺利考入杭州艺专，比朱德群低一个年级。关于这一段往事，在吴冠中著作的创作年表中也有记载："一九三五年，十六岁，在省立高级工业学院读完一年。是年夏，参加全省大中学生暑假军训时，结识杭州艺专预科学生朱德群，在朱德群带领下参观杭州艺专，受强烈冲击，自此决心投身艺术，放弃机电系，投考国立杭州艺术专科学校。"朱德群与吴冠中在杭州艺专一起学习，一起外出写生，结下深厚的友情。这段美好的校园生活没有持续多久，抗日战争爆发，学校奉命内迁。朱德群写信给父亲，告知形势紧迫，学校搬迁，以后恐怕通信都很困难。父亲马上就给儿子寄来四百块钱。不料这时吴冠中却因为丢了钱无法上路，只好准备回家，走前来向好朋友朱德群辞行，说不能随校内迁，因为身上一点钱都没有了。朱德群说我这里有很多钱，我们两人用。于是两个人一路同行，风餐露宿，扒火车、宿荒野，终于到了昆明。安定下来后，朱德群身上还有些钱没有用完，正好这个时候学校派人去上海买一批绘画颜料，于是朱德群把剩下的钱都订了颜料。结果学校买回的几大箱颜料中，有一半都是朱德群的，他把颜料都码放在床底下，每天就躺在颜料堆上睡觉。吴冠中用的颜料也是由朱德群供应的。这些颜料直到抗战胜利都没用完，所以这两位未来的油画大师，在抗战最艰苦的时期，始终没有颜料短缺的问题，绘画也没有中断。

法兰西学院的院士们为朱德群送行。吴钢摄影

后　记

二〇一四年三月二十六日上午，电话铃声响起，话筒里传来朱德群夫人沉痛的声音："德群昨天晚上去世，走得很安详……"听到噩耗，我万分悲痛。五年来，朱老师一直靠输液维持，今天他走完了九十三年的人生道路。

与朱老师相交凡二十年，我是拍摄朱老师影像资料最多的摄影师。朱老师病倒后，我时常去看望他，但是再没有为他拍摄过一张照片，因为不忍为病重的艺术家拍照，我希望朱老师健康硬朗的形象永驻。

在拉雪兹公墓举办的遗体告别仪式上，法兰西学院的院士们身穿正式的绣花礼服，列队为他们的同僚朱德群院士送行。仪式上发言的有法兰西学院的秘书长德·欧德里夫先生、院士程抱一先生等。最后一位发言的是巴黎做画框的商人马罕先生。马罕先生的父亲是朱德群六十年的老朋友。当年朱老师初到巴黎的时候，没有钱买画框，老马罕免费供给朱老师画框，说："先拿去画，画好了卖出去了再说。"朱德群在异国他乡立足未稳的时候，是法国的老马罕"扶"了他一把，这一段情谊朱老师始终牢记心上。他在法国成功之后，所有的画框和绘画用具都从马罕公司购买，老马罕去世后，儿子小马罕承袭父业，朱老师依旧与他保持着友谊和业务往来。朱老师生平最大的那幅捐赠给上海大剧院的作品，画框连同画布，重达三百五十公斤，全部材料都向马罕公司订制。我作为这次捐赠的策划者和实施者，陪小马罕到上海去完成大画的组装工作。几十位工人在马罕的指挥下，完成了复杂的拆卸、组装、钉画布、悬挂上墙等工作。

此次朱老师的葬礼上，他的家人没有邀请锦上添花的画商，而

小马罕（穿白色T恤衫牛仔裤者）指挥上海大剧院的工人打开卷起来的大画。吴钢摄影

小马罕（左起第三人）与工人准备安装大画。吴钢摄影

是请雪中送炭的马罕先生致辞。我听着小马罕的致辞，看着朱老师的棺椁，想着倘若朱老师九泉有知，定会十分的欣慰——"受人滴水之恩，当以涌泉相报"是中国人的理念，朱老师毕生信守——从中国到法国，直至他身后的葬礼上。

重穿厚底靴：浩亮复出记

　　在横扫一切的"文化大革命"中，几乎所有人都受到了冲击，文艺界更是重灾区，多少有才华的京剧艺术家、演员含冤去世。但是却有一位京剧演员不但能够幸免于难，而且步步高升，做到了文化部副部长的高位，这就是京剧演员钱浩梁。钱浩梁因为演出样板戏《红灯记》而受到江青的赏识，改名"浩亮"，在"文革"期间，他主演的《红灯记》，连同其他的几个样板戏，成了占领全国舞台十年的文艺演出。

　　"文革"结束后，在中国戏剧家协会的《人民戏剧》（后改名为《中国戏剧》）一九八八年的一次编辑部选题会上，有人提出浩亮最近在北京，我们可以对他做一个专访，大家都觉得这个选题很好，因为浩亮在"文革"中扮演的李玉和形象家喻户晓，读者一定对他的近况感兴趣。于是领导就派了文字记者去联系，结果碰了钉子："浩亮不接受任何采访。"

　　我于是找到领导说："我来试试采访浩亮。"我在编辑部十多年来一直是摄影记者，很少参与文字采访。这次自告奋勇要联系采访浩亮是有原因的。二十世纪六十年代初，被划为"右派"的父亲从北大荒劳动改造回来，分配到当时的中国戏曲学校实验京剧团做编剧工作。这个剧团集中了当年中国戏曲学校毕业的尖子演员，有钱浩梁和他的妻子曲素英，还有刘秀荣、刘长瑜、李光、张春孝、李长春、王梦云等。这个年轻的剧团经常在北京王府井东安市场的吉祥戏院演出，我小时候跟着父亲母亲在这里看过很多戏，其中就有大武生钱浩梁演出的《伐子都》《截江夺斗》《艳阳楼》等。这都是武戏，长靠武生的服装漂亮、众多人物的武打场面壮丽、演员的动作激烈火爆，都给我留下了深刻的印象。我们家当时住在王府井吉祥戏院附近的一所四合院里，钱浩梁的妻子曲素英身体不好，父亲就让她住在我们家里养病，钱浩梁每天早上送牛奶过来照顾妻子，跟我们都很熟，我和弟弟妹妹都叫他"大个儿叔叔"。正因为这层关系，编辑部要采访浩亮时，我才跟领导说："我来试一试。"

果然，电话打过去，钱浩梁一听说是我要来采访，马上答应了。第二天，我就带上相机，赶到当时还在魏公村的中国京剧院。钱浩梁一家住在剧院筒子楼的一间小房间里，曲素英患乳腺癌刚刚做了手术，躺在床上。曲素英看到我长大了、工作了，非常高兴，拉着我的手说不完的话。钱浩梁也和我说了不少"文革"中发生的事情：他的恩师高盛麟在湖北被批斗，到北京来找他，他安排高盛麟调到北京艺校教戏。还有一些京剧老艺人"文革"中被整，他也都尽可能地帮助他们。他也跟我谈到了目前在河北教戏的情况，对于将来的人生，他看得很淡："我不接受任何采访，因为我希望过平静的生活。我到自由市场买菜，卖鸡蛋的老太太都认识我，我不需要再出名了。"曲素英则告诉我粉碎"四人帮"后，浩亮被关起来，她也被关押。女儿在外语学校学习，周末回不了家，是专案组的人去把孩子接回来，周一再送去上学。现在女儿外语学院毕业，很多单位都急需外语人才，但听说是浩亮的女儿，都不敢接受。这也是"文革"造成的悲剧，"文革"当中，多少家庭的孩子不能上学，到农村插队落户，浩亮的孩子可以进学校读书学习外语；"文革"结束后，多少家庭的孩子从农村返城，有了工作和事业，浩亮的孩子却空学了外语

钱浩梁在篮球场的水泥地上练功。吴钢摄
于一九八八年

没有工作可做。

　　我想给钱浩梁拍摄一些练功的照片，配合文章发表。但是中国京剧院大院里的排练场中没有钱浩梁的位置。我们只好在剧院篮球场上完成了拍摄，钱浩梁穿着一双解放鞋，在水泥地上踢腿、翻身、亮相，英姿不减当年。

　　文章很快就写好了，编辑部的领导又有点拿不准，这毕竟是"文革"后第一篇关于浩亮的报道，发表还是不发表？为了保险起见，领导决定请示一下曾任河北省委副书记、时任文化部副部长的高占祥。很快，高占祥部长回复给编辑部领导："可以报道，实事求是。"于是，第一篇关于浩亮的报道文章，发表在《中国戏剧》一九八八年第七期上。

　　文章发表之后，很快引起读者的关注。戏剧家胡金兆应声而动，发表文章《"文革"宠儿——浩亮复出记》，副标题是"绿灯终于闪亮，希望仍在人间"。文章中说：

　　在社会上，钱浩梁销声匿迹已经十几年。原先知道他的人逐渐淡忘了，根本不知道他的青年，当然漠不关心。

　　生活中毕竟有勇敢者，一九八八年七月号的《中国戏剧》赫然刊出了吴钢写的《浩亮近况》一文。

　　在版面上，编者对此文的处理是费了心思的。首先文章题目平平不醒目，其次编排上转版拦腰而斩，明显采取平抑姿态。这是一种防范，也可以说是编者小心翼翼地在投石问路。

　　敏感的新闻界立即注意到此文，《文汇报》转载，许多文摘报刊做了摘登，香港、台湾报纸也做出良好反应。

　　《中国戏剧》所发表的这篇三千字的报道的作者吴钢，童年时与"大个儿叔叔"很熟，一直关心处于逆境中的浩梁。他征得有关方面的支持，去了石家庄。浩梁懒见外客，旧友之子远道来访，不能不见。吴钢写这篇文章时提到了高占祥副部长当年对浩梁的关心，拿不准高占祥同志愿不愿意报道此事，特意去向他请示，高占祥好爽快，他说："实事求是，照实际情况写，涉及我也没关系。"

　　吴钢的文章还触发了与钱浩梁二十三年没见面的老朋友的思友之念，决心去看他。

　　这些报道的发表引来了一些戏剧家和有关单位的关注，才促成了钱浩梁"文革"后的第一场演出。关于这场演出，有各种不同版本的叙说，确切的情况是：中国戏曲学院的历届校友，为母校募集教育基金，打算在中山公园音乐堂举行三天京剧义演。其中最引人注目也最富神秘感的，是最后一场：销声匿迹近二十年的著名武生钱浩梁又重

一九八八年十二月六日，钱浩梁复出后在中山公园音乐堂的第一场演出，饰演《艳阳楼》中的高登。吴钢摄影

新粉墨登场，演出拿手好戏《艳阳楼》。戏迷闻讯而来，戏票销售一空，剧场观众爆满。前面的小戏演过后，《艳阳楼》终于开场。此时舞台空着，灯光大亮，锣鼓频催。钱浩梁人还没有出场，已经有三次掌声了：第一次是字幕上打出了钱浩梁的名字，第二次是高登出场前在幕后的一声"啊咳！"，第三次是高登手里的大扇子刚从侧幕条后露出。等到钱浩梁扮演的高登举着大扇子出场亮相时，已经是掌声如雷了。

对于观众的掌声，钱浩梁不会陌生，《红灯记》走到哪里，李玉和出场都得有掌声。但"文革"时期的观众是碍于江青和"四人帮"的淫威，不鼓掌不行。而这次在音乐堂看演出的观众是自己花钱买票来看大武生钱浩梁的，是发自内心的对演员的喜爱，掌声中饱含着厚爱和期盼。钱浩梁扮演的高登戴着扎巾、撩着褶子，脚上蹬着厚底靴

钱浩梁饰演的高登。吴钢摄影

演出后，高占祥、吴祖光等上台祝贺钱浩梁演出成功。吴钢摄影

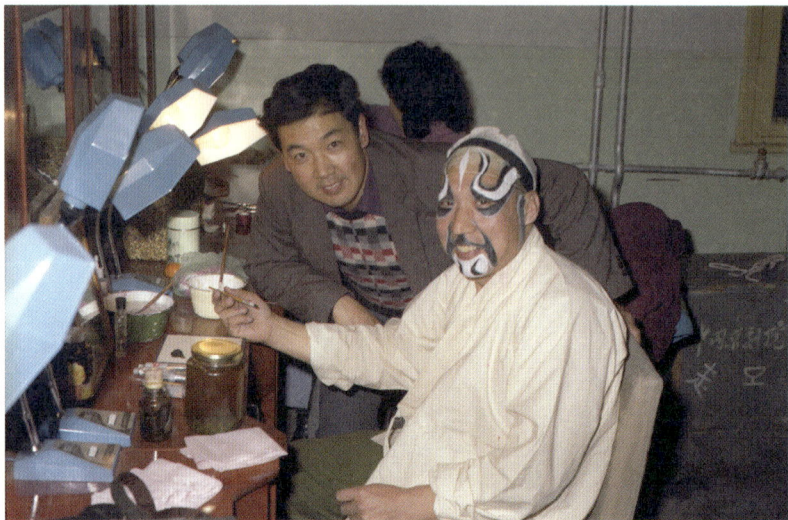

吴钢与钱浩梁在音乐堂后台合影

出场。他脚踩在柔软的台毯上，一定有异样的感觉——钱浩梁已经十多年没有演传统戏了，十年当中他演的李玉和，尽管是"高大全"的形象，可也不能够穿厚底靴呀。在踩上台毯的一刹那，钱浩梁从政治的高阶回复到了他熟悉的童年，回复到穿着厚底靴在台毯上练功的演员生涯。

钱浩梁扮演的高登够高大，身材伟岸的"大个儿叔叔"脚蹬厚底靴，与众英雄开打，明显比别人高出一头。由于自幼的功夫，不管是使枪还是舞刀，加上后面开打时用的石担、石锁，都表现了出色的演技。观众拼命叫好，散了戏都涌到台前，鼓励"戴罪"的钱浩梁多排戏、多演戏。

钱浩梁在后台化装的时候，我为他拍摄了勾脸的照片，这是他十多年来第一次在自己的脸上勾画他再熟悉不过的传统京剧脸谱，也是他从"文革"中的文化部副部长回复到传统戏里的角色的一个转折

钱浩梁"文革"后的第一场演出前，在中山公园音乐堂后台勾脸化装。吴钢摄影

点。世事沧桑，从传统戏的大武生演员，到"文革"中红极一时的样板戏主角、文化部副部长，又沦为阶下之囚，再重新回到传统京剧的舞台上。如此轮回往复，其中又有多少荣辱交集和苦辣辛酸，或许我们可以透过他勾勒的斑斓笔路，看到他生活中的曲折和艰辛。

兄弟姜昆：从"推轮椅"到"办影展"

　　姜昆是我父亲的干儿子，与我的关系像兄弟一样亲切。

　　一九七九年召开的第四届文代会上，姜昆与侯耀文都是相声界的年轻代表，我是驻会的摄影记者，我们三个因为父母的关系，本来就熟悉，所以经常凑在一起。

　　一九八五年，新加坡为了推广普通话，举办相声比赛，邀请我的父亲和母亲去新加坡当评委。父亲提出带上他的干儿子姜昆和与姜昆

姜昆与侯耀文在第四届文代会上。吴钢摄于一九七九年

搭档的唐杰忠。我也陪同一起去了，一来照顾行动不便的母亲，二来可以随行拍照。我们一行五人都是第一次到新加坡，住在父亲的老同学贺先生家里，他家的房子很大。贺先生与父亲小时候都在北京东华门的孔德学校上学，这是中法大学下属的一所中学。我最近在整理父亲的老照片时，发现一张孔德学校的学生合影，每个人都用钢笔写上了自己的名字，照片上父亲的旁边就是贺先生。

在新加坡的时候，我们经常出去拍照。我是第一次出国，看到什么都新鲜，比如结婚穿的婚纱、女孩子身上佩戴的首饰等。母亲出行要靠轮椅，我们到牛车水、圣陶沙等旅游景点，都是我推轮椅，姜昆最年轻，帮助我背巨大的摄影包，里面有两套尼康相机和镜头。姜昆每次都说，天不怕地不怕，就怕吴钢这个大包。到了上坡的地方，我们齐心协力推着老妈上去。到了下坡就有点麻烦了，推着走怕老妈栽下去，于是我和姜昆想出了好办法，我们把轮椅倒转过来，我在下面扶住车把往下倒退着走，姜昆在上面用老妈的拐杖勾住轮椅扶手拽着下。一面走一面还有说有笑非常快乐。可惜我们都空不出手，没有把这下坡的"倒行车"镜头拍摄下来。

当时新加坡有合法的红灯区，还有很多"人妖"，这在国内是不可能见到的。我斗胆建议姜昆和我一起去见识见识，拍一些纪录照片。于是我和姜昆暗访红灯区，第一次看到了"倚门卖俏"的景象。也有一些男扮女装的"人妖"很主动地与我们搭话。据说这些人年轻时真的很像女人，魅力四射，但是到了年老色衰时，景况就很悲惨了。姜昆是第一次去新加坡，街上没有人认识他，要是在国内恐怕就不会这么自在漫游了。

当时是"文革"结束后不久，我们脑子里还有很多阶级斗争的观念，认为国外的劳动人民都生活在水深火热之中。我和姜昆还去拍摄了一些贫民生活的居所，有些确实非常简陋，在海边搭几根木桩，木

姜昆 "婚纱照"。吴钢一九八五年摄于新加坡街头

姜昆扮演惠安女。吴钢一九八五年
摄于新加坡圣陶沙公园

红灯区的性工作者招揽客人。吴钢一九八五年摄于新加坡

年老的性工作者还在工作。吴钢一九八五年摄于新加坡

桩上铺上板子，上面再用木板搭上顶子遮盖，就是一间住房了。即使是这样的住房，有时候也要住上好几个人，睡上下铺，也就是我们现在说的群租吧。当然，我们也拍摄了资本主义"朱门酒肉臭"的社会现象。那些金碧辉煌的装饰、奢侈豪华的宫廷宴饮，都是当年在国内见不到的。

我到法国之后，姜昆也经常到巴黎来演出，每次我们都一起和巴黎的艺术家聚会。特别是我到巴黎中国文化中心工作之后，与姜昆一起策划组织了"巴黎中国传统曲艺节"，邀请国内的鼓曲、琴书、相声、双簧、二人抬、二人转等传统曲艺节目到巴黎演出，至今已经是第十届了。

在我的印象中，姜昆与摄影的关系不大。但是最近姜昆给了我一张照片，使我想起姜昆早年的摄影经历。这张照片不知道是什么人拍摄的，至今已经三十多年了。照片是用较厚的放大纸洗印精放出来，

新加坡的棚户区。吴钢摄于一九八五年

牛群在巴黎中国文化中心为姜昆拍照。吴钢摄影

姜昆与吴钢在巴黎荣军院广场旁。牛群摄影

影像细腻，层次分明，质感丰富、影像饱和，远超现在的喷墨打印。我们两人与摄影大师陈复礼在一起，我背着巨大的相机包，手里摆弄着德国米诺克斯超小型相机。姜昆脖子上还挂了一台单反相机。这景象十分少见，特别是这几年，我很少看到姜昆挂着照相机了，如果挂上一台相机，大概也有给这个牌子的相机做广告之嫌。但姜昆任职中国文联基金会秘书长之后，为摄影界做了一件大事。我们策划了一个对中国人来说也是至关重要的展览，就是《前尘影事——中国最早的影像展览》。

摄影术是法国人尼埃普斯和达盖尔在一八三九年发明的，他们的伟大发明使得人类可以借用摄影这种方法，把眼睛看到的景物"固定"下来。一八四三年，也就是在摄影术发明后的第四年，法国的海

左起：吴钢、陈复礼、姜昆。吴钢一九八三年摄于北京

关官员于勒·埃迪尔先生，带着发明不久的达盖尔摄影器材乘船出发，航行了几个月后，来到了中国的广东和澳门地区，拍摄了一批照片，这也是我们现在所知道的有原照保留下来、有记载的最早在中国土地上拍摄的照片。这批照片都是达盖尔法银版照片，是直接在银版上拍摄的正像照片，每次拍摄只有一张，与后来的玻璃版负像再晒印出多张正像照片的方法完全不同，所以又称为独一无二的照片，因而更加珍贵。埃迪尔先生有写日记的习惯，他把在中国的经历还有拍摄时的情景都用文字详细记载下来，使得这些照片有翔实的文字佐证，图文并茂，史料价值远非金钱可以衡量。据埃迪尔的日记所写，他为许多中国人拍摄了照片，但都送给了被摄者本人，他自己没有能够留下来，所以从理论上来说，应该还有照片留在我们国内。当然，经过一百七十多年的时光，可能都已散失殆尽了。难能可贵的是于勒·埃迪尔像拍摄自己的国家、自己的家人、自己的照片一样，把在中国拍

摄的三十七张银版法原版照片连同他的日记，完好地保存下来，并且一代一代地传给了子孙，最后收藏在法国摄影博物馆内，为我们中国最古老的摄影影像，留存了弥足珍贵的一页。

于勒·埃迪尔回到法国之后，出版了他在中国撰写的三册《中国游记》，详细记载了他在中国的每一天、每一件事情、每一次拍摄照片的故事，还有图片插图。不过这些插图还不是真正的照片，因为当时的印刷条件还不能够把金属版上的银版照片直接印刷到书里面，而是要刻版工人根据银版照片上的影像，雕刻成可以上机器印刷的凹凸版。即使这样，《中国游记》出版后，仍然受到了西方读者的欢迎，很多人正是通过这本书，认识了中国，第一次直观地看到了中国的真实建筑、人物、风景。

作为一个中国人，我当然希望看到我们中国最早的影像，这是很自然的事情，就像一个家庭希望看到自己老祖先的照片一样。所以当我得知法国摄影博物馆有这批中国老照片的时候，立刻就想到，应该把这些照片拿到中国展览。法国因为摄影博物馆的展览场地狭小，虽多年来一直做扩建的规划，至今没有落实下来，所以这些老照片在法国摄影博物馆中一直在保管库中封存，展出的达盖尔法银版照片也都是在法国拍摄的最早期的摄影作品，有关中国的这批老照片，从没有拿到展厅里展出，一直封存在恒温恒湿的保管库房中。但是对于我们中国人来说，这就是我们能够见到的最早的我们的祖先、土地、建筑、风光的最真实的摄影影像，不是绘画，更不是文字描绘。

我想在中国做这个展览。但是，做这个展览谈何容易。首先，这不是几张普通概念里的照片，是在镀银的铜版经过感光处理，拍摄曝光后再用水银蒸气显影后的影像，极其脆弱，用手一碰就会把影像"擦"掉，管理人员不愿意出借。何况这是法国博物馆的文物级馆藏，借出去需要法国文物局的批准。

于勒·埃迪尔拍摄的在"阿基米德号"轮船上的合影。银版法照片。摄于
一八四四年十月二十四日

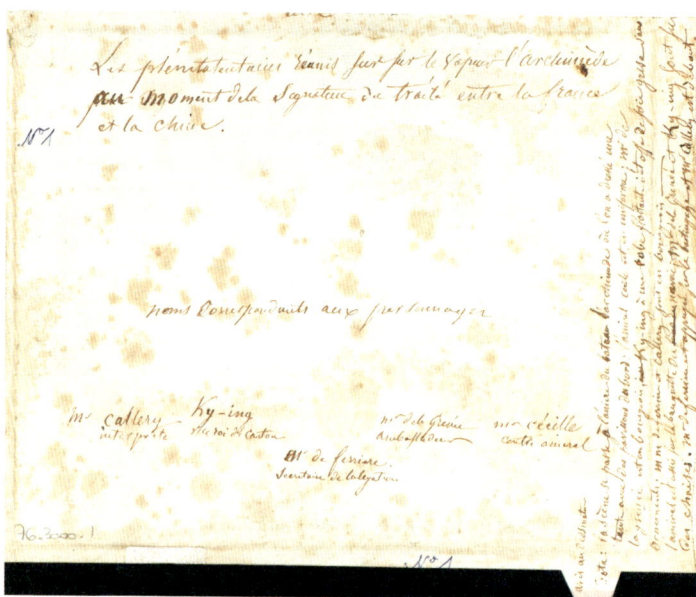

照片背面封纸上的文字记载

于勒·埃迪尔拍摄的广州街头的民众。银版法照片。摄于一八四四年十一月

于勒·埃迪尔拍摄的广州官员潘仕成（Pon Tin Quoi）家庭照。银版法照片

于勒·埃迪尔拍摄的广州官员潘仕成住宅的主楼。银版法照片

《中国游记》一书中根据于勒·埃迪尔的照片雕刻制版后的插图

《前尘影事——中国最早的影像展览》巴黎签约仪式。左起：巴黎中国文化中心主任殷福、法国摄影博物馆馆长高尔德维勒、巴黎中国文化中心副主任沈中文、新闻专员吴蜜、法国摄影博物馆副馆长嘎尔扎达、姜昆、策展人吴钢。范子毅二〇一二年摄于巴黎中国文化中心

　　二〇一二年，姜昆带领曲艺家协会代表团来巴黎中国文化中心参加"巴黎中国曲艺节"。我和他说起这些中国最早的照片，他立刻意识到这是一件意义非凡的事情，当时就决定由中国文联基金会参与和支持这个展览。我和姜昆、巴黎中国文化中心主任殷福一起到法国摄影博物馆参观，看到了展柜中琳琅满目的铜镜头和木制相机，特别是最早期的银版照片，这是他们从来没有见过和听说过的。姜昆是个大忙人，但也是个爱干事的人，他马上安排与法国博物馆的馆长高尔德维勒见面，三方达成了在中国举办埃迪尔拍摄的中国最早照片的意向。法国摄影博物馆是一座国家博物馆，巴黎中国文化中心是中国政府设立在巴黎市中心的一个文化机构，而中国文学艺术基金会又是中国文联下属的一个机构，都是国家的公立文化机构，所以合作起来非常顺畅。

经过三方的努力，特别是基金会秘书长姜昆解决了资金、批文、展览场地等繁杂的问题，终于通过了展览方案并且得到法国相关单位的文物出口批准。法国政府部门为了表示诚意，还特意拨出专款设计制作了精美的展柜，把这些珍贵的银版照片装到展柜里运到中国展览。

于勒·埃迪尔先生拍摄的最早的中国照片回到了它们诞生时的故乡土地，第一次展示在国人面前。展览分别在巴黎中国文化中心、北京华彬博物馆、浙江丽水摄影博物馆、武汉市博物馆展出，参观的人流如潮。

几个月的中国展览结束之后，展品回到法国，又在法国各地举办巡展，历时一年多的时间。有人评价："这是一个可以载入中国摄影史册的展览。"成功举办这次展览，姜昆功不可没。

老相机拍出的"英娘"与"孔雀公主"

　　一九七九年，为了重新振兴受到十年影响的文艺演出和文化活动、检阅剧团和演员的队伍、为国庆三十周年献礼，中华人民共和国文化部组织全国的艺术院团，赴北京参加国庆三十周年文艺调演，先后历时一年多的时间。

　　我当时已经在文化部"五刊物"（当时还没有恢复文联和各个专业协会，《人民戏剧》《大众电影》《舞蹈》《美术》《人民音乐》五个杂志在一个部门，归文化部艺术局管理）做摄影记者，也被抽调到调演办公室工作，具体任务是为调演的"会刊"拍摄照片。

　　这次调演持续时间长、规模大，参演的院团很多，各个省市都选派了最强大的演出阵容。时任文化部部长的黄镇亲自挂帅，艺术局局长、著名演员吴雪负责具体工作。调演办公室把当时一座大型酒店"向阳招待所"包下来，这座酒店是与建成不久的毛主席纪念堂同时修建的，目的是接待全国各地来京参观毛主席纪念堂的人员，现在这座酒店还在，已经改名为"崇文门饭店"，位于崇文门大街的西南角。当年来京参加文艺调演的演员和工作人员都集中住在这里。我们"会刊"的几位工作人员有四个房间，房间摆了几张床休息，还有几张办公桌，主要的工作是编辑和出版会刊。各地的剧团轮番来京都住在这里，吃饭的时候是十个人一桌，坐满了再开另一桌。每天晚上看戏集中乘坐大轿车，一辆车满了再发一辆。我们这些记者有机会和全国各个艺术团体的演员同吃同住，也逐渐熟悉起来。

　　这次调演活动是在"文革"十年禁锢之后，首都的观众如久旱禾苗逢甘霖一般，欣赏到了全国各地最优秀演员的高水平演出，所以每一场演出都爆满，每天都有通过各种渠道来要票的人。我们这些工作人员大饱了眼福，我也得以拍摄到一些宝贵的剧照。

　　这是一个文化活动刚刚复苏的时期，人力、物力、财力、物资、器材都十分匮乏。我虽然在文化部这个重要部门担任摄影工作，摄影器材也只是一台老旧的尼康F型相机。这部老尼康相机只有两个镜头，一个是五十毫米的标准镜头，另一个是二百毫米的定焦镜头。当时尼康的变焦镜头还没有面世。所以我当年坐在台下拍摄的剧照，或者是大场景，或者就是近距离的特写镜头，没有中景照片，这也是器材的局限使然。

　　我用的胶卷是从电影制片厂买来的进口胶片，这种胶片是拍电影用的盘片，拍摄前要事先在黑布袋里把装盘片的大铁盒子打开，取出大盘胶片，再分装进预先准备好的135暗盒里。这个过程比较复杂，先要把装胶卷的暗盒拆开，就是把圆筒状的暗盒上下两个圆盖拆下来，把当中的胶卷轴拿出来，再把盘片里电影胶片的一端用胶纸粘在胶卷轴上，粘贴的时候胶片的正反面绝不能弄错，需要涂布药膜的一面向内卷，如果药膜面弄反了，拍摄的时候就会把没有涂布药膜的一面即胶片的背面对着镜头，这样就会造成整卷胶卷拍摄失败，也就是整卷胶卷没有影像。粘好胶片后把胶卷轴装入暗盒里，再把上下两个圆盖盖好，慢慢地卷紧，卷到卷不动的时候，用剪刀把胶片剪断，再装下一个胶卷。一般一次我都要装十几个胶卷，这一切都是在黑布袋子里摸着进行的，这种黑布袋子当年在照相器材商店里卖，是每一位摄影师必备的器材，我现在还保存着一个。

　　那个年代还延续着"文革"时的风气，会议特别多，开会学习的时候，我面前总是摆一个黑布袋子，两只手插在袋子里，别人也不知道我在鼓捣什么，但是都知道我在工作。装好的胶卷终于从黑布袋子里一个个取出来，开会的同志们也看到了我的工作成果，默认了我"工作学习两不误"的革命精神。这时我的准备工作还没有全部完成，还要把胶卷从暗盒里拉出来一小段，用剪刀剪成斜着的弧线形缺口。这样才能把拉出来的这一小段胶卷，挂在相机的卷片轴上。挂好后与暗盒一起放进相机的机身，关闭相机后盖，拍摄一张后搬动卷片扳杆，带动卷片轴把下一段胶片从暗盒里拉出来，准备下一张的拍摄。这一切复杂的准备工作，是我们现在用惯了数码相机的摄影师不能想象也不能体验到的"操作乐趣"。我正是用这种相机和这种胶卷完成了整个调演的拍摄工作。

这次文艺调演活动的演出形式多样，以戏曲为主，也有话剧、音乐、舞蹈、木偶剧等，其中舞剧比较引人注目。舞剧的动作造型优美，演出阵容强大，有先天的优势。而且舞剧比起传统戏曲，有大型的舞台装置和灯光布景，比起话剧又有庞大的乐队伴奏，从人员和声势上就夺人耳目。最重要的是舞剧中的舞蹈演员不但面貌姣好，而且体态轻盈、动作柔美，是观众的最爱。此次调演中最成功的两场舞剧，是甘肃省歌舞团的《丝路花雨》和云南省歌舞团的《召树屯与楠木婼娜》。

《丝路花雨》是甘肃敦煌艺术剧院取材于敦煌莫高窟壁画艺术，又结合各地民间歌舞创作出来的大型民族舞剧。它讲述了一个发生在唐代丝绸之路上的故事：敦煌莫高窟老画工和他的女儿英娘在沙漠中解救了一位遇险的波斯商人伊努斯，结为异国知己。他们战胜了以贪官污吏为代表的邪恶势力，使丝绸之路上缤纷飘散的花雨，成为象征友谊和交流的不绝如缕的驼队。

《丝路花雨》的舞蹈参照了敦煌壁画上的古代乐舞形象，创作出

甘肃省歌舞团的贺燕云（左）与云南省歌舞团的杨丽萍（右）等演员在一起。吴钢摄于
一九七九年

独特的动作和韵律，被人们称为"敦煌舞"，成为中国古典舞蹈的一
朵奇葩。这部舞剧的舞蹈动作是以敦煌壁画中天女的"S"形舞蹈动
律为主导，所设计的连贯动作中呈现出"S"形人体曲线流动的韵律，
这是中国古典舞蹈上的创新，也是一种颠覆性的舞蹈造型动作。当年
人们在十年"文革"当中看腻了八个样板戏和革命舞剧中动作僵硬、
身体笔直、四肢充满爆发力的革命姿势，从未见过这种以臀部的隆起
和腰肢的扭转所表现出的柔美流畅的舞蹈动作。观众被舞台上展现的
人体曲线所吸引，也为主角英娘的扮演者贺燕云的艺术风采所倾倒，
惊为天人。

　　青年演员贺燕云扮演的女主角英娘那反弹琵琶动作是人们印象
最深的舞段，成为敦煌舞蹈的一个经典标识。贺燕云在座谈会上说：
"在编排试跳这大段舞蹈时，我尝足了'为伊消得人憔悴'的滋味。
手持琵琶跳舞本来就影响各类动作的发挥，更何况要达到'左旋右转

《丝路花雨》舞台剧照。吴钢摄于一九七九年

《丝路花雨》中的老画工和女儿英娘。吴钢摄于一九七九年

英娘的扮演者贺燕云。吴钢摄于一九七九年　　贺燕云练习反弹琵琶动作。吴钢摄于一九
　　　　　　　　　　　　　　　　　　　七九年

不知疲，千匝万周无已时'的意境。双臂反别在背后，时而表现'轻
捻慢拢'，时而显示'骤雨乍泻'，一练就是几十遍，这常常累得我颈
背发僵，胳膊抽筋。再加上旋、跳、蹲、卧各种舞姿与技巧的使用和
反复无数次地寻找"S"形动律，我是遇到了舞蹈生涯中最累最苦的
考验。我的体重迅速下降了十多斤。但我运用手中的琵琶越来越洒脱
灵巧，脚步越来越轻盈，动作越来越自如流畅，终于把一组组敦煌壁
画的琵琶舞姿神采飞扬地复活了。"

　　云南省歌舞团演出的舞剧《召树屯与楠木婼娜》，则是青年舞蹈
家杨丽萍第一次登上首都北京的舞台。时间是一九七九年十月，现
在很多报道中都称她这次的演出剧目是《孔雀公主》，其实是不对的，
她演出的舞剧确切名字是《召树屯与楠木婼娜》，讲述的是孔雀公主

杨丽萍在《召树屯与楠木婼娜》中饰演孔雀公主。吴钢摄于一九七九年

《召树屯与楠木婼娜》舞台剧照。吴钢摄于一九七九年

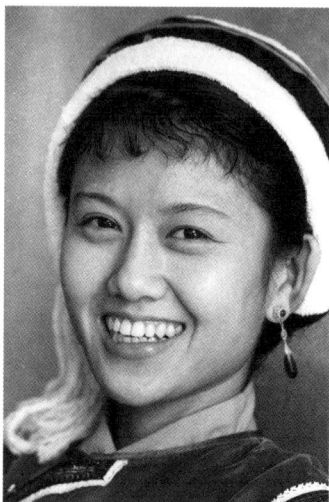

二十一岁时的杨丽萍。
吴钢摄于一九七九年

的爱情故事。

剧情是勐版加王子召树屯在金湖边巧遇孔雀公主楠木婼娜，相互爱慕并相许终身。奸臣西纳告为篡夺王权，阴谋将女儿许配王子，借王子带兵御敌的时机，勾结巫师欺骗国王，诬陷孔雀公主是战争祸端，终将楠木婼娜逼走。王子归来，悲痛欲绝，立即找寻公主，在战胜了水怪、蟒妖、巨象和险山恶水之后，终于和公主相会。

这出舞剧由"选婚""定情""出征""受害""追寻""相逢""婚礼"七场组成。舞蹈动作来源于傣族在礼仪或风俗仪式上的孔雀舞、象脚鼓舞等。这些舞蹈元素经过加工，创造出许多具有民族特色的舞段，如挑水舞、金指甲舞、面纱舞、出征舞、金鹿舞等，舞姿丰富、场面绚丽，展现了傣族人民的生活风貌。《召树屯与楠木婼娜》在众多的演出剧目中脱颖而出，与《丝路花雨》一南一北、相映生辉，成为这次调演剧目中，最受观众喜爱的两场演出。

当然，这场演出的中心人物，就是当今享誉舞坛的杨丽萍。杨丽

文化部领导吴雪（左一）、吕朋（前排右二）与杨丽萍（前排左二）等主要演员在观看《简报》。吴钢摄于一九七九年

萍一九五八年十一月十日生于云南省大理白族自治州的一个小村寨，一九七一年进入西双版纳州歌舞团，当时月工资只有三十元。她在这期间走村串寨，虚心刻苦地学习了几十个民族的民间舞蹈，丰富了自己的传统舞蹈表演艺术。此次她进京主演这场大型民族舞剧扮演孔雀公主，一袭雪白的长裙，紧裹着她的腰肢垂拖在地板上，裙摆上缀着孔雀的花纹，舞蹈盘旋起来如一朵盛开的白莲。柔美的舞姿，轻盈的手势，动作敏捷飘逸，特别是她那灵活的手指，活像一只孔雀的头部，一会儿伸颈，一会儿轻啄。可以想象，在"文革"刚刚结束后的一九七九年，看惯了样板戏中"高大全"革命形象的观众，面对舞台上这只美丽轻盈的"孔雀"，是如何目瞪口呆、叹为观止。

杨丽萍主演的《召树屯与楠木婼娜》获得文化部授予的舞剧创作

一等奖。那一年她才二十一岁，风华正茂，又有少数民族少女的天然丽质，无论在台上台下，都吸引了无数专家学者的关注和普通观众的热情追捧。人们都不叫她的名字，称她是"孔雀公主"。

杨丽萍已经五十多岁了，还活跃在舞台上，有"不老的孔雀之称"。我把她年轻时候的美丽面容和在首都舞台上的初次亮相，展现给读者，也希望我们的"孔雀公主"青春永驻，再创辉煌。

舞台上的美丽"孔雀"。吴钢摄于一九七九年

"勤行"出独家镜头：记巩俐与偶像的奇遇

在我专业摄影生涯的三十多年里，碰到过不少稀奇事，发生在巩俐身上的机缘巧合，就是一次奇特的摄影经历。

我在《中国戏剧》工作多年，我们的杂志社在北京东城区的东四八条，距离同在东城区棉花胡同的中央戏剧学院很近，因为工作的关系，常常到戏剧学院去采访。这样，就与在戏剧学院学习表演的一些学员熟悉起来，这些人中有些后来成为著名的戏剧演员或者电影演

青年时代的巩俐。吴钢摄影

员，如丛珊、巩俐、姜文、李保田、陈道明等。

一九八八年，父亲的老朋友、香港电影导演朱牧筹拍电影《秦俑》。当时我刚刚在中国美术馆举办了个人摄影展览，又在香港出版了第一本摄影画册，有了一点小名气。所以朱牧找到我父亲，希望我能够参加摄制组，负责照片摄影的工作。这部电影投资巨大，又有巩俐、张艺谋、于荣光等演员参加，我很感兴趣，也想在电影摄影这个全新的领域里学习到一些新的东西。但是和编辑部领导谈过之后，没有得到同意，理由是我们的杂志是月刊，拍摄、组稿工作很多，不能离开太长的时间。所以我就向朱牧表示无法参加，同时向他推荐我在沈阳鲁迅美术学院摄影系的同学程建国到摄制组去工作。

虽然我没有参加影片的拍摄工作，但是在电影拍摄结束后，我还是帮助拍摄了一些巩俐等演员的宣传照和造型照，都是在北京故宫拍摄的。这次照片拍摄是由台湾和香港来的化妆师、发型师、服装师们为演员做包装。组织者是一位身材矮小的台湾先生，他负责所有摄制人员和场地的联络安排，非常细致周到。拍摄时正值隆冬，巩俐每拍摄完一个镜头就赶紧披上大衣。故宫里还有一些积雪，白雪红墙，映衬出艳丽的服装和演员的面容，照片很有特色。

我到巴黎后不久的一九九三年，巩俐在巴黎拍摄电影《画魂》。导演是父亲的老朋友黄佐临先生的女公子黄蜀芹，她的先生是美术设计。我当时在为法国的一家图片社拍摄照片，因为和导演、演员都熟悉，就随着摄制组活动，拍摄了一些演员招聘和拍摄现场照片。这部影片是描写中国女画家潘玉良传奇的一生。潘玉良后半生在巴黎生活，所以很多场景是在巴黎完成的。有在巴黎美术学院拍摄的，也有在巴黎塞纳河畔的老街区拍摄的，还有在巴黎圣母院后面的桥上拍摄的，场景很多，拍摄的时间也很长。

当时巩俐因为电影《红高粱》《菊豆》《大红灯笼高高挂》等影片

巩俐在故宫。吴钢摄影

一九九三年巩俐在巴黎拍摄电影《画魂》的剧照。吴钢摄影

吴钢与巩俐合影

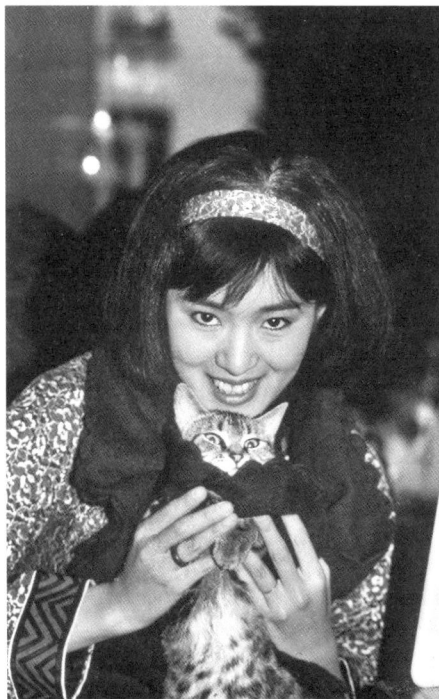

巩俐在巴黎。吴钢摄影

巩俐在巴黎香榭丽舍大街留影。吴钢摄影

巩俐在巴黎皇家公园（Palai-Royal）留影。
吴钢摄影

的成功,在法国名气非常大,香榭丽舍大街的电影院一直挂有她的巨幅特写照片宣传海报。有一天上午,在巴黎美丽城召开新闻发布会,有记者问巩俐:"你最崇拜的电影演员是谁?"巩俐回答说:"是美国演员梅丽尔·斯特里普,她是一位演技派的演员,我从她的电影中学习到了许多东西。"

记者招待会过后,巴黎的记者们散去。我陪巩俐和她随行的几个香港女孩子回酒店,顺路在街上看了看卖服装和鞋子的几家商店。在穿过卢浮宫后面的皇家公园时,巩俐指着远处的一个金发妇女说,这个人就是梅丽尔·斯特里普,随行的人都不相信:"刚刚提到的人,怎么可能就在眼前?"不可能有这么凑巧的事情。两拨人越走越近,到近处一看,这位金发妇女容貌确实像是美国影星梅丽尔·斯特里普,旁边是两位身材高大、表情凝重的保镖。巩俐的香港朋友上前用英语询问,果然是梅丽尔·斯特里普本人,喜出望外之下,忙介

一九九三年巩俐与梅丽尔·斯特里普在巴黎皇家公园巧遇。吴钢摄影

绍巩俐与梅丽尔·斯特里普认识。中美两位影坛巨星不期而遇，两个人都很亲和，一见如故。不可思议的是：一位从中国来，一位从美国来，居然在法国的公园里不期而遇，而且巩俐刚刚还在记者招待会上提到了她，她一个小时后就像变魔术一般从天而降，站在了巩俐的面前。当时随行的只有我一个摄影记者，于是我拍下了这宝贵的一幕奇遇。

　　有人说摄影比绘画简单得多，摄影一按快门就行了，绘画要一笔一画画出来，还不一定画得像。其实摄影更难的地方是摄影师一定要在现场，抓住时机，当场拍摄，而绘画可以收集素材，事后再根据素材，综合整理后，在画室里慢慢创作完成。因此摄影师腿脚要勤快，多跑路，很多时候是无用和无功的跑路，但是碰到新闻就能拍摄到意想不到的镜头。话剧《茶馆》说老掌柜做的是"勤行"，我们摄影师做的岂不也是"勤行"！倘若记者招待会后，我也和其他记

二〇一二年，巩俐在第二届法国中国电影节记者招待会上。吴钢摄影

者一样，采访工作完成，回家休息，也就拍摄不到这样机缘巧合的独家镜头了。

二〇一二年，在巴黎中国文化中心主办的法国中国电影节上，巩俐作为特邀嘉宾出席记者招待会。会场里中外记者云集，在各式相机的焦点汇聚之下，巩俐从容应对，侃侃而谈。记者招待会后，我与巩俐谈到那次的巧遇，虽然时隔十多年，她还清楚地记得："当时她围着一条红色的围巾，我远远的就看出她来了。"如今的巩俐，已经是享誉国际影坛的巨星，却依然爽朗直率、平易近人，堪称中国的"梅丽尔·斯特里普"。

刹那和永恒：相机记录下的范曾身影

范曾是我父母亲的朋友。父亲平生坎坷，范先生画了《听棋子声中，谁操胜券》一画赠予父亲，父亲一直悬挂在客厅，其中深意可知。我曾奉父命，拿着我拍摄的一些剧照到范先生家求教。范先生看到我拍摄戏曲舞台人物动感的照片居多，略加思索，提笔写下"粉墨演春秋，风影入心镜"两行字。前一句比较好理解，粉墨是指戏曲演出，前辈演员盖叫天有《粉墨春秋》一书。后一句的意思范先生解释说："捕风捉影放在你身上，就是你的摄影风格，用心捕捉到舞台上演出的风影，摄入镜头。"

二十世纪末期，我到法国巴黎自费留学。恰逢范先生与楠莉姐也到了巴黎，他乡故知，自然来往密切。当时有很多人关心范先生的行踪和他生活的境况，所以范先生决定出一本书，把他在巴黎的生活拍摄下来，送给关心他的朋友们。于是就有了我拍下的记录他生活的这些照片：有范曾在巴黎的参观访问，有他的居家生活，有他在画室创作，有他与爱犬"美男子"……这本书名为《去意徘徊》。书中还有从美国专程来法国看望范先生的杨振宁夫妇的照片。范曾提及这张照片时告诉我，杨振宁的夫人叫杜致礼，是杜聿明的女儿。

父亲曾为范曾的画册题写书名和作序，由我转交到巴黎范曾家里。父亲在序中写道：

范曾在巴黎买法国的"棍"面包。
吴钢摄于一九九二年

正在创作《罗汉说法图》的范曾。吴钢摄于一九九二年

范曾夫妇与爱犬"美男子"。吴钢摄于一九九二年

范曾、楠莉与杨振宁、杜致礼在巴黎合影。吴钢摄于一九九三年

在中国，不论是文坛或是画坛，范曾都是一个备受争议的人物。褒者谓之有神鬼般之功力，大家之风范，乃集诗书画于一身的当代奇才。贬者谓其恃才自负，孤傲不驯，言行不合常理，乃一不知天高地厚的狂士而已。臧否人物、品评忠奸似乎是中华文化的一种传统，这种传统在评范曾时尤为强烈。反倒是东邻扶桑之国对范曾和他的画作更有偏嗜。现居美国的刘再复先生曾说过，正是因异域与神州之间的距离，"净化了世俗的偏见和审美眼睛中的杂质"，用较客观的价值观判断了"这位拥抱祖国历史和祖国大地的画家"。范画中常见的我国历史人物老子、屈原、魏武、钟馗、李白等，是画家满腔爱国爱民之情的自然流露，也无不具有他自身的精神气韵。如今范曾远适异国客居巴黎，去国怀乡之情应是更加强烈的吧！辛未秋日旅港时，得识新雨黄浚新先生收藏范作精品达五十幅之多，惊叹之余，遵嘱作序如上。　吴祖光　于壬申春分日

母亲也有书信给范曾和楠莉。谁知母亲的信却难住了范先生，他熟知传统书法艺术，能够辨识各门各派的行草隶篆，但是对母亲的手书却认不出来，告诉我说："完全看不懂。"我哑然失笑，因为母亲是民间艺人出身，自幼失学，解放后才扫盲，她在评剧演出和音乐上大胆革新，创造出了独具一格的"新"派唱腔，但从来没有进过学堂，也没有老师指点，所以在写字上也自我创造，没有笔画顺序，恣意涂写发挥，因此她写出的东西，除了我们自己家人能够认识，别人很难读懂。我把母亲的书信全文"翻译"后书写出来，范先生才能够读懂，他说："你父母的东西，我都要作为珍贵资料保存下来。"

我曾经在巴黎的业余京剧票房演出中现学现卖地客串了一次《文

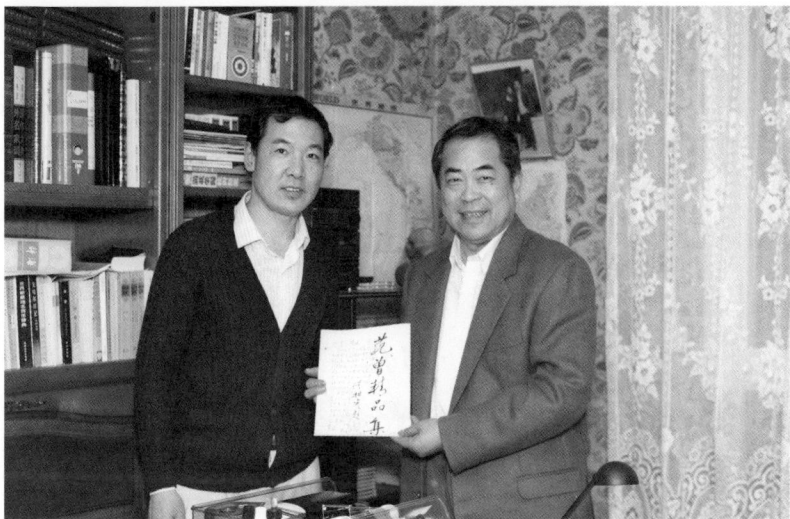

将父亲的题字送交给范曾。范丁蕾摄于一九九一年

昭关》中的东皋公，是平生第一次上台，紧张得直冒汗。出场后有四句唱，我唱得还算中规中矩，反正东皋公只是个垫戏的配角。不过观众还真捧场，我的第一句"衾夜漏声催晓箭———"最后有一个拖腔，唱得迂回婉转，"尺寸"掌握得不错，台下的戏迷观众高声叫好，我也挺得意。坐在观众席中的范曾先生也很高兴，当场作诗一首鼓励我。

范曾在巴黎深居简出，安心创作了一些巨幅画作，我都用相机和摄像机拍摄记录下来，其中有一幅《罗汉说法图》，我拍摄后，范先生印制成大幅印刷画，作为一九九二年的贺年礼物，赠送给朋友们。十六年之后的二○○八年，范先生在这幅印刷画上题字："时住Boissy Saint Léger 33号，吴钢常来作客，慰我寂寞，今复见此，不胜感喟。　范曾　戊子"送给我做纪念。题字的事情至今又过去数年了，而距拍照之时一晃已经过去二十多年，时间过得真快！正如范曾曾经

Prédication de la
Loi Bouddhiste par les Arhats
羅漢說法圖
Peint par FAN Zeng à Paris en 1992
一九九二年範曾畫於巴黎

Photo : WU Gang
吴鋼攝影

范曾二〇〇八年在印制于一九九二年的画作上题字。吴钢摄影

送给我的题字:"刹那和永恒",他题字时对我说:"刹那是一个宗教用词,大意是一个昼夜有三十个须臾,一点二万个弹指,二十四万个瞬间,四百八十万个刹那。"据此推算,"一刹那"是零点零一八秒,暗合摄影中的百分之一秒快门。

二〇一〇年,法国总统萨科齐在爱丽舍宫举行授勋仪式,授予范曾法国荣誉军团骑士勋章,萨科齐的授奖词说:"范曾先生是集诗书画于一身的艺术大师。范先生的艺术,让我们领略到了中国文化的博大精深。"授勋仪式上,中国驻法国大使孔泉等嘉宾云集,我也用相机记录下了全过程。

范先生最景仰的法国人是戴高乐将军,我曾与他一起参观戴高乐将军的故居,范曾像小学生一样听着讲解员的讲解,用心做笔记,并且题字"高山仰止,景行行止"。我将我多年的老朋友,法兰西学院终身院士、创作戴高乐和丘吉尔雕像的法国著名雕塑家卡尔多先生介

范曾题字。吴钢摄影

法国总统萨科齐为范曾授勋。吴钢摄于二〇一〇年

绍给范曾，两人兴趣爱好都很相同，一见如故。有趣的是，他们两位都是传统文化的专家，但是都对电子产品完全不懂，范先生从来没有过手机，卡尔多有一部最简单的手机，一次在街上用手机时无意中触动了某个按键，音乐声大震，不知如何关闭，情急之际问于路边小孩儿，小孩儿轻按几下就帮助老院士解除了尴尬的音乐声。听到卡尔多

范曾在戴高乐故居参观、做笔记。吴钢摄于二〇一一年

的手机故事，范先生哈哈大笑道："幸亏我没有这个东西。"

卡尔多先生和范曾先生都是戴高乐将军的崇拜者，并且都创作过戴高乐将军像。卡尔多塑造的巨大的戴高乐青铜雕像，耸立在香榭丽舍大街的中心位置，范曾绘制的戴高乐画像，是习近平主席访法时送给法国戴高乐基金会的礼品。两位艺术家还在中法建交五十周年时，于中国国家博物馆一起举办了联合展览，见证了他们的友谊。

多年来与范曾先生的交往中，有很多故事和回忆，这些，都记录在我的相机之中。也许当初拍摄的时候没有太留意这些照片，不想光阴似箭，转眼二十多年过去，现在再看这些照片，真是感慨良多，那

范曾与卡尔多。吴钢摄于二〇一四年

范曾与卡尔多一起参观卡尔多塑造的戴高乐雕像的原始石膏胎具。吴钢摄于二〇一四年

时范先生还是满头黑发，如今已经是花白发色；我也"从一个小伙子，变成了六十多岁的老汉（范先生语）"。

真希望时间能够倒转，光阴能够永驻。我们永远像这些照片上一样年轻。

后　记

　　有一位退了休的同事对我说，人到了整理照片的时候，就步入老年了。我当时还跟他开玩笑说："我从二十多岁起做摄影记者，每天都在整理照片啊！"直到前两年，我的恩师张祖道逝世，我才悟出了整理照片的重要性和紧迫性。

　　张祖道叔叔是我父母的朋友，也是我学习摄影的启蒙老师，并且是亲自把我"带"到文化部艺术期刊（当年《人民戏剧》《大众电影》《人民音乐》《美术》《舞蹈》五本"文革"后恢复的杂志编在一个单位，又称"五刊物"，属文化部艺术局）做专业摄影师的。那时"文革"刚刚结束，文艺界在十年压抑后如井喷一般爆发出蓬勃生机，剧场里每天晚上都有各种演出，观众什么样的节目都觉得新鲜，看什么都带着久别重逢的渴望。老演员、老艺术家刚刚从牛棚、从劳改队、从干校、从农村、从各个被人遗忘的角落回到舞台上，洗尽"四人帮"泼到身上的污垢，脱掉解放鞋，换上厚底靴，重整铅华，粉墨登场。文艺界带着被"文化大革命"摧残后的伤痕强劲复苏，第四届文代会是文艺界劫后重逢的第一次聚会，很多艺术家还心有余悸，胸前挂着毛主席纪念章来参加文化活动，学术讨论会上还充斥着喊口号、大批判、大辩论等"文革"遗风，虽然有欢笑有眼泪，但我们赶上了这个继往开来的好时代，并且用相机拍摄和记录了这个时代。

　　张祖道叔叔是整理照片的专家，每天早上上班，第一件事就是把暗房里冲洗好的照片分类，按照活动内容把黑白小样片剪下来，然后粘在A4的白纸上，写好拍摄内容和时间地点，用打孔机在纸的边缘上打两个小洞，按照时间装订起来。底片则是剪开，装在半透明的小底片袋里，然后装进牛皮纸信封里，再把信封的上半段剪去，最后收入卡片盒的小抽屉中。彩色照片都是拍摄的正片，可以直接用放大镜观看，没有样片，所以就直接装入底片袋，再放入牛皮纸信封，存入卡片盒的小抽屉。我当年与张叔叔在同一间办公室，完全学习和照搬了他的整理照片方法。年复一年，底片袋和卡片盒越积越多，需要巨大的书柜才能够摆放得下。

张祖道叔叔一生简朴，住房狭小，他从学生起就开始拍照，成年累月积攒起来的照片和底片堆积如山，屋子里几乎没有下脚的地方。突然地，张祖道叔叔逝世了，《中国摄影家》杂志约远在巴黎的我写纪念文章，我想到了张叔叔满屋子的底片，那是他一生的心血，是中国摄影史上的宝贵财富；想到了可敬可爱的张婶婶一生为家庭操劳、为奔波在外的丈夫操心；想到了两个顽皮的男孩子小的时候，在塞满底片和照片的斗室中无处玩耍，只能够一个在书桌上、一个在椅子上玩，因为只有这两个地方才有孩子们的立足之处。张祖道叔叔逝世时，张婶婶患严重的老年痴呆，两位公子长大后已另立门户，完全不了解父亲的工作。伟大的摄影家张祖道留下了满屋子的底片和照片、一笔巨大的历史和精神财富，遗憾的是没有人能够弄清楚这些照片的背景和故事。

张叔叔的今天可能就是我的明天，我立刻有了整理照片和文字说明的紧迫感。正是从为《中国摄影家》写张叔叔的纪念文章开始，我应邀开始为这本杂志写专栏，每个月一篇，每一篇写的都是我拍摄照片后面的故事，其间我还间或为《读库》《中国摄影》《中国京剧》《欧洲时报》等报刊写些我拍摄照片时的回忆文章。写专栏是一件苦事，连续一年多的时间，我每天早上六点钟起床，把昨晚思考过的文章内容整理撰写出来，然后再洗漱、吃早点上班，没有一日懈怠。每月一篇文章，一眨眼就感觉欠着编辑部的账，好像是每月给银行还贷款，压力还挺大的。

从朦胧记事起，大脑中留下的就是在东单栖凤楼的家中父亲整日伏案写作的印象。长大后我做了摄影记者，母亲已经在"文革"中被迫害致残，她每天早上天不亮就起床，拖着半个病身在书桌前写回忆文章。那时候我才二十几岁，母亲常常提醒我说："你应该练习着把拍摄中的故事写出来，将来不能老是跑来跑去拍照，年纪大了跑不动了怎么办？"我到了法国后，父亲让我把多年拍摄的戏曲剧照整理挑选出来，配上文字出版，甚至为我未来的画册写了前言。可惜我一直忙于工作，直到父亲去世四年后，才出版了我第一本图文并重的摄影画册《美丽的京剧》，每一张剧照都附上了拍摄时的故事。这本书的书名也是父亲生前为我拟好，并且亲笔题写了书名。二〇〇七年，《美丽的京剧》被评为年度"中国最美丽的书"。

父母亲一直鼓励我写作，我开玩笑地认为：甚至"预先"为我"培养"了一位编辑，就是我的表妹吴彬。吴彬从小就住在我们家，是和我们一起长大的。她一天到晚总是抱着本书看，家里又有看不完的书，没完没了。我们的姥姥看不顺眼了，姥姥出身贫寒，大字不识一个，自然不理解读书的乐趣，甚至不知道看书是怎么一回事，姥姥操着天津口音数落："那属挡着连（拿书挡着脸），这么大闺女，嘛活儿都看不见。"吴彬从小不爱干活儿，在我们家里读着书长大了，上山下乡回来后经父亲介绍，到三联书店的《读书》杂志做编辑，居然以"读书"为业了。吴彬看过我的一些文章，评价："太好、太好了，好得我都不敢相信。"吴彬退休后自愿为我编辑这本《照片"故"事》，她是最佳的、无可替代的人选，连书名都是她起的。因为我书里写的事情她都知道，甚至很多都是小时候我们共同经历过的。

从我一九七七年开始做职业摄影师，到这本书的出版，刚好是四十年了。四十年的摄影生涯，习惯于用镜头而不是用笔尖说事儿。步入老年之后，转过来开始用笔尖说镜头的事，说镜头后面的拍摄故事，这些"故"事，又得益于照片的佐证，目的就是把当年拍摄照片时的背景和往事记录下来，告慰我的父母双亲和从小看着我长大的恩师张祖道。也为四十年来文艺界发展的历史长河，留下一点影像和文字的记忆。